Passion au Hope Hospital

*

Le bébé d'un infirmier

JULIETTE HYLAND

Passion au Hope Hospital

Traduction française de
MARIE-JOSE LAMORLETTE

BLANCHE

HARLEQUIN

Collection : Blanche

Titre original :
DATING HIS IRRESISTIBLE RIVAL

HARPERCOLLINS FRANCE
83-85, boulevard Vincent-Auriol, 75646 PARIS CEDEX 13
Service Clients — https://www.harlequin.fr/contenu/contactez-nous
ISBN 978-2-2805-1601-3 — ISSN 0223-5056

Édité par HarperCollins France.
Composition et mise en pages Nord Compo.
Imprimé en avril 2025 par CPI Black Print (Barcelone)
en utilisant 100% d'électricité renouvelable.
Dépôt légal : mai 2025.

MIXTE
Papier issu de sources responsables
FSC® C159065

Pour limiter l'empreinte environnementale de ses livres, HarperCollins France s'engage à n'utiliser que du papier fabriqué à partir de bois provenant de forêts gérées durablement et de manière responsable.

1

Le Dr Knox Peters prit un soda au bar et désigna le mur du fond.

— Une partie de fléchettes ? Le perdant paie la prochaine tournée ?

Jackson Peters, son meilleur ami et frère de cœur, leva les yeux au ciel.

— Tu n'as pas perdu une partie depuis avant notre rencontre au foyer. Cette arnaque pourrait marcher avec ceux qui ne se doutent de rien, mais pas avec moi, Knox.

Ils avaient été placés ensemble dans des familles d'accueil et des foyers pour enfants abandonnés. Compagnons de chambrée à cause du nom de famille qu'ils partageaient. Un hasard qui avait conduit à une longue amitié.

— Bien, dit Knox. Le gagnant paie les boissons.

Son copain était déprimé. Il l'était depuis qu'il était revenu d'Hawaï près d'un an auparavant. C'était le plus long accès de mélancolie qu'il avait jamais vu. Après des vacances. Et Jackson ne voulait pas lui dire pourquoi.

— Si tu veux jouer aux fléchettes, tu peux juste me demander de jouer aux fléchettes. Pas besoin de m'appâter avec une boisson.

Jackson leva la bière qu'il tenait depuis une heure pour porter un toast ironique.

Knox leva les yeux au ciel avant d'approcher la cible. Jackson avait raison ; entre eux, il ne s'agissait guère d'une compétition. Il avait commencé à jouer aux fléchettes à l'occasion d'une entourloupe montée par un de ses parents d'accueil, un homme loin d'être exemplaire. Son œil pour les détails et sa soif de perfection l'avaient conduit à maîtriser parfaitement le jeu, et son père adoptif utilisait cette maîtrise pour plumer de naïfs clients de bar.

Knox donna à Jackson le jeu de fléchettes rouges. Jackson se plaça sur la ligne et lança la première fléchette, qui se planta près du centre de la cible. Mais pas assez près.

C'était quelque chose que Knox aimait chez Jackson : son ami ne l'avait jamais battu dans une partie, mais il ne renonçait jamais à tenter sa chance. Et il ne perdait jamais volontairement, afin d'en finir plus vite.

La partie progressa normalement. Quelques personnes s'avancèrent pour les voir tirer.

— Quelle précision !

Une jeune femme applaudit en allant vers Jackson. Son frère n'allait pas gagner, mais il était plus qu'attirant, avec son charisme et sa peau noire. Toutefois, Knox savait que la tentative de la jeune beauté se solderait par un échec.

Jackson n'avait jamais été un play-boy, mais avant il sortait régulièrement avec des femmes. Autre chose qui avait cessé après ses vacances.

— Elle est mignonne.

Knox retira sa fléchette plantée dans le mille.

— Tu devrais l'inviter, dit Jackson en agitant de nouveau sa bière dans sa direction.

Knox secoua la tête. Il était sorti avec trois femmes depuis qu'il était devenu chirurgien. Toutes les trois avaient rompu lorsqu'il avait établi que ses patients étaient sa priorité absolue. Ce n'était pas juste pour elles. Il le comprenait.

Dans une relation, votre partenaire méritait de savoir qu'il arrivait au premier rang dans votre vie. Peut-être que quelque chose était brisé en lui, puisqu'il était incapable d'accorder ce statut à quelqu'un. L'univers s'était ligué contre lui de bonne heure. Abandonné par sa mère à huit ans, il était allé de foyer en foyer jusqu'à sa majorité. Mais il avait terminé le lycée premier de sa classe pour prouver à sa dernière famille d'accueil qu'il n'était pas un perdant. Un temps, il avait espéré que sa mère retrouverait finalement sa garde, mais il avait appris qu'elle avait renoncé à tous ses droits parentaux.

Après un échec en anglais en quatrième, il avait été le meilleur dans presque tout ce qu'il avait entrepris.

— Elle n'a pas craqué pour moi. Elle a craqué pour toi. Sortir un peu plus ne serait pas le pire qui pourrait t'arriver.

Knox lança une autre fléchette. En plein dans le mille.

— Je ne suis pas le seul qui pourrait passer moins de temps à l'hôpital, ajouta-t-il.

Jackson lança sa fléchette et frappa le cœur de la cible, là où n'atterrissaient que les fléchettes de Knox, d'ordinaire.

— Dans le mille.

— Un coup de chance, dit Knox avec un petit rire. Et puisque nous parlons travail, la dernière fois que l'un de nous a pris des vacances, il est revenu plus ronchon que jamais. Ce n'est peut-être pas l'hôpital qui est en cause.

Il était chirurgien généraliste et Jackson, infirmier anesthésiste. Ils vivaient pratiquement au Hope Hospital de Phoenix, Arizona. Avant ce soir, ils avaient été de service pendant presque une semaine d'affilée. C'était seulement parce que le règlement de l'hôpital exigeait qu'ils prennent une nuit de repos qu'ils étaient là.

— Pourtant, des vacances ne te feraient pas de mal, dit Jackson. Tes patients se porteraient très bien sans toi pendant quelques jours.

Il lança sa dernière fléchette, juste à côté du centre.

Ses patients s'en sortiraient. Rationnellement, Knox le savait, mais nombre de chirurgiens et de membres du personnel voyaient Hope Hospital comme un simple tremplin. Ils étaient focalisés sur les prochaines marches qu'ils pourraient gravir.

Leur hôpital était petit ; il recevait beaucoup de patients qui luttaient pour joindre les deux bouts. Ces derniers méritaient de la stabilité, aussi.

Knox comprenait l'attitude de ses collègues. Il avait considéré Hope de cette façon, lui aussi – autrefois. Et il partirait un jour, mais chaque fois qu'une possibilité se présentait, il trouvait une excuse pour ne pas la saisir.

— Hé ! Allez vous battre dehors !

La voix du tenancier du bar s'éleva au-dessus de la cacophonie ambiante. Knox vit quelques têtes se tourner vers l'entrée. Il n'avait pas envie de se mêler à ce qui se passait.

— Quelqu'un a trop bu.

Jackson ôta les fléchettes de la cible et tendit les siennes à Knox.

— C'est toujours comme ça.

Knox leva sa dernière fléchette. Un bruit de verre brisé et des cris aigus résonnèrent devant le bâtiment. Jackson escorta aussitôt Knox à l'extérieur, des années d'entraînement les propulsant vers les blessés éventuels. Des appels au secours retentissaient, réclamant une aide médicale.

— Appelez le 911.

Jackson pointa du doigt un jeune homme qui tenait son téléphone.

— Tout de suite.

Le tenancier du bar avait sans doute appelé, mais l'endroit était trop bondé pour qu'ils s'en assurent. Et un autre appel aux urgences ne ferait pas de mal.

Trois corps étaient allongés sur le trottoir ; du sang se répandait déjà autour d'eux.

— Merde.

Le mot échappa à Knox tandis qu'il regardait la scène. Une femme blanche était courbée sur l'un des blessés, ses cheveux sombres et bouclés tombant sur son visage tandis qu'elle appuyait sur une blessure dont s'échappait du sang.

— Je suis médecin. Ces deux-là sont passés à travers la vitrine. Elle, là, a été blessée à l'arme blanche.

Sa voix paraissait familière, mais c'était peut-être l'effet de l'adrénaline. Knox observa les deux hommes qui gisaient par terre. L'un d'eux était conscient. Il le désigna du doigt et Jackson se pencha pour l'examiner, tandis que lui se concentrait sur le jeune homme inconscient.

Il entendit des sirènes et espéra que les secours avaient envoyé plus d'une ambulance.

— J'ai un homme inconscient qui doit avoir dans les vingt-cinq ans, annonça-t-il. Blessure à la tête, des coupures dans le dos. Apparemment, il a été le premier à franchir la vitre. Pouls rapide mais régulier. Quelle est la situation de la femme ?

Opérer le tri des blessés sur les lieux n'était pas quelque chose que les chirurgiens faisaient souvent, mais il fallait établir qui devait être transporté en premier.

— J'ai une femme de vingt-trois ans. Deux coups de couteau, un au côté et un dans le bas de l'abdomen. Pouls faible. Elle a la priorité.

La voix de la femme médecin était tendue. Les blessures à l'arme blanche étaient dangereuses et, dans l'abdomen, très dangereuses. La jeune femme aurait besoin d'être opérée d'urgence, et cela ne suffirait peut-être pas à la sauver.

— D'accord.

Knox regarda Jackson. Son patient était assis, le visage pâle, de la sueur perlant sur son front, une vilaine entaille sur son avant-bras gauche et des coupures aux jambes. Le regard de l'homme ne quittait pas la femme blessée. Il serait le troisième à être transporté.

— Est-ce qu'elle va s'en sortir ? demanda-t-il.

Des larmes coulaient sur ses joues ; Knox se dit que c'était à cause de la femme qui gisait par terre, pas à cause de ses blessures.

La femme médecin ne leva pas les yeux. Le fait qu'elle ne réponde pas n'était pas bon signe.

— On va la conduire au Hope Hospital, dit-il. C'est le plus près. Ils feront de leur mieux.

Knox savait que ses mots n'étaient pas réconfortants, mais offrir de faux espoirs n'était pas non plus une idée formidable.

— C'est son ex-mari qui l'a poignardée, dit l'homme dont s'occupait Jackson. Le salopard était furieux qu'elle soit avec moi.

— Inspirez à fond. Je ne veux pas que vous soyez victime d'un choc.

La voix de Jackson était douce, mais Knox connaissait le ton de son frère. Il était affecté. On ne travaillait pas dans le secteur médical sans voir les effets de la violence domestique. Ces cas touchaient toujours Jackson, mais il ne laissait personne, à part Knox, s'en rendre compte.

Il regarda ce dernier avant de ramener son attention sur l'homme qu'il traitait.

— La police sera informée, mais pour l'heure notre priorité est de prendre soin de vous tous.

C'était la vérité. Quand bien même l'homme dont Knox s'occupait avait commis un crime, même mortel, c'était leur responsabilité de le soigner.

La première ambulance s'arrêta et la femme médecin leva la tête. Knox la reconnut tout de suite. Miranda Paulson. Pas possible ! Elle était sur la côte Est, où elle travaillait dans un hôpital sophistiqué consacré à la recherche, avec des financements importants. Le poste dont il rêvait.

Celui pour lequel il aurait quitté Hope – si on le lui avait proposé.

— Elle part la première ! Il faut prévenir Hope qu'on aura besoin d'une salle d'opération prête.

Les ordres de Miranda étaient hachés. Elle se leva, continuant à presser la blessure tandis qu'elle marchait à côté des ambulanciers et montait derrière eux.

Une deuxième ambulance arriva. Bon. Il fallait espérer qu'une autre serait bientôt là pour le patient de Jackson.

— C'est le tour de mon blessé, lança Knox aux ambulanciers.

Il leur donna les informations de base et précisa que la police pourrait venir à l'hôpital.

Quand la troisième ambulance fut là, il attendit pendant que Jackson remettait son patient aux ambulanciers.

— Hé, quelqu'un sait à qui est ce sac ?

Un jeune homme noir brandissait un grand sac à main. Un sac que personne n'emporterait dans un bar. Son aspect sérieux, professionnel, proclamait qu'il appartenait au Dr Miranda Paulson.

S'il lui était arrivé d'esquisser un sourire durant leurs années d'internat, Knox n'en avait rien vu. Et tous deux étaient ensemble la plupart du temps, en compétition pour des heures en chirurgie, des postes et cette place à l'hôpital spécialisé dans la recherche. Jackson avait plaisanté, une fois, disant qu'ils passaient plus de temps ensemble que beaucoup de couples mariés – et qu'ils se battaient comme eux.

— Il est au Dr Paulson.

Knox tendit la main et l'homme voulut lui donner le sac, puis il recula.

— Vos mains sont couvertes de sang.

— C'est vrai.

Bonne remarque. Miranda avait beaucoup de goût pour s'habiller. Le sac était probablement de marque. Il n'allait pas le tacher.

— Laissez-moi me nettoyer, puis mon collègue et moi irons à l'hôpital. Le Dr Paulson y sera.

Knox regarda son jean. Du sang couvrait ses genoux et sa chemise était salie aussi, mais il pouvait au moins se laver les mains.

— Une nuit dehors qui aura coûté cher, dit Jackson en passant les siennes sous le robinet à côté de lui. Et tu as mentionné le Dr Paulson ?

— Oui.

Knox ravala les autres mots qui bouillonnaient en lui. Il reconnaîtrait Miranda jusqu'au jour de sa mort. Les douces boucles sombres. Les yeux noisette. Des lèvres qui avaient l'air d'être faites pour sourire, mais restaient constamment pincées. Un cerveau qui fonctionnait plus vite que tout ce qu'il avait jamais vu.

Jackson s'éclaircit la gorge, mais ne dit rien.

— Je suppose qu'elle sera à l'hôpital, et qu'une fois l'adrénaline retombée elle se rendra compte qu'elle n'a pas son sac. Alors nous allons le lui rapporter.

Knox ignora le pincement dans son ventre à la pensée de revoir Miranda. Cette femme avait obtenu ce qu'il désirait le plus. Certes, elle l'avait mérité. Il aurait pu râler pendant des semaines parce qu'il avait raté cette occasion, mais il savait qu'elle avait été un bon choix.

Le meilleur.

Et, de son côté, il avait redoublé d'efforts pour faire ses preuves. Pour devenir le meilleur chirurgien généraliste du Hope Hospital. En dehors du chirurgien en chef, il avait plus de certifications que n'importe quel autre chirurgien de l'hôpital.

Ils sortirent des toilettes. Le jeune homme leur tendit le sac.

— Vous vous assurerez qu'elle le recupère ?

— Oui. Nous connaissons le Dr Paulson depuis très longtemps.

Knox entendit Jackson tousser, mais il l'ignora. Ils se connaissaient effectivement depuis longtemps. Peut-être pas comme meilleurs amis, mais ils avaient une histoire.

— Est-ce que tu seras capable d'agir en douceur ?

Jackson fixa le sac dans les mains de Knox, puis croisa le regard de son frère.

— Bien sûr. Elle est probablement juste de passage en ville. Elle rend peut-être visite à sa famille.

Miranda avait une grande famille, trois sœurs et deux parents heureux. Il se souvenait de les avoir vus à la cérémonie de remise des diplômes. Posant pour des photos. Ce jour-là, Jackson à lui seul avait été toute sa famille. Sa présence avait été bien préférable à celle de sa mère, si elle avait décidé de se montrer. Mais en voyant les autres entourés de la chaleur de leurs proches, il avait eu du mal à ignorer un pincement de jalousie.

— Bon. Allons trouver le Dr Paulson.

Ceci n'était pas ainsi que le Dr Miranda Paulson comptait revenir au Hope Hospital. En fait, elle n'avait pas vraiment prévu d'y revenir. Non, ce retour signait son échec.

Un échec peut-être nécessaire. Mais cela ne changeait pas le fait qu'elle avait brillé au Parkins Research Hospital de New York – un hôpital privé qui se targuait de n'employer que les meilleurs. Puis elle avait été submergée par un burn-out sans fond à la suite de son divorce.

Bon, en réalité, le burn-out avait commencé bien avant le divorce.

Revenir en arrière, rentrer à la maison. Prendre un nouveau départ. Ce n'était pas un plan pour l'ancienne major de toutes les classes qu'elle avait fréquentées.

— Docteur Paulson.

Hugh Lawton, le chef du service de chirurgie au Hope, paraissait bien plus fatigué que dans son souvenir. Knox Peters et elle avaient été internes sous ses ordres.

Knox. Il était au bar, ce soir-là. Jackson aussi.

Là où l'un allait, l'autre suivait. Certaines choses ne changeaient pas. C'était étrangement réconfortant. Ces deux-là n'étaient pas frères, mais ils étaient plus proches qu'elle et ses sœurs. Le sang était peut-être plus épais que l'eau, mais l'amour était plus épais que tout. Et son absence… Son absence était ressentie à travers les générations. Mais ils essayaient à présent de briser cette malédiction, trente ans plus tard. Mieux valait tard que jamais.

— Je dirais bien qu'il est plaisant de vous revoir avant mon retour officiel, demain, mais…

Miranda leva les mains. Elles n'étaient plus couvertes de sang, mais il y avait des taches sur son jean et elle avait mis son haut blanc à la poubelle. Une infirmière lui avait fourni une chemise. Elle ne lui allait pas bien, mais elle était propre, c'était tout ce qui comptait.

— Oui, dit Hugh. Rouler dans une ambulance avec une patiente frappée à l'arme blanche, ce n'est pas rien.

— C'est une expérience que j'aimerais ne jamais répéter. Des nouvelles de Jill ?

Dans l'ambulance, la jeune femme avait été tour à tour consciente et inconsciente. Mais chaque fois qu'elle avait été réveillée, elle avait supplié Miranda de la sauver. Des mots qui n'étaient jamais faciles à entendre.

— L'opération prendra des heures. Deux blessures abdominales…

Hugh laissa mourir sa phrase. Miranda connaissait les statistiques. Il savait qu'elle les connaissait. L'opération n'était que le premier obstacle à surmonter. La bonne nouvelle, c'était que Jill était jeune. Si son corps avait une chance de guérir, cela se ferait plus vite. Ses chirurgiens devaient juste se battre pour cette chance.

— C'est agréable de vous retrouver, reprit-il.

— Je suis heureuse d'être ici.

C'étaient les mots que Miranda était censée dire. Qu'ils ne sonnent pas vrai n'avait pas d'importance. Elle en avait prononcé de multiples versions depuis qu'elle avait démissionné du Parkins Research Hospital.

Excitée d'aborder un nouveau chapitre.

En avant pour de nouvelles aventures.

Revenir sera plaisant.

Des platitudes attendues. Des mots qui cachaient le syndrome de l'imposteur et le sentiment d'échec qui se faufilaient dans son esprit chaque minute ou presque. Le rappel qu'elle avait été bonne, mais pas assez bonne.

Hugh hocha la tête.

— Je n'aurais jamais pensé vous revoir dans notre hôpital régional. Mais je suis content que vous soyez là.

— Miranda !

La voix de Knox retentit derrière elle. Elle se tourna et son corps fit ce qu'il faisait toujours. Il se referma sur lui-même.

L'homme était beau à vous en mettre l'eau à la bouche. Intelligent. Avec de l'humour. Elle disait toujours à ses amis que les médecins ne ressemblaient pas à ceux que l'on voyait à la télévision. Ils n'étaient pas tous grands, musclés, avec des yeux gris qui vous donnaient envie de leur ôter leur uniforme. Or le Dr Knox Peters aurait parfaitement eu sa place dans n'importe quel téléfilm. Sauf qu'il était un brillant chirurgien.

Ils s'étaient mesurés l'un à l'autre depuis la faculté de médecine jusqu'à l'internat. Elle arrivant première. Lui second... à très peu d'écart. Il aurait dû faire une année ou deux à Hope, puis aller dans un plus grand hôpital. Sapristi, elle s'était presque attendue à le trouver à côté d'elle à Perkins, un beau jour. Peut-être que s'il était venu...

Elle força son esprit à s'éloigner des « Et si... ». Knox était ici et marchait vers elle, Jackson près de lui. Il tenait son sac.

Elle n'avait pas réalisé que son sac était resté au bar. En pilotage automatique, le cerveau pouvait faire des miracles en éliminant toutes les informations qu'il ne jugeait pas nécessaires en situation de lutte. Comme le fait de ne pas avoir son sac.

— Merci. Comment vont vos patients ?

Elle prit le sac des mains de Knox, en évitant soigneusement tout contact. Autrefois, son corps s'était enflammé lorsqu'il la touchait. De légers contacts, professionnels. Rien de sexuel, mais son corps n'avait pas été capable de faire la différence.

Elle ne voulait pas risquer de découvrir que le penchant qu'elle avait eu pour lui était toujours là et bien là. Ou plutôt, elle n'en cherchait pas la confirmation.

Son divorce avait été prononcé un an plus tôt. La séparation s'était produite l'année d'avant.

— L'un d'eux est en état d'arrestation et on s'attend à ce qu'il se rétablisse complètement. L'autre va bien.

Knox souffla et passa une main dans ses cheveux blonds.

— Dure nuit. Une chance que nous ayons été là tous les trois. Tu restes longtemps à Phoenix ?

Il sourit. Ses dents du haut étaient légèrement irrégulières, mais cela n'enlevait rien à son charme. Miranda se dit qu'en fait, cela le renforçait.

— Oh ! fit-elle en regardant Hugh.

N'avait-il pas dit à Knox qu'elle commençait le lendemain ? Était-ce à cause de leur rivalité en tant qu'internes ? Cela remontait à des années.

Le temps ne guérissait peut-être pas toutes les blessures, mais ils n'étaient plus des étudiants en compétition.

— Docteur Peters, le Dr Paulson est notre nouveau chirurgien généraliste. Je vous ai dit qu'elle serait en observation après de vous quand elle commencerait.

— Je ne pensais pas que vous vouliez parler de Miranda. Elle est censée être un crack sur la côte Est.

Avait-il appuyé sur le mot « censée » ?

Miranda se mordit l'intérieur de la joue pour garder une expression neutre. Les yeux bleu foncé de Knox rencontrèrent les siens, et elle eut l'impression qu'ils étaient traversés par un éclair.

— Paulson est un nom courant.

Jackson changea de position. Knox paraissait frustré.

— Tu as obtenu la bourse. Tu travaillais comme enseignante-chercheuse à Parkins. Tu...

— J'ai échoué et je suis revenue.

Miranda hocha la tête.

— Oui. Ils auraient dû te donner la bourse à toi. Avec le recul, je pense que nous étions à égalité.

— Knox.

La voix de Jackson était douce, mais elle vit Knox tiquer. Son ami l'invitait à garder son calme. Miranda se mordit la lèvre.

— Si tu ne veux pas me prendre avec toi...

Knox secoua la tête.

— C'est bon. Mais tu as vraiment renoncé au poste à Parkins ?

— Renoncé... le terme est tout relatif.

Elle n'avait pas été virée, mais les appréciations sur ses performances avaient indiqué clairement que son contrat ne serait pas renouvelé. Alors elle avait démissionné et pris les vacances qu'elle avait reportées indéfiniment.

Il se racla la gorge.

— Désolé.

— Ne le sois pas.

Elle croisa les bras. Cela lui donnait au moins une petite impression de contrôle.

— J'ai échoué. Une première.

Elle baissa les yeux sur le sol. Pourquoi fallait-il justement que Knox soit témoin de son échec ? Elle n'avait plus ses parents et ses sœurs étaient heureuses qu'elle soit revenue. Pour elles, le revers qu'elle avait subi était quelque chose de positif. Une chance de prendre un nouveau départ.

Elle seule savait ce que son échec signifiait. Et elle le mesurait d'autant mieux maintenant qu'elle était face à ce collègue et rival – qui, étrangement, lui avait manqué.

— Peut-être que si tu avais été là, j'aurais pu me concentrer pour te battre.

— Personne ne me bat plus, à présent.

Un rire étonné s'échappa de la poitrine de Miranda.

— C'était une plaisanterie.

Elle regarda Hugh et tira son téléphone de sa poche arrière pour appeler un taxi.

— Et tu disais que tu la jouerais tranquille...

Les paroles de Jackson furent à peine audibles, mais le fait que Knox, avant leur arrivée, avait dû parler de la façon dont il se comporterait avec elle l'attrista. Elle les avait toujours vus comme des rivaux, deux collègues doués essayant chacun de l'emporter sur l'autre. Pas comme des ennemis.

Bien sûr, j'ai tout gagné...

Ses souvenirs étaient peut-être embrouillés. Mais peu importait.

— On se voit demain.

Elle passa devant eux sans regarder en arrière. Son âme était trop meurtrie pour continuer cette joute verbale.

Le lendemain, elle serait le Dr Paulson, et elle revêtirait l'armure mentale qu'elle avait utilisée toute sa vie. Une chirurgienne coriace. Un médecin terre à terre. La meilleure de sa classe.

Plutôt que la femme brisée qu'elle se sentait être lorsqu'elle était seule.

2

Miranda était assise dans sa voiture, se préparant mentalement à franchir les portes du Hope Hospital. Ce jour-là était la première page d'un nouveau chapitre. Et qu'elle ne l'ait pas désiré était hors de propos.

Elle devait faire de son mieux.

De son mieux. Les mots favoris de ses parents. Dans la famille Paulson, cela signifiait atteindre la perfection.

En fait, jusqu'à ce qu'elle quitte l'Arizona, Miranda s'était toujours conformée à cette attente. Elle l'avait même dépassée. Elle avait donné l'impression que c'était une chose facile alors qu'elle se brisait à l'intérieur.

Et cela n'avait pas suffi.

Même la perfection ne suffisait pas à rendre ses parents fiers. Du moins en ce qui la concernait. C'était peut-être le syndrome de la fille aînée, comme elle l'avait lu dans un des livres de développement personnel qu'elle dévorait.

Quoi qu'il en soit, sa vie s'était effondrée à Parkins Research. Elle s'était effondrée. Elle ne parvenait pas à faire face à ça.

Elle ferma les yeux, serrant les paupières. C'était le passé. Et elle allait de l'avant. Personne n'avait besoin de le savoir.

Sauf que je l'ai dit à Knox hier soir… et Hugh était là, ainsi que Jackson.

Elle avait tout lâché. Il fallait espérer que la soirée mouvementée en estomperait le souvenir.

Elle tint la tête haute tandis qu'elle franchissait les portes de l'hôpital. Le Dr Miranda Paulson n'allait pas échouer – pas de nouveau.

— Bonjour, docteur Paulson.

La voix de Knox était calme lorsqu'il vint se placer à côté d'elle, attendant que l'ascenseur arrive au garage.

— Bonjour, docteur Peters.

Miranda garda un ton égal, se préparant aux inévitables questions.

Son ex-mari s'emparait avidement de tout signe de faiblesse. Knox aussi, lorsqu'ils étaient internes, mais d'une façon différente. Lance était cruel, alors que Knox se servait simplement de tous les atouts possibles pour arriver le premier. Même si, quand Miranda était de la partie, il avait toujours fini second.

— Hugh veut que tu restes en observation avec moi, déclara-t-il d'un ton sec tandis que les portes de l'ascenseur s'ouvraient.

— C'est ce qu'il a dit hier soir.

Miranda haussa un sourcil en croisant le regard de Knox. Elle observa ses lèvres qui bougeaient légèrement, comme s'il passait sa langue sur ses dents. Un tic nerveux ?

Il se balança sur ses talons et appuya sur le bouton de l'étage de leur service avant de s'appuyer à la paroi.

— Oui, dit-il.

Il était superbe. La beauté personnifiée, pensa Miranda. Détendu, même s'il refaisait le même mouvement avec sa bouche. Peut-être n'était-elle pas la seule à prétendre que rien ne la tracassait.

— Toutefois, après ton départ, j'ai recommandé que les deux semaines habituelles soient abrégées.

Il croisa les bras.

— Après tout, tu as déjà travaillé ici.

Ce qui signifie que nous aurons moins de temps à passer ensemble.

Peut-être n'était-ce pas ce qu'il avait recherché, mais elle était vexée qu'il ait tout de suite demandé à raccourcir leur temps en commun.

— C'est vrai.

Que pouvait-elle dire d'autre ?

Les portes de l'ascenseur s'ouvrirent et Miranda inspira profondément. Il était temps d'y aller. Et elle allait passer chaque moment de travail de la semaine à venir avec Knox.

Elle voulut tourner à gauche, mais il toucha son épaule. Et même si ce contact avait été bref, elle fixa l'endroit où ses doigts s'étaient posés.

— Où vas-tu ?

Elle le regarda.

— Au vestiaire.

Il secoua la tête.

— Ils ont réaménagé l'étage il y a deux ans. Le vestiaire est par là, maintenant.

— Ah.

— Peut-être qu'il te faudra deux semaines, finalement.

— Peut-être.

Clairement, Knox n'avait pas eu l'intention de s'exprimer à si haute voix, mais elle l'avait bien entendu.

Elle était restée absente pendant huit ans. Les choses changeaient et le changement était positif, du moins d'après ses livres de développement personnel.

Les yeux bleus de Knox soutinrent les siens et elle resta là, attendant qu'il dise quelque chose.

— Changeons-nous, puis nous commencerons notre tournée.

— Très bien.

Knox appuya la tête contre son casier et s'efforça de se concentrer sur le programme de la journée. Montrer le service à Miranda. S'assurer qu'elle comprenne ce dont il avait besoin, puis faire savoir à Hugh qu'en fait, un jour d'adaptation était suffisant.

Certes, la plupart des nouveaux avaient droit à six jours d'accompagnement, soit deux semaines au total car trois jours travaillés étaient suivis par trois jours de congé. Mais Miranda avait déjà travaillé ici. Elle connaissait la routine.

Elle était capable de tout retenir sans effort. C'était ce qui avait toujours fait d'elle la première de la classe. Son cerveau était une machine. Celui de Knox était rapide, mais c'était le résultat d'un travail assidu. Seul Jackson le savait.

Un écran de fumée pour paraître désinvolte.

La présence de Miranda faisait resurgir des sentiments qu'il n'avait pas éprouvés depuis des lustres. Elle l'avait toujours obligé à travailler dur, à se surpasser. Quelque part, ces joutes lui manquaient. L'émulation. Le besoin d'avoir le dessus sur elle.

La veille au soir, cependant, elle avait paru différente.

Elle était toujours aussi belle. Peut-être y avait-il quelques rides de plus autour de ses yeux, mais ils ajoutaient à son éclat. Miranda n'avait pas changé, mais la fougue, l'étincelle qui la caractérisait semblaient avoir perdu de son intensité.

J'ai échoué.

Trois petits mots qui le mettaient très mal à l'aise. Il ne pouvait imaginer un monde où Miranda échouait. Cet endroit n'existait pas.

Il s'écarta du casier. Les pensées qui se frayaient un chemin dans son esprit ne lui faisaient aucun bien, en cet instant. Il devait se concentrer sur cette première journée avec Miranda et s'assurer qu'elle était assez bonne pour ne pas avoir besoin de lui.

— Il paraît que ton type d'hier soir a été arrêté dès qu'il a repris connaissance.

Elle était appuyée au mur dans le couloir, l'uniforme bleu qui faisait l'effet d'un sac sur n'importe qui d'autre moulant parfaitement ses formes. Comment faisait-elle ?

— Je n'en suis pas surpris.

C'était malheureux, mais ce n'était pas la première fois qu'un de ses patients avait affaire à la police.

— Ma patiente a bien supporté l'opération.

Elle regarda ses pieds avant de lui refaire face. Il entendit le

« mais » qu'elle n'avait pas prononcé. Les blessures à l'abdomen étaient problématiques, tout chirurgien généraliste le savait.

— Et l'homme qui était avec elle ?

Miranda sourit.

— Tu peux dire à Jackson que je l'ai vu aller prendre un café. Il a soixante points répartis sur tous ses membres, mais autrement il va bien. Il est resté avec Jill toute la nuit. Pas le plus formidable des premiers rendez-vous.

— Un premier rendez-vous ! releva Knox, bouche bée. Mince, j'ai connu plus de quelques débuts difficiles, mais là, c'est le pompon.

— Des débuts difficiles ? répéta-t-elle avec un petit rire. Comment peux-tu connaître un début difficile, *toi* ?

Ses joues rougirent tandis qu'elle croisait son regard, mais elle ne retira pas sa question.

— Cela arrive à tout le monde, répondit-il. Mais peut-être pas à toi.

Le désir de perfection de Miranda touchait probablement tous les aspects de sa vie, y compris sa vie amoureuse.

— Les premiers rendez-vous… Je peux compter ceux que j'ai eus sur les doigts d'une main, dit-elle.

— Vraiment ? J'ai au moins deux poignées d'histoires de premiers rendez-vous ratés.

— Oh !

Elle prit une tablette au bureau des infirmiers et haussa les épaules.

— Je ne suis allée qu'à quatre premiers rendez-vous. J'étais toujours trop occupée, puis j'ai rencontré Lance.

— Lance. Je me souviens de lui. Neurochirurgien, c'est ça ?

— Oui.

Miranda ne leva pas les yeux de la tablette. Elle ne portait pas d'alliance, mais c'était souvent le cas pour les chirurgiens. Toutefois, son langage corporel révélait un malaise. Le pli de ses lèvres. La raideur de ses épaules.

Il avait vu se produire de nombreux divorces dans sa vie. Il ne se rappelait pas celui de son père et de sa mère, mais il y en avait eu plusieurs parmi les familles d'accueil dans lesquelles il avait été placé. Et plusieurs internes anciennement mariés avaient atterri dans le même hôpital.

Cela arrivait. Il n'y avait que les psychiatres qui divorçaient plus que les chirurgiens.

— Alors tu es de retour à Hope. Ça doit te sembler drôlement moins bien que le Parkins Research !

— Penses-tu que c'est moins bien ?

Miranda pencha la tête de côté, une boucle tombant sur son œil gauche.

Non, Knox ne le pensait pas. Il était fier du travail que faisait le Hope Hospital. C'était un hôpital régional, mais il était bon. Cet endroit lui paraissait agréable – même si ce n'était pas tout à fait le mot juste pour décrire le sentiment qui lui faisait refuser toute nouvelle option professionnelle. En fait, il s'y sentait bien, et à sa place.

— Nous avons deux victimes d'accident qui arrivent ! annonça par radio Lisa, la surveillante de l'étage. Des adolescents qui faisaient une course de dragsters. Tous deux ont fait un arrêt cardiaque en route.

Miranda et Knox gagnèrent en hâte le service chirurgie, sans plus penser à rien.

— Jackson est là aujourd'hui ? demanda Miranda alors qu'ils se lavaient les mains.

— Oui, il sera avec nous.

Ils enfilèrent leurs gants et se rendirent en salle d'opération. Les minutes s'égrenaient.

Jackson, qui vérifiait l'équipement avec lequel il endormirait le patient, leur fit un signe de tête.

— Je déteste cette partie, dit Miranda d'une voix douce qui dominait à peine la légère musique résonnant dans la salle.

— Moi aussi, dit Jackson.

Knox n'appréciait pas l'attente non plus. Les chirurgiens

généralistes voyaient plus de traumatismes que dans les autres spécialités. Cela ne signifiait pas qu'attendre était plus facile pour eux.

Il y eut du bruit dans le couloir et tous trois prirent une grande inspiration.

— Seize ans. Il a fallu utiliser un étau pour le sortir.

L'équipe des urgences amena rapidement l'adolescent, donnant des informations peu encourageantes.

— Poumons en mauvais état, hémorragie interne...

Et la liste continua. D'ordinaire, un chirurgien généraliste opérait avec un interne. Mais comme c'était le premier jour de Miranda, elle était face à Knox. Cela faisait une impression bizarre. Ils n'avaient jamais travaillé ainsi.

Ses yeux sombres croisèrent ceux de Knox tandis qu'il prenait le scalpel, et une sensation de calme s'empara de lui. Il regarda Jackson et attendit qu'il lui indique que le patient était complètement endormi.

— Très bien, docteur Paulson. Mettons-nous au travail.

L'adolescent, Fritz, était en salle de réveil. La situation resterait critique pendant les quarante-huit heures suivantes. Knox et Miranda avaient refermé trois déchirures dans sa cavité abdominale et lui avaient ôté la rate. Son camarade avait perdu un pied, amputé au-dessus de la cheville.

Une terrible journée pour tous les concernés. Mais les garçons étaient vivants.

— Tu es prêt à parler aux parents ?

Miranda ôta sa coiffe. Elle avait mal aux pieds et aux reins.

— Non, mais il le faut, répondit Knox en ôtant lui aussi son calot.

Elle le comprenait. Il n'était jamais facile de dire à des parents qu'ils n'étaient toujours pas sûrs que leur enfant s'en sortirait. Mais il y avait dans les yeux de Knox une expression qui lui serra le cœur. Il paraissait désarmé.

— Je peux les mettre au courant, si tu veux.

Il fronça les sourcils et secoua la tête.

— C'est moi qui ai dirigé l'opération. C'est ma responsabilité.

— Très bien.

Miranda alla se placer à côté de lui. Elle avait parlé à des centaines de proches durant sa carrière. Annoncé à des gens les meilleures et les pires nouvelles. Ce jour-là, c'était entre les deux. Mais donner l'information avec Knox, c'était différent.

Alors qu'ils approchaient de la salle d'attente, le bruit d'une violente dispute traversa les portes. Deux femmes s'écharpaient au sujet des jeunes victimes et s'accusaient mutuellement.

— Si ton fils n'avait pas défié le mien, il n'aurait pas perdu son pied !

— Ton fils a toujours semé la zizanie. Fritz est un bon garçon. Un lycéen modèle.

— Parce que tu peux lui payer des cours particuliers !

— Non !

Miranda soupira.

— Les accusations ont commencé.

Les deux garçons étaient en vie, et ce n'était pas un petit miracle considérant qu'ils s'étaient heurtés à vive allure. Mais c'était dans la nature humaine de vouloir blâmer quelqu'un quand quelque chose se passait mal.

— Ce n'est jamais bon signe.

Knox secoua la tête, puis entra. Deux femmes se faisaient face, leurs nez se touchant presque, les joues trempées de larmes. Elles se tournèrent ensemble et Miranda sut qu'elle ouvrait de grands yeux devant ces jumelles identiques qui les regardaient.

— Fritz ? demanda celle de droite, et sa sœur posa une main sur sa taille.

Leur dispute était oubliée, au moins pour le moment.

— Il a bien supporté l'opération, mais les vingt-quatre prochaines heures vont être critiques.

Knox prit une grande inspiration et se rapprocha légèrement de Miranda.

— Nous avons dû lui enlever la rate.

— La rate.

La femme qui était visiblement la mère de Fritz se laissa glisser à terre.

— On peut vivre sans ?

— Oui, répondit Knox.

Comme il n'en disait pas plus, Miranda fit un pas en avant.

— On peut mener une vie normale, même si l'on est un peu plus enclin aux infections. Ma sœur a subi cette opération il y a quelques années. Elle a une cicatrice, mais pas de problèmes, autrement.

— Alors il va aller bien ? demanda la mère, plongeant ses yeux mouillés dans ceux de Miranda.

Celle-ci mesura tout de suite son erreur. Kelly avait mis des mois à se rétablir. Et Fritz n'était pas assez stable pour qu'elle fasse des promesses. C'était un impair qu'elle n'aurait jamais commis un an plus tôt. Elle avait perdu sa faculté de prendre des distances, nécessaire chez un chirurgien.

— Nous serons mieux à même de donner un pronostic demain après-midi, intervint Knox.

Mais la mère de Fritz fixait toujours Miranda.

— Promettez-moi qu'il va aller bien.

Elle ne pouvait en aucun cas l'affirmer.

— Nous faisons tout ce que nous pouvons, répondit-elle, sachant que ces mots n'étaient guère réconfortants, mais c'était la vérité.

— Vous pouvez le voir, si vous voulez, déclara Knox. Il est en soins intensifs, mais une infirmière va vous conduire à lui.

La femme attrapa la main de sa sœur pour se relever. Puis elle passa devant eux, la tête haute, sa sœur à côté d'elle.

Miranda croisa les bras.

— Désolée, dit-elle à Knox.

— Cela arrive.

Il la regarda, ses yeux exprimant ce que tant de gens lui avaient dit les deux dernières années.

Mais normalement, pas à toi.

Jadis, elle avait incarné la perfection. Oui, derrière des portes closes, elle pleurait parfois pendant des heures. Il y avait des jours où elle se sentait plus un robot qu'une personne. Mais ce robot était un meilleur chirurgien que le médecin en proie à ses émotions, et qui faisait des erreurs. Qui échouait...

— Au moins, la dispute s'est arrêtée, dit Knox pour essayer de la réconforter.

— Non. Elles l'ont reportée, c'est tout.

Il lui lança un coup d'œil qui la fit rire.

— J'ai grandi avec trois sœurs. Fais-moi confiance. Cela repartira dès que la crise sera passée. Et cela durera au fil des années.

Elle adorait ses sœurs. Elle n'avait jamais eu envie d'être mère, mais Kelly et Olive avaient trois enfants chacune. Les cousins avaient tous à peu près le même âge. Si leurs aînés avaient un accident de voiture ensemble, les deux sœurs se soutiendraient, mais se disputeraient pour savoir à qui était la faute.

Knox haussa les épaules.

— Les frères et sœurs... Mais toi, ça va ?

— Jackson et toi êtes comme des frères, dit Miranda, éludant sa question. Vous avez sûrement des querelles qui démarrent, puis doivent être mises de côté pendant un moment ?

— Non.

Il secoua la tête, ses yeux bleus la fixant d'une façon qui lui donna envie de se dérober. Elle n'était plus la femme qu'elle avait été. Et il n'y avait même pas de bonne raison à ça.

C'était ce qu'elle avait dit à son psychothérapeute. Elle avait juste fait un burn-out. Pas de cause catastrophique. Pas de changement majeur dans sa vie. Son mariage était un désastre. Lance était cruel. Manipulateur. Fauteur de troubles.

Mais elle avait tenu bon.

En fait, c'était lui qui était parti. Annonçant qu'il avait pris un nouveau poste à trois États de distance sans le lui dire, puis lui tendant les papiers du divorce.

Si elle pouvait recommencer sa vie, il y avait une chose qu'elle changerait : Lance et elle n'auraient pas dû se marier. Une vérité qu'elle avait soupçonnée dès le jour de son mariage.

Les gens divorçaient tout le temps. En particulier les chirurgiens. Ce n'était pas le stress du divorce qui avait causé son burn-out.

C'était comme si, un jour, l'interrupteur qui faisait qu'elle était parfaite s'était éteint. Et rien de ce qu'elle avait fait n'avait pu le rallumer.

— Miranda...

— Je vais bien.

Elle prononça ces mots trop vite et s'en rendit compte tout de suite. Elle resta sur la défensive.

— Vraiment. Vraiment, vraiment bien.

— Trois fois vraiment ?

La sollicitude qui perçait dans les yeux bleus de Knox lui donna envie de se pencher vers lui.

De lui avouer la vérité.

Elle se sentait perdue.

Elle avait tout ce qu'elle avait désiré. Une bonne carrière. Assez d'argent à la banque pour être à l'aise. Des moments heureux en famille avec ses sœurs ; elle aimait son nouveau rôle de tante amusante.

Se plaindre ne lui semblait pas correct.

— Oui. Trois « vraiment », pour renforcer la chose.

Elle se tapota le nez, offrit un sourire qui, elle l'espéra, paraissait sincère, avant de se tourner et de se diriger vers le vestiaire.

Elle garda une oreille ouverte pour le cas où Knox dirait autre chose.

Lorsqu'elle entra dans le vestiaire des femmes, elle tenta de se convaincre que c'était aussi bien qu'il n'ait rien dit.

3

Knox regarda les internes, le lot tout frais de bébés docteurs qui essayaient de définir les prochaines étapes de leur vie.

Miranda et lui avaient fait partie d'une troupe de ce genre. Une troupe qui avait donné des médecins dans toute une gamme de spécialités et à travers tout le pays pendant plus de dix ans.

Il était étrange de se sentir si vieux et, en même temps, de s'imaginer encore parmi eux.

Il repéra la Miranda du groupe. La perfectionniste qui prenait déjà des notes sur une tablette. Une jeune femme debout à côté d'elle l'imitait, mais ne paraissait pas aussi déterminée.

Les autres avaient-ils regardé Miranda et lui de cette façon ? Remarqué les deux super accros à la réussite dans un groupe d'accros à la réussite ?

— Prêt ?

Miranda bâilla en s'approchant de lui.

— Oui. Et toi ?

Elle avait disparu après sa bourde de la veille. Une bévue mineure. Parfois, quand on parlait aux familles, les émotions s'en mêlaient. Mais Miranda avait toujours été trop dure avec elle-même.

— Oui. J'ai juste besoin d'une autre tasse de café.

Elle leva son gobelet en carton et inclina la tête vers les futurs médecins.

— Tu es prêt à convaincre certains de ces gamins qu'ils veulent faire chirurgie ?

— Comment pourraient-ils ne pas le vouloir ?

Knox eut un petit rire. Il avait choisi la chirurgie parce que c'était le plus prestigieux des métiers. Il était resté généraliste parce qu'il aimait toucher à tout. Il avait diverses certifications et travaillait sur toutes sortes de cas.

— Voilà qui est parler comme un vrai chirurgien.

Miranda but une gorgée de café. Son regard était lointain, comme si, devant ces internes, elle pensait elle aussi à leur époque. Mais pour en arriver à une autre conclusion que lui. Peut-être n'était-ce pas la vie qu'elle choisirait si elle pouvait recommencer.

— Bonjour ! lança-t-elle en levant une main.

— Bonjour.

Le salut du groupe, à l'unisson, fit sourire Knox.

— Alors, qui sait déjà que la chirurgie est pour lui ? demanda-t-il.

Il applaudit et leva le pouce vers deux internes sur la droite. La perfectionniste leva la main elle aussi, mais elle avait eu une légère hésitation. Miranda la regarda en inclinant la tête.

— Y a-t-il quelqu'un qui sait que ce n'est pas la spécialité qu'il choisira ? Rassurez-vous : le Dr Peters et moi ne le prendrons pas comme un affront.

— Parle pour toi, dit Knox. Alors ?

Trois mains se levèrent au fond.

— Quelle spécialité vous intéresse ?

— La pédiatrie.

— L'ophtalmologie.

— La radiologie.

Miranda sourit.

— Très bien, vous pouvez continuer à poser des questions. Il y a des spécialités chirurgicales pour deux de ces domaines.

Tous deux répondirent aux interrogations pendant les vingt premières minutes.

— Un chirurgien généraliste voit combien de traumas ? demanda la jeune femme qui avait hésité.

— Pas mal, répondit Miranda. Nous sommes en première ligne. Accidents de voiture, éclatement d'un appendice, bagarres... Nous voyons un peu de tout. Mais toutes les spécialités ont leurs beaux jours et vont plus loin que vous pouvez l'imaginer.

— Il semble y avoir beaucoup de compétition en chirurgie, reprit la même interne, en rougissant.

— Il y a de la compétition dans toutes les spécialités. Un peu moins en chirurgie générale, même si y entrer reste difficile.

— La compétition vous rend meilleur, intervint Knox. Elle vous pousse à vous dépasser. Elle vous fait atteindre des buts que vous n'auriez peut-être pas atteints sans vous mesurer à quelqu'un d'autre.

C'était ainsi qu'il était arrivé là où il en était. En grande partie à cause de la femme qui se trouvait à son côté – ou grâce à elle.

— La compétition *peut* être saine.

La façon dont Miranda insista sur le « peut » fit relever la tête à Knox. Ils avaient rivalisé pour tout ; elle avait tout gagné. Elle ne pouvait pas le regretter !

— Choisiriez-vous une autre spécialité, si c'était à refaire ?

Knox se sentit aussi intéressé par la réponse de Miranda que la jeune interne qui avait posé la question.

— Non, je ne choisirais pas une autre spécialité. La chirurgie générale est gratifiante. La bouffée d'adrénaline que l'on ressent en sauvant quelqu'un d'un trauma est réelle.

Elle inspira profondément, jeta un coup d'œil à Knox et reprit son air lointain.

— Mais je ne peux pas vous regarder et vous dire que je ne changerais rien à ma carrière. Après mon doctorat, j'ai accepté un poste d'enseignant-chercheur, très convoité, que je n'aurais pas dû prendre. Il arrive parfois qu'on se focalise sur ce que les autres prétendent que l'on doit vouloir, plus que sur ce qu'on veut soi-même.

Les oreilles de Knox bourdonnèrent et il dut s'obliger à relâcher la tension dans sa mâchoire, qui lui faisait mal.

Comment pouvait-elle dire qu'elle changerait ça ? Comment pouvait-elle admettre qu'elle n'avait pas voulu le poste d'enseignant-chercheur ? C'était *le poste* qui l'aurait convaincu de partir d'ici ! Celui pour lequel il aurait absolument dit oui !

Que serait sa vie à lui, aujourd'hui, si Miranda s'était rendu compte de son erreur des années plus tôt ?

— Il est temps de commencer la tournée.

Knox s'éclaircit la gorge. Il avait besoin de bouger, de chasser l'inconfort qui lui collait à la peau. N'importe quoi pour se concentrer sur autre chose que sur des « Et si... ».

— Vous avez beaucoup de chance.

Miranda se tenait près du lit de Jill. La jeune femme avait encore deux drains dans le ventre, mais son pronostic était positif.

— Doug se fâche parfois, mais je n'aurais jamais cru qu'il en viendrait à...

Jill regarda par la fenêtre, pour éviter de se confronter à la réalité. Mais elle n'avait rien fait de mal.

— Ce n'est pas votre faute.

Miranda savait que la honte accompagnait souvent les violences domestiques. Ce n'était pas juste. Seul l'agresseur était responsable, mais la victime se disait qu'elle avait fait quelque chose pour le provoquer.

— Quand vais-je quitter ce service ? J'aimerais sortir de l'unité de soins progressifs.

L'USP était entre les soins intensifs et une unité standard.

— Je sais, répondit Miranda, mais le fait que vous ne soyez plus en soins intensifs deux jours après l'attaque est déjà un petit miracle.

Jill essuya une larme sur sa joue.

— Je veux rentrer chez moi.

— Je comprends. Retrouver le confort de votre propre lit...

— Non. Ma maison. Je suis venue à Phoenix pour un travail. Le travail de Doug. Puis on a divorcé et je suis restée parce que... Je ne sais pas pourquoi. Parce que c'était facile. Jusqu'à ce que ça ne le soit plus.

Jill ferma les yeux.

— Vous allez encore me dire que ce n'est pas ma faute ? Je voudrais pouvoir appuyer sur un bouton et me retrouver dans six mois.

— Dans six mois, votre corps sera guéri. La vie sera différente, mais cela ne veut pas dire que tout ira bien. Donnez-vous du temps, Jill. Vous en valez la peine.

Miranda se leva.

— Si vous avez besoin de plus d'antalgiques, dites-le aux infirmières.

Elle prévit de demander une visite du psychologue de l'hôpital. Cela l'avait aidée, elle.

Lance n'avait jamais levé la main sur elle, même si elle l'en croyait capable. Il avait utilisé la manipulation émotionnelle. Il l'avait fait se sentir tellement sans valeur qu'elle avait forcé, encore et encore, pour faire ses preuves. Tous deux se concentraient sur leur carrière. Elle aurait voulu que leur mariage arrive juste après, mais hélas elle ne faisait pas partie des priorités de son mari. Elle s'était dit que si elle travaillait plus dur, cela pourrait changer.

Et quand elle avait craqué, victime du burn-out, incapable de se concentrer sur quoi que ce soit, quand elle était allée demander un congé sabbatique, Lance l'avait traitée de folle. Il avait dénigré sa santé mentale.

Le pire, c'était qu'elle l'avait cru. Couchée, déprimée et se sentant inutile, en proie aux sinistres démons de la dépression. Elle était restée, ce qui l'irritait encore plus qu'elle ne voulait l'admettre. Puis il l'avait quittée.

La plupart du temps, elle se sentait encore dans la peau d'un imposteur. Une ratée qui se cachait derrière un remarquable curriculum vitæ. Elle voulait que cette impression cesse. Trouver un moyen de prouver qu'elle allait bien.

Knox enregistrait des notes dans un ordinateur. Il inclina légèrement la tête lorsqu'elle arriva, mais ne dit rien. Il avait la mâchoire contractée. Il s'était montré professionnel, ce jour-là, mais ils ne semblaient plus aussi à l'aise l'un avec l'autre que la veille.

L'esprit de Miranda chercha tout de suite ce qu'elle avait pu faire de travers. Puis elle se ressaisit. Elle n'était pas responsable de la mauvaise humeur de Knox. Ou si elle l'était, ce n'était pas juste et ça n'était pas son problème. À lui de faire de nouveau bonne figure... ou pas.

Elle avait endossé toute la responsabilité de la relation avec Lance, fait de son mieux pour le satisfaire et le rendre heureux, en devenant de plus en plus petite, de plus en plus insignifiante. Cela ne se reproduirait pas.

— Jill est agitée, et elle doit passer encore deux jours au moins en USP. L'hôpital a-t-il des programmes pour occuper les patients qui s'énervent ?

— Quelle sorte de programmes ? demanda Knox en continuant à taper.

Miranda s'empêcha de demander : « Es-tu fâché contre moi ? »

— Eh bien, des bénévoles qui viendraient jouer aux cartes, du matériel pour fabriquer des objets, peut-être une console de jeux vidéo, du papier pour écrire une histoire ou des lettres...

Chaque chambre était équipée d'une télévision, mais on s'en lassait vite, comme des smartphones.

— Hope n'est pas un très grand hôpital, Miranda.

— Je le sais ! dit-elle en riant.

Knox se tourna vers elle.

— Si tu voulais des choses qui sortent de l'ordinaire, tu aurais dû rester dans ton hôpital sophistiqué.

— Accouche.

Elle croisa les bras. Quoi qu'il ait à dire, cela irait mieux s'il le disait.

— Pardon ?

— Ne fais pas l'idiot, docteur Peters. Tu es sec avec moi. Tu l'as été toute la journée. Je te demande si je peux faire quelque chose pour une patiente et tu es désobligeant. Alors qu'est-ce que tu veux me dire, en réalité ?

Les yeux de Knox s'agrandirent et ses joues s'enflammèrent. Sous l'effet de l'embarras ou de la colère, peut-être un peu des deux.

— Tu avais tout. Tout. La bourse. Le poste mirifique. Comment pouvais-tu ne pas en vouloir ? Comment, après avoir travaillé si dur pour me battre, as-tu pu dire à une interne que tu aimerais pouvoir changer ça ?

Il pinça l'arête de son nez.

— Tu as obtenu la chose que je désirais le plus, et finalement tu n'en voulais même pas.

Miranda battit des cils. Elle doutait que Knox ait eu l'intention de dire tout ça. Mais maintenant que c'était fait, ils ne pouvaient pas revenir en arrière.

— Es-tu le même que lorsque nous étions internes ? demanda-t-elle.

La vie l'avait changée, elle. Qu'elle ait souhaité ces changements ou non, peu importait.

— Oui.

Il croisa les bras.

— Je suis toujours l'homme qui travaille dur, l'homme performant que tu as connu.

Miranda le regarda. Les muscles de ses épaules étaient crispés, ses avant-bras aussi. Il était très tendu, qu'il en ait conscience ou non.

— Eh bien, moi, j'ai dû changer. À demain.

Elle se tourna et s'en alla. Qu'y avait-il d'autre à dire ?

Knox n'avait pas eu besoin que Jackson lui dise qu'il s'était comporté comme un goujat. Il en avait conscience. Mais son frère l'avait aidé à rassembler des éléments pour ses excuses.

Il regarda le petit meuble de rangement, dans la salle de repos, qui avait été empli en partie d'un bazar digne d'être mis à la poubelle, selon lui. Il avait relayé l'idée de Miranda en envoyant un texto à Hugh : donner aux patients des moyens de s'occuper. Le chef de service avait accepté le projet.

Il apposa une étiquette « Distractions » sur le placard et se pencha en arrière, admirant son travail.

— Je vais bien rire si tu te penches un peu plus et tombes à la renverse.

Le ton léger de Miranda le stupéfia. Il s'était préparé à un service tendu, ce matin-là.

— Je suis désolé pour hier.

Knox se tourna et les yeux sombres de son amie croisèrent les siens. Elle avait des cernes, il l'avait empêchée de dormir. Tout ça parce qu'elle avait changé d'orientation dans sa vie.

Ce genre d'évolution pouvait être bénéfique. S'il ne l'avait jamais fait, c'était parce que sa position lui convenait. D'autres en changeaient tout le temps. Et Miranda était de retour ici. C'était bien. Il n'avait pas mesuré à quel point sa présence lui avait manqué jusqu'à ce qu'elle soit là. Et il avait tout gâché en réagissant trop fortement !

Elle avait été la meilleure candidate pour le poste. Il était certain qu'aujourd'hui, il aurait pu l'obtenir, lui. Mais à l'époque… elle avait été le bon choix.

— J'apprécie tes excuses. Pourquoi admires-tu ce placard ?

Ses sourcils levés le firent sourire.

— J'ai volé ton idée.

— Je n'ai pas eu d'idée.

Elle croisa les bras et se balança sur ses talons. Le pli de ses lèvres, son froncement de sourcils le heurtèrent. Il l'avait blessée plus qu'il ne l'avait réalisé, la veille.

— Ce n'est pas vrai.

Il ouvrit le placard avec un grand geste de la main. Miranda gloussa, ce qui le fit rire.

— Je vois un placard presque vide ! dit-elle en souriant.

— Il n'est pas vide, fit Knox en lui tirant la langue.

— J'ai dit presque.

Il regarda le jeu de cartes, la boîte de peinture et les cahiers de coloriages pour adultes qui ne tenaient presque pas de place.

— D'accord, il est presque vide, mais je suppose que nous pouvons y remédier.

— Nous ?

— Oui. Tu avais raison. Nous devrions avoir des solutions pour les patients qui sont coincés ici. Il y a une bibliothèque près de la cafétéria, aussi. J'aurais dû m'en souvenir hier, mais j'étais trop focalisé sur...

Knox prit une grande inspiration.

— Sur ta colère vis-à-vis du passé, acheva Miranda. Ce qui est stupide. Tu ne peux pas en vouloir au passé. Ce qui est fait est fait. Tu as le droit d'avoir des sentiments à ce sujet. Mais tu n'as pas le droit de t'en servir pour m'accuser.

— On croirait entendre un psychothérapeute.

Il avait vu un tas de conseillers et de psychologues quand il était en foyer ou en famille d'accueil. Aucun d'eux n'avait eu grand-chose à dire à un jeune garçon qui savait que sa famille ne voulait pas de lui. Ils lui avaient offert des platitudes. Lui avaient dit que ce n'était pas sa faute. Lui avaient donné des brochures et des livres. Rien ne l'avait aidé.

Ce qui lui avait été bénéfique, finalement, c'était d'avoir de bonnes notes, d'être le meilleur de sa classe ou presque. De se faire une place et de savoir que plus personne n'aurait de reproches à lui faire.

— Il se peut que j'aie entendu un thérapeute le dire, admit Miranda en haussant les épaules. Ça n'en est pas moins vrai.

Elle regarda son bipeur, qui avait sonné.

— Nous avons une consultation aux urgences.

Ils descendirent l'escalier pour s'y rendre. L'animation du service rappelait toujours à Knox un ballet bien chorégraphié mais toujours à un pas du chaos.

— On doit aller en cabine 4.

— Docteur Peters.

Le jeune médecin urgentiste, le Dr Hinks, se plaça entre Miranda et lui. Elle haussa un sourcil, mais s'écarta pour leur laisser de la place.

Le Dr Hinks et Knox avaient eu quelques prises de bec. L'homme pensait qu'être médecin le rendait supérieur aux autres. Et que, parce qu'il avait passé des années en faculté, sa parole était tout ce qui comptait. Cela faisait de lui un collègue très difficile. Il estimait qu'il ne devait pas être remis en cause par ses patients. Le fait qu'il soit aussi sûr de lui alors qu'il n'était là que depuis un an énervait Knox.

— Un enfant en cabine 4. Il a été poussé d'un toit.

Hinks croisa les bras et secoua la tête.

— Une mère seule, qui n'était pas là quand l'incident s'est produit. Visiblement inapte comme parent.

— C'est un sacré jugement, observa Miranda. Sur quoi le fondez-vous ?

Le médecin prit un air dédaigneux, ce qui exaspéra Knox.

— Un sentiment. Quelquefois, ça suffit.

Ce genre de « sentiment » était horrible et pouvait avoir des conséquences désastreuses sur toute une vie.

— Et la raison de la consultation chirurgicale ?

Le Dr Hinks regarda Miranda puis Knox.

— Il n'y a qu'elle qui parle ?

— Pardon ?

Un avertissement brilla dans les yeux de Miranda.

— J'ai dit...

— Nous vous avons entendu, coupa Knox. Comptez-vous répondre à la question du Dr Paulson ?

Hinks poussa un gros soupir. Knox avait beau détester faire intervenir la direction de l'hôpital, il fallait qu'elle soit informée du comportement de cet homme.

— Le gamin est tombé d'un toit. Il a un bras cassé et une

meurtrissure importante sur le côté. S'il y a une hémorragie interne, c'est votre affaire.

— Quand l'IRM a-t-elle été demandée ? questionna Knox.

Le froncement de sourcils du médecin lui fournit sa réponse.

— Demandez-la tout de suite.

Miranda et lui pénétrèrent dans la cabine. L'enfant était allongé sur le lit, sa mère en pleurs et son grand frère à côté de lui. Ils se firent expliquer les circonstances de l'accident. Le petit Leo avait voulu rattraper son chat qui avait grimpé sur le toit. Son frère Ben l'avait accompagné. Le chat l'avait griffé et il avait réagi en bousculant Leo sans le vouloir.

— Je me suis retrouvé en bas, en ayant très mal à mon bras droit.

La tension de Leo était bonne, ce qui semblait exclure une hémorragie interne. Mais Knox tint tout de même à faire l'IRM, par précaution.

Miranda prit quelques notes sur sa tablette.

— Si l'IRM est satisfaisante, le Dr Peters et moi-même ne te reverrons pas, Leo.

Le petit garçon hocha la tête. Knox regarda sa mère.

— Pouvons-nous vous parler une minute dans le couloir, madame ?

Elle jeta un coup d'œil inquiet à ses fils.

— Nous ne serons pas loin. Si Leo et Ben ont besoin de quoi que ce soit, nous les entendrons.

Elle embrassa Leo et adressa un sourire larmoyant à Ben, puis sortit la première. Miranda ferma le rideau et Knox accorda son attention à cette femme. Elle redressait les épaules, les lèvres pincées. Elle était prête à se battre. Cela confirmait que le Dr Hinks avait dit quelque chose de désagréable.

— Je suis une mère compétente, dit-elle d'une voix tremblante. Je suis aussi une mère seule, mais nous sommes au XXIe siècle. Je refuse qu'on me condamne parce que mon ex-mari n'assume pas ses responsabilités.

— Je n'en doute pas, déclara Knox. Mais je voulais avant tout vous parler de Ben.

— Il n'a pas voulu pousser son frère. Il essayait d'attraper le chat.

Elle étouffa un sanglot.

— Je vous jure que ce sont de bons garçons.

— Bien sûr. Mais je pense que Ben ferait bien de parler à un de nos psychologues. Il est bouleversé, ce qui se comprend. Il serait bon que quelqu'un insiste sur le fait que ce qui s'est passé a été un accident.

Ce garçon ne devait pas s'en vouloir pendant des années. En particulier si Leo avait besoin d'une opération, en fin de compte.

— D'accord, acquiesça la mère en regardant le rideau fermé. Y a-t-il autre chose ?

Knox regarda derrière lui pour s'assurer que Hinks n'arrivait pas. Il s'appuya contre le mur et effleura de la main une affiche que la plupart des gens ignoraient.

— Je voulais m'assurer que vous connaissiez les droits de Leo, en tant que patient.

Il tapota la ligne sur laquelle il voulait attirer l'attention de la femme.

Miranda souriait de toutes ses dents. C'était important, mais si l'administration posait des questions, il pourrait dire qu'il n'avait rien conseillé au sens propre.

La mère ouvrit la bouche, puis la referma.

— Je peux demander un nouveau médecin pour Leo ? Mais je vous aime bien, le Dr Paulson et vous.

— Nous ne sommes pas les médecins référents de Leo. C'est le Dr Hinks qui l'est.

— Alors si je souhaite un autre médecin pour mon fils, je peux le demander ?

— Oui. Dites-le à une des infirmières, en précisant qu'elle peut nous parler si elle a des questions.

— Merci.

La femme ferma les yeux et parut un peu moins inquiète. Le

stress généré par des abus de ce genre était terrible, et menacer une mère de lui prendre son enfant dans un tel cas, alors qu'il avait eu un simple accident, n'était pas normal. C'était le fait d'un homme qui voulait prouver son pouvoir.

— Knox ?

Les yeux sombres de Miranda étaient fixés sur lui. Il y lut de la gentillesse et, craignit-il, de la pitié. Comme si elle devinait les émotions qui l'agitaient. Il avait été dénué de pouvoir toute son enfance. Il avait eu affaire à des tyrans, enfants et adultes, qui s'en prenaient à lui parce qu'il était impuissant. Mais qu'un professionnel de santé fasse la même chose...

Il n'avait pas réglé de problème avec ses poings depuis l'école primaire, mais l'envie était là.

— J'ai besoin de prendre l'air, dit-il.

Il passa près de Miranda sans regarder en arrière.

Miranda prit un cahier de coloriage pour adultes et les crayons. Colorier les hiboux et les fleurs occuperait Jill un moment.

Le geste de Knox – organiser ce placard pour offrir des distractions aux patients – était adorable. Un aveu qu'il avait mal agi. Une excuse réfléchie. Ses parents ne s'excusaient jamais, et Lance, quand il le faisait, insinuait toujours que c'était elle, la responsable de son attitude.

— Docteur Paulson.

Leah, la surveillante du service chirurgie, lui donna une tablette.

— Les résultats de l'IRM sont arrivés et le Dr Hinks est au bureau des infirmières. Il cherche le Dr Peters.

— Le Dr Peters opère une appendicite.

Knox n'avait pas été lui-même depuis la consultation aux urgences. Il avait saisi l'occasion de cette opération pour se changer les idées – et ne plus penser aux problèmes soulevés par le Dr Hinks.

— Je sais, dit Leah. J'espérais que vous pourriez calmer le Dr Hinks. Le Dr Peters ne mérite pas d'être pris à partie par lui.

— Et moi oui ? rétorqua Miranda avec un clin d'œil, pour montrer qu'elle plaisantait. Laissez-moi porter ça à Jill...

— Je peux m'en charger.

Leah tendit les mains. Ce qui signifiait clairement : « Il faut que le Dr Hinks parte maintenant. »

Miranda regarda les résultats de Leo. Knox avait raison : la meurtrissure était profonde, mais il n'y avait pas d'hémorragie interne. Il serait content de l'apprendre.

Elle ferma les yeux et inspira profondément, puis elle les rouvrit et carra les épaules. En franchissant la porte, elle prépara mentalement ce qu'elle avait à dire.

La plupart des médecins étaient des gens bien. Ils choisissaient ce métier parce qu'ils voulaient soigner les malades et les blessés. Une poignée d'entre eux étaient motivés par l'argent, et une petite partie par le pouvoir.

Ces derniers se sentaient supérieurs du fait de leurs connaissances. Ils étaient dangereux, et Miranda savait déjà que le Dr Hinks appartenait à cette catégorie.

— Docteur Hinks, je viens de voir les résultats de l'IRM. Bonne nouvelle : pas d'hémorragie interne.

Elle lui offrit un sourire dont il ne voulait pas, elle le savait. Mais elle savait aussi, de par son expérience, que ce type d'hommes étaient déstabilisés quand on se montrait super aimable avec eux. Ils préféraient jouer de la terreur. Et elle refusait de lui donner satisfaction.

Il croisa les bras et regarda derrière elle.

— Je suis ici pour parler au Dr Peters. Où est-il ?

— En salle d'op, répondit Miranda, gardant son sourire en place. Tout va bien. Vous pouvez vous adresser à moi.

— Je veux savoir pourquoi il a dit à la mère du patient de demander un autre médecin.

La racine du problème. Il ne se préoccupait pas de Leo, ni de la culpabilité du frère de celui-ci, mais seulement de son image.

— J'étais là. Knox ne lui a rien dit de tel.

— Alors pourquoi elle l'a fait ? demanda le Dr Hinks en s'empourprant.

Miranda ne flancha pas. Il essayait de l'intimider, mais cela ne marcherait pas.

— En tant que mère d'un patient mineur, elle a le droit de réclamer un autre médecin si quelque chose ne va pas.

Elle garda un ton posé. Sa relation avec Lance lui avait appris à traiter avec les tyrans et les harceleurs. Le Dr Hinks entrait dans la première catégorie, et peut-être aussi dans la seconde.

— Elle est juste furieuse parce que j'ai dit qu'elle était inapte.

Seigneur ! Comment cela aurait-il pu la mettre en colère ? pensa Miranda avec ironie.

— Les accidents arrivent, docteur Hinks. Et les parents qui font du mal à leurs enfants ou ne se soucient pas d'eux ne les amènent pas aux urgences.

— Les services sociaux peuvent la disculper, s'il n'y a rien.

Il croisa les bras.

— Mais je m'assurerai que l'assistant social sache qu'elle a demandé un autre médecin quand j'ai suggéré qu'il y avait un problème.

— La disculper ! s'exclama Knox en venant se placer à côté de Miranda.

Il portait toujours sa coiffe.

— La disculper ? Savez-vous à quel point les services sociaux sont débordés ? Savez-vous ce qui se produit quand le système est encombré de rapports biaisés ? Connaissez-vous le traumatisme que représente le placement en foyer d'accueil pour un enfant ? Même si c'est dans son intérêt, c'est un traumatisme.

— Knox.

Miranda n'aurait pas cru qu'un corps puisse être rigide à ce point. Les muscles de son cou étaient crispés, sa mâchoire était contractée et il enfonçait les doigts dans ses bras tandis qu'il regardait le Dr Hinks de haut.

Il ignora son intervention.

— Si c'est ainsi que vous vous occupez de vos patients, vous ne devriez peut-être pas en voir.

— Est-ce une menace ?

Hinks semblait l'espérer. Une boule de frayeur se logea dans la gorge de Miranda. Cet homme était dangereux, et pas seulement pour ses patients.

Elle s'interposa entre les deux hommes.

— Je pense qu'il est temps de faire une pause. Vous êtes très tendus et nous exerçons des métiers stressants. Leo va bien. C'est le plus important, non ?

Knox hocha la tête. Le Dr Hinks ne réagit pas.

— Cette histoire n'est pas finie, dit-il en pointant Knox du doigt. Dites à un autre de mes patients de demander un transfert et je parlerai de vous au conseil d'administration.

Il tourna les talons et sortit en trombe du service.

— Knox ?

Il restait là, les yeux fixés sur la porte par laquelle le Dr Hinks avait disparu.

— Je vais bien.

— Je pourrais le croire si ta veine jugulaire ne palpitait pas dans ton cou.

Il ne la regarda pas et inspira à fond. Puis il souffla fortement et franchit la porte que le Dr Hinks avait empruntée quelques minutes plus tôt.

4

— Bonjour, Knox.

Miranda fit un signe de main tandis qu'ils marchaient vers l'ascenseur.

— Bonjour.

Son ton était plat et il avait des cernes sous les yeux. Elle n'allait pas revoir le Knox amusant, ce jour-là.

Tant pis. Elle comprenait. Mais elle se demandait pourquoi la querelle avec le Dr Hinks lui pesait encore après une semaine.

— Est-ce que tu prends du repos ?

C'était une question qu'elle aurait aimé qu'on lui pose juste avant son burn-out. Les gens ne voyaient souvent que l'efficacité, pas la souffrance ou les soucis qui se cachaient derrière.

— Assez.

Elle pencha la tête de côté alors que les portes de l'ascenseur s'ouvraient.

— Tu veux dire que tu te reposes assez ou tu me demandes de me taire ?

Les yeux bleus de Knox s'agrandirent et il sourit. Le premier sourire qu'elle lui voyait depuis cette fameuse dispute. Était-il étrange qu'elle guette ses sourires ? Elle creuserait cette question une autre fois.

Elle émit un petit bruit.

— Est-ce censé être le bruit du méchant dans un dessin animé, Miranda ?

— Non. Mais ça y ressemble peut-être. Je ne regardais pas de dessins animés, quand j'étais jeune.

Ce n'était pas la conversation qu'elle avait prévu d'avoir avec lui, ou n'importe qui d'autre. Mais il lui répondait enfin et c'était ce qui comptait.

— Tu n'en regardais pas ? Qu'est-ce que tu faisais, alors ?

— J'étudiais.

Elle haussa les épaules. Le seul téléviseur de la maison était dans la chambre de ses parents. Ils ne permettaient pas à leurs enfants de « perdre leur temps » de cette façon. Et quand les filles avaient eu des ordinateurs portables, ils avaient installé des logiciels espions dessus.

« Contrôle obsessionnel », disait son psychothérapeute. Elle était d'accord, mais elle se demandait si elle en serait arrivée là s'ils n'avaient pas fait pression sur elle pour qu'elle soit la meilleure.

— Franchement, Miranda ! Que faisais-tu pour t'amuser ?

— Des exercices de maths.

Il eut la même expression stupéfaite que ses amis quand elle expliquait comment elle avait été élevée. Il était curieux de voir ce que l'on pouvait trouver normal, quand on ne connaissait rien d'autre.

— Mais mon enfance n'est pas le sujet. Nous parlions de ton besoin de repos.

Knox détourna les yeux tandis qu'ils se dirigeaient vers les vestiaires.

— Knox, qu'y a-t-il à propos du Dr Hinks qui t'a marqué à ce point ?

Cet homme était un goujat. Un tyran qui aimait abuser de son pouvoir sur ses patients. C'était terrible, mais il n'était pas le seul médecin à se comporter ainsi. Après tout, elle en avait épousé un.

— Tu savais qu'il est le neveu du PDG ?

— Non, mais ça ne m'étonne pas.

— Que veux-tu dire ?

Knox s'adossa au mur, l'air un peu moins stressé. Mince, pensa Miranda. Même fatigué et tendu, il était canon.

— Tu menacerais de parler au conseil d'administration, toi ?

— Bien sûr que non.

— C'est parce que tu toi.

Miranda lui tapota l'épaule et sentit ses yeux s'agrandir à ce contact. Ce geste avait été instinctif, mais le désir qu'il faisait naître en elle lui fit se racler la gorge.

Knox était blessé et elle le réconfortait. C'était tout.

Ou cela devrait être tout.

— Sa réaction lui ressemble.

Knox regarda l'endroit où ses doigts s'étaient posés un instant auparavant.

— On n'en parlerait même pas s'il n'était pas si enclin à blesser des patients qui, selon lui, lui sont inférieurs.

— Exact.

Miranda secoua la tête. Hélas, elle n'était pas sûre qu'ils puissent y faire quelque chose.

— Hé, vous deux ! C'est un passe-temps amusant de traîner dans les couloirs ?

Jackson arborait un large sourire quand il tapa sur l'épaule de Knox.

— C'est bon de te voir autrement que ronchon. Merci pour ça, Miranda.

— Je ne suis pas sûre d'y être pour quelque chose.

Mais si c'était le cas, elle ne s'en plaindrait pas. Faire sourire Knox était étrangement gratifiant.

— C'est la soirée croquettes chez Mulligan, on y va ?

Jackson sautait presque sur place.

— Je te laisserai même jouer aux fléchettes.

— Tu sais que tu peux acheter des croquettes de pommes de terre au supermarché et les faire frire à la maison, non ? lança Knox en riant. Mais j'accepte l'offre des fléchettes. Tu veux te joindre à nous, Miranda ?

Les yeux bleus de la jeune femme soutinrent les siens. Il paraissait surpris de l'avoir invitée.

— Qu'est-ce que la soirée croquettes ?

Knox secoua la tête.

— La question à ne pas poser. Tu devrais venir, mais je vais aller enfiler mon uniforme, histoire de ne pas entendre Jackson pérorer sur sa soirée préférée au bar.

— C'est sensationnel ! reprit Jackson en adressant un signe de main à Knox qui partait.

— On parle bien de croquettes de pommes de terre, comme celles que l'on sert aux enfants des écoles ?

— Oui ! C'est une fois par mois, chez Mulligan. Croquettes à volonté pour 5 dollars. Avec de la bière. C'est super.

— Vraiment ?

— Oui. Il faut que tu viennes. Une fois que tu as vécu une soirée croquettes, tu ne peux plus t'en passer.

— D'accord.

Miranda ne faisait jamais ce genre de chose, mais cela avait l'air de tenir à cœur de Jackson. Et ce n'était pas comme si elle était très occupée.

Il applaudit.

— Waouh ! Tu es vraiment fan de ces croquettes, observa-t-elle.

— Oui. Et Knox est fan de fléchettes. Tu devrais faire une partie avec lui. Mais sois prévenue, il gagne toujours.

— Ah oui ? Eh bien, peut-être que je lui en donnerai pour son argent.

— Dis-moi que tu es un as aux fléchettes, secrètement, demanda Jackson, les yeux pleins d'espoir.

— Cela se peut.

Miranda lui fit un clin d'œil. Elle n'avait pas menti à Knox : ses parents la forçaient à étudier, mais ils acceptaient que leurs filles jouent au billard américain pour appliquer des règles de géométrie et de physique, et qu'elles jouent aux fléchettes pour l'arithmétique et la coordination œil-main.

— Ce soir chez Mulligan, dit Jackson.

— Oui, je serai là.

— Tu sais, elle ne viendra probablement pas.

Knox but une petite gorgée de bière en regardant la porte que Miranda n'avait pas encore franchie.

— C'est drôle. Ce n'est pas moi qui surveille cette porte comme un faucon.

Jackson lui donna une tape dans le dos, puis prit une autre croquette. Il n'avait pas tort : Knox faisait le guet depuis qu'il était arrivé. Et même si Jackson jurait que Miranda prévoyait de venir, il ne parvenait pas totalement à croire qu'elle allait se montrer. Elle était faite pour des endroits bien plus chics que Mulligan's.

C'est pourquoi, lorsque la porte s'ouvrit et qu'elle entra, portant une robe bain-de-soleil jaune et des ballerines, il faillit tomber à genoux. On la remarquait à peu près partout, mais là, elle semblait comme un souffle d'air frais dans un tripot. Elle était… Bon sang !

— Ta mâchoire se décroche, Knox.

Miranda lui donna une tape joueuse sur l'épaule en venant se placer entre Jackson et lui.

— Ce sont les fameuses croquettes ? Puis-je en chiper une, ou dois-je acheter une part, Jackson ?

Elle s'était appuyée au bar, ses jambes bronzées frôlant celles de Knox. Elle était toujours ravissante. Mais avec ses cheveux bouclés lâchés sur ses épaules et cette robe qui moulait ses formes, elle avait de quoi vous mettre l'eau à la bouche. Et il était loin d'être le seul à s'en rendre compte.

— Tu peux en chiper une, mais seulement une, répondit Jackson en riant. Ensuite, tu dois acheter les tiennes. À volonté pour 5 dollars, c'est une affaire.

Miranda regarda Knox et secoua la tête.

— Je pensais qu'il plaisantait, mais il s'agit bien de simples croquettes de pommes de terre.

Knox se pencha un peu plus vers elle, et un parfum citronné et sucré l'environna. Évidemment, elle sentait aussi bon qu'elle était jolie.

— Il ne plaisante jamais avec ça.

Miranda en prit une et la mit dans sa bouche. Ses yeux exprimèrent ce à quoi Knox s'attendait : c'était juste une frite.

— C'est bon, dit-elle en regardant Jackson, qui secoua la tête et alla parler à un ambulancier de l'hôpital.

— Je l'ai vexé ? demanda-t-elle.

— Il adore les croquettes d'ici. Je les trouve trop grasses, mais ne le lui dis surtout pas. Ça ferait un drame.

Il posa une main sur son cœur, savourant le sourire qui éclairait les yeux de Miranda.

— Je peux avoir du cidre, s'il vous plaît ?

Elle tendit sa carte au tenancier du bar, mais il la refusa d'un signe de la main.

— Pourquoi... ?

— Jackson a payé pour ta première boisson, il y a dix minutes.

Knox se sentit rougir.

— Jackson ?

Paraissait-elle un peu triste, ou imaginait-il le pli légèrement déçu de sa bouche ?

— Oui. Il trouvait que je surveillais trop la porte. Je lui ai dit que tu ne viendrais probablement pas, et il a parié sur le contraire en t'achetant à boire.

Il n'ajouta pas ce que Jackson avait dit au bistrotier : il payait pour la femme qui faisait s'évanouir son frère.

La rougeur qui colora les joues de Miranda tandis qu'elle buvait une gorgée de cidre le troubla. Elle était vraiment superbe !

— Je croyais que tu m'avais promis une partie de fléchettes.

Sa main effleura l'épaule de Knox tandis qu'elle descendait de son tabouret.

— Je parie que je peux t'en donner pour ton argent.

Il en doutait, mais il voulait qu'elle essaie.

— Je ne refuserai jamais une partie de fléchettes.

— Très bien.

Elle lui tendit ses fléchettes ; leurs doigts se touchèrent une fraction de seconde, mais cela le brûla. Le penchant qu'il avait eu pour elle lorsqu'ils étaient internes revenait en force, et il ne savait pas très bien comment le remettre à sa place, dans la case mentale qu'il avait oubliée avant qu'elle revienne.

Ou presque oubliée. On n'oubliait pas Miranda Paulson.

— Tu veux commencer, ou c'est moi ?

— Vas-y.

Knox vit sa fléchette se planter en plein dans le mille. Elle eut un grand sourire, les yeux brillants.

— À toi.

Cela avait-il été un coup de bol ? se demanda-t-il. Il ne le pensait pas. Et s'il n'avait pas perdu l'habitude de jouer pour de l'argent, il aurait abandonné. Pour la première fois depuis bien longtemps, quelqu'un pouvait le battre.

Il lança sa fléchette. Plein centre.

Miranda se replaça sur la ligne. Plein centre.

Ils répétèrent ce schéma pour les trois lancers suivants. Puis pour trois de plus, et encore trois.

— Quelqu'un est aussi bon que Knox, enfin ! cria une voix.

Il vit sourire Miranda. Il avait battu chacun des habitués du bar, et il constata que le public appréciait leur duel autant que lui.

— C'est ton tour, Knox, dit-elle d'une voix douce, la hanche frôlant la sienne.

— Tu essaies de me distraire ?

Il haussa un sourcil en levant sa fléchette. Il la lança sans regarder – en plein dans le mille.

— Ça ne semble pas marcher.

Elle fit un clin d'œil et soutint son regard tandis qu'elle lançait sa fléchette. Dans le mille.

— Bon. Maintenant ils se la jouent, c'est tout.

Knox entendit le commentaire, mais il ne la quitta pas des yeux.

— Tu crois qu'on se la joue ?

Son regard sombre le toucha de plein fouet, ce qu'il n'avait pas ressenti depuis longtemps.

— À toi.

Il n'osa pas détacher son regard du sien, de crainte que cet instant, quel qu'il soit, disparaisse s'il clignait des yeux. Levant sa dernière fléchette, il la lança. Il sut qu'elle se plantait près du centre, mais pas tout à fait dans le mille.

Miranda leva la main et effectua son dernier lancer. Il comprit aux exclamations du public qu'elle avait fait mouche. Miranda Paulson avait gagné.

Il était arrivé juste après elle, comme toujours. Et il s'en moquait complètement.

Ses lèvres. Ses lèvres pleines, parfaites, qui appelaient les baisers, étaient très proches. L'envie de baisser la tête et d'explorer la connexion enivrante qui vibrait entre eux le domina presque. Mais avant qu'il puisse y céder, Jackson lui tapa dans le dos.

— C'était super ! Le meilleur numéro que j'aie jamais vu.

— Meilleur que les croquettes ? demanda Miranda, sans quitter Knox du regard.

— Meilleur que les croquettes.

— À celui qui gagnera deux parties sur trois ?

Knox haussa un sourcil.

Miranda s'approcha un peu plus près.

— Tu penses pouvoir me battre ?

Son dernier lancer avait été un coup de chance. Ses mains avaient tellement tremblé alors qu'elle fixait la bouche de Knox ! Elle s'approcha encore un peu et se hissa sur la pointe des pieds.

— Tu pourrais regretter de m'avoir défiée.

Elle murmura ces mots, savourant de voir rougir son cou.

Elle flirtait avec Knox Peters. Ce n'était pas ce qui était prévu ce soir-là. Ou peut-être que si. Elle avait choisi sa robe et ses chaussures en sachant que sa tenue serait déplacée, mais elle voulait voir l'expression de son ancien rival. Et elle n'avait pas été déçue. Il était resté bouche bée, à s'en décrocher la mâchoire. Quand elle avait vu sa mine, elle avait failli se pâmer à son tour.

— Je ne regretterai jamais de te défier.

Waouh ! Elle ne savait que répondre à ça.

— Je vais prendre un verre, dit-elle en reculant.

Elle avait besoin d'un instant. Et de quelque chose de froid pour endiguer la vive chaleur qui l'envahissait. Elle alla au bar et fit un signe au serveur. Knox la rejoignit aussitôt.

— C'est moi qui invite.

— Seulement si...

Il leva une main.

— La règle veut que le perdant paie.

Évidemment, se dit-elle. Elle avait failli dire en plaisantant qu'il ne pouvait payer que si c'était un rendez-vous galant. Mais il l'avait devancée. Elle brûlait peut-être pour lui, mais Knox ne faisait que respecter les traditions.

— Un autre cidre, ou quelque chose de plus sophistiqué, puisque c'est moi qui régale ?

Miranda appuya sa tête sur sa main, prenant soin de ne pas le toucher.

— Il y a des boissons sophistiquées, ici ?

Knox rit, ce qui réchauffa son âme.

— Ils peuvent préparer des cocktails qu'ils te font payer un bras.

— C'est toi qui paieras un bras, puisque j'ai gagné.

Elle fit un clin d'œil. Elle ne se vantait jamais de gagner. La victoire n'était pas le but principal. Toute sa vie, elle avait essayé d'être la première pour obtenir l'amour de ses parents. Et cela n'avait jamais marché. Mais le défi lui plaisait. Elle se pencha vers Knox, qui posa une main sur son cœur en feignant d'être blessé.

— Tu as été victorieuse, mais la prochaine fois ce sera moi.

Miranda ouvrit la bouche pour répondre, mais alors un homme ivre la cogna. La distance qu'elle avait gardée avec Knox disparut et il passa un bras protecteur autour de sa taille. Une onde de chaleur la fit fondre et elle se mordit l'intérieur de la lèvre pour retenir un soupir.

— Faites attention ! dit Knox en levant sa main libre, et en s'assurant que l'ivrogne ne se rapproche pas plus de Miranda.

Elle n'avait pas besoin d'être protégée, mais elle ne pouvait nier que c'était bien agréable.

— Il commence à y avoir de l'agitation, dit-elle en regardant autour d'elle.

Elle souhaitait rester avec Knox, mais elle n'avait pas envie de voir se répéter la soirée où ils s'étaient retrouvés. Il contempla le bar d'un air déçu.

— Ce n'est pas comme ça, d'habitude, mais tu as raison.

Il fit un signe à Jackson. Elle réalisa alors qu'il ceignait toujours sa taille d'un bras. Elle aurait dû se dégager, mais l'ivrogne était toujours à côté d'elle. C'était une bonne excuse pour rester où elle était.

— C'est un peu beaucoup, dit Jackson en élevant la voix, même pour une soirée croquettes.

Si la voir dans les bras de Knox lui inspirait une pensée, il ne l'exprima pas.

— Je vais raccompagner Miranda à sa voiture. Vois si tu peux régler nos notes.

Knox l'éloigna du bar. Elle adressa un signe à Jackson.

— Merci pour l'invitation.

Cette fois, les yeux sombres de Jackson se rivèrent sur le bras de Knox.

— Je t'en prie, Miranda. Te voir le battre aux fléchettes pourrait bien être le plus beau moment de l'année.

— J'espère que non. L'année est loin d'être finie.

Miranda le salua, puis laissa Knox la guider à travers la foule.

— Où es-tu garée ?

Il la lâcha dès qu'ils eurent franchi la porte. C'était normal, mais elle aurait aimé qu'il garde son bras autour d'elle.

— Sur un parking à deux rues d'ici.

Ils se mirent en route, le silence tombant entre eux. Alors qu'ils approchaient de la deuxième rue, ils découvrirent les lumières clignotantes de véhicules de secours. Un videur parlait à des policiers en uniforme.

— Je suppose que ça explique pourquoi Mulligan's était bondé, dit Knox. Ici, c'est un bar d'étudiants. Il est toujours plein à craquer.

— Oh.

Miranda ne trouva rien d'autre à dire. Elle n'avait jamais fréquenté de bars d'étudiants, à l'université. En fait, elle pouvait compter sur ses doigts le nombre de bars où elle était allée.

— Tu ne sortais pas dans des bars, n'est-ce pas ?

— C'est si évident ? demanda-t-elle en secouant la tête et en riant. Je dois avoir autour du cou une pancarte qui proclame que je ne suis pas drôle.

Knox lui prit la main.

— Je n'ai pas dit ça !

Miranda haussa les épaules. Combien de fois Lance lui avait-il dit qu'elle n'était pas drôle ? Qu'elle ne savait pas s'amuser ? Son idée à lui de l'amusement, c'était de lécher les bottes de collègues qui pouvaient l'aider à monter en grade.

— Miranda...

— Ce n'est pas grave, Knox. Tu passais beaucoup de temps dans des endroits comme celui-ci, toi ?

— Oui, mais derrière le bar, répondit-il d'un ton désinvolte.

— Moi, j'avais un job dans un laboratoire.

— Ça ne m'étonne pas de toi.

Miranda désigna sa voiture.

— Merci de m'avoir accompagnée.

— Je t'en prie.

Elle s'appuya au véhicule, pas tout à fait prête à dire au revoir. Knox commença à se pencher vers elle. L'espace d'une seconde, elle pensa qu'il allait peut-être l'embrasser. Puis il changea de position et regarda par-dessus son épaule.

— Je devrais aller rejoindre Jackson. Je te verrai à l'hôpital jeudi. Profite bien de ta journée de congé.

— Merci.

Elle avait les joues brûlantes. Heureusement, le parking plongé dans l'obscurité cacha sa rougeur. Bien sûr que Knox ne comptait pas l'embrasser...

Elle l'avait battu aux fléchettes et avait passé une bonne soirée avec des collègues. Cela devait être suffisant.

5

Le soleil était à peine levé que Knox foulait le trottoir au pas de course. Il avait déjà parcouru cinq kilomètres et n'avait toujours pas chassé Miranda de son esprit. Ses lèvres, les belles lèvres roses qui avaient hanté ses rêves, surgirent dans sa mémoire. Il avait failli l'embrasser, la veille au soir.

Cela avait semblé si naturel… Comme quelque chose qu'il devait faire. Mais ce n'était pas un rendez-vous galant. Il la raccompagnait juste à sa voiture. Un ami qui prenait soin d'une amie.

Il regarda son téléphone et appuya sur un bouton pour changer la chanson. Il lui fallait quelque chose de plus rapide. De fort pour noyer ses pensées.

Il prit une grande inspiration, se concentrant sur la brûlure de ses poumons et de ses membres. Cela marcha presque, jusqu'à ce qu'il aperçoive la personne qui courait vers lui.

Miranda.

Elle portait un legging noir et une brassière de sport jaune vif, avec des écouteurs roses sur les oreilles. « Délectable » ne suffisait pas à la définir. Elle était rayonnante et magnifique.

— Knox.

Elle s'arrêta, souffla et étira sa jambe gauche derrière elle.

— Tu cours aussi ?

Il retira l'écouteur de son oreille, son esprit faisant le maximum pour se focaliser sur le visage de sa collègue. Elle était renversante, et son sourire était grisant.

— Oui. Je viens d'enchaîner cinq kilomètres. Tu continues ?

— Il me reste un chapitre à écouter avant que j'arrête.

— Un chapitre ?

La question lui échappa, même s'il ne devait pas être étonné qu'elle écoute des livres en faisant de l'exercice. Est-ce qu'il lui arrivait de se distraire ?

Elle étira son autre jambe, détournant les yeux de lui.

— C'est un livre que j'ai chargé à la bibliothèque.

— Il est bien ?

— Oui, pas mal.

Miranda se racla la gorge.

— Quel est le titre ? Je cherche quelque chose de nouveau à ajouter à ma bibliothèque.

Knox aimait la science-fiction, la fantasy, et de temps en temps un roman classique. Tout ce qui pouvait l'éloigner des traumas si fréquents rencontrés dans son monde professionnel.

— « De paresseux à presque parfait. »

— Paresseux. Tu connais quelqu'un de paresseux, toi ?

Il rit doucement, puis se ressaisit.

— Miranda.

— C'est mon buzzer. Je dois continuer.

Elle remit ses écouteurs et décampa.

Il attendit qu'elle ait disparu avant de fermer les yeux et de se morigéner mentalement. Bon sang. Comment faisait-il pour dire si souvent ce qu'il ne fallait pas, avec elle ?

Il regarda sa montre. Il en avait fait plus que ce qu'il avait prévu pour ce matin. C'était le moment de prendre une douche, puis un café dans l'établissement qui se trouvait tout près de l'immeuble où Jackson et lui habitaient.

Ils avaient vécu ensemble depuis qu'ils étaient ados. Pendant des années, ils avaient loué l'appartement qu'occupait aujourd'hui Jackson. Knox avait acheté l'appartement voisin quand il s'était libéré et Jackson, à force d'insister, avait aussi acquis le sien.

Il courut jusqu'à sa porte, pas surpris de ne pas voir signe de vie derrière les fenêtres de Jackson. Son frère disait qu'il avait gagné le droit de faire la grasse matinée. Il n'avait pas tort, mais Knox n'avait jamais réussi à rester au lit après 6 heures du matin.

Il fit quelques étirements, puis alla sous la douche. Son esprit revint à Miranda. Écouter un livre de développement personnel en courant. Qui faisait ça ?

Miranda Paulson. Voilà qui.

Mais « paresseux ». Ce n'était pas un adjectif qu'on pouvait lui appliquer. Jamais !

J'ai échoué...

Les mots qu'elle avait prononcés lors de cette première soirée résonnèrent dans sa poitrine. Que s'était-il passé sur la côte Est ? Il n'avait pas encore découvert la réponse, mais il allait trouver un moyen de le savoir.

Il s'habilla et sortit, savourant l'air frais du matin. Maintenant, il allait ajouter de la caféine à son sang qui pulsait déjà. Peut-être qu'observer les gens lui permettrait d'oublier un peu Miranda.

En ouvrant la porte du café, il inspira profondément. L'odeur des haricots cuits était l'une de ses préférées.

— Vous bloquez la porte, docteur Peters.

— Miranda.

Knox eut un grand sourire. Visiblement, l'univers voulait qu'ils passent du temps ensemble, ce jour-là. Deux fois qu'ils se rencontraient de façon inattendue !

— Je ne pensais pas te trouver là.

Elle avait un grand sac dont émergeait un livre géant. « Travaillez sur vous-même. Trouvez le *vous* que vous étiez destiné à être. » Elle semblait vraiment passionnée par ce genre de lecture.

Il se mit sur le côté pour la laisser passer.

— C'est drôle, non ? Laisse-moi t'offrir ton café.

— Knox, ce n'est pas la peine.

— Je te dois une boisson pour avoir perdu aux fléchettes hier soir, oui ou non ?

Elle secoua la tête.

— Je n'allais pas te réclamer le paiement de cette dette.

Elle se pencha vers lui, puis parut se reprendre.

— En outre, je pense que mon café doit être plus cher qu'une bière.

— Miranda Paulson et ses cafés extravagants !

Knox croisa les bras pour se retenir de lui toucher l'épaule en plaisantant.

— Je veux de la crème, du sucre et de la chantilly par-dessus. Si tu comptes me juger, tant pis.

— Tu prends ce que tu veux, mais je t'invite. Qui sait quand je pourrai te convaincre de revenir au Mulligan's ? Hier soir n'était pas folichon, et après le désastre de l'autre jour…

Au moins, ils fréquentaient le même café, apparemment. Voir Miranda en dehors de l'hôpital était un cadeau dont Knox n'avait pas envie de se priver.

Elle commanda un frappuccino avec de la crème fouettée, ses yeux le mettant au défi de faire un commentaire. Il se contenta de prendre un café noir et de payer. Les épaules de Miranda se détendirent un peu.

— Je vais prendre une table. Tu viens ? Je n'interromprai pas ta lecture…

Elle secoua la tête.

— Non. J'ai déjà lu ce livre. Je voulais juste revoir les notes que j'ai prises dans les marges.

Knox ouvrit la bouche, mais aucun son n'en sortit. Il prenait des notes lorsqu'il lisait un ouvrage médical, mais jamais durant son temps libre.

Et c'est pour ça qu'elle te bat en tout.

Elle attendit un peu, puis alla s'installer à une table dans le coin. Knox se tourna, attendant leurs cafés. Celui de Miranda était une œuvre d'art. Était-ce la seule extravagance qu'elle se permettait ?

Sûrement pas.

Il lui tendit sa boisson. Les doigts de Miranda frôlèrent les siens tandis qu'elle prenait le gobelet en plastique ; un rose délicat colora ses joues. Peut-être était-elle aussi intéressée par lui qu'il l'était par elle, finalement.

— Bon, pourquoi ces livres de développement personnel, Miranda ? Tu es l'une des personnes les plus accomplies que je connaisse. Qu'espères-tu obtenir de plus ?

Il s'assura que son sourire soit sincère. Si elle ne répondait pas, il laisserait tomber. Il parlerait d'autre chose ou resterait tranquillement assis avec elle.

— C'est gentil de penser ça. Seulement ce n'est pas vrai.

— Ah non ?

Il ne le croyait pas une seconde, mais il était clair à son attitude qu'elle ne partageait pas son opinion. Le monde l'avait abîmée. Comme lui, quand il était l'enfant en qui personne ne croyait. Mais que des gens aient fait subir la même chose à Miranda...

Il prit une grande inspiration, laissant l'odeur des haricots le calmer. Se mettre en rage contre les injustices du monde ne réglerait rien. Et cela n'aiderait pas Miranda.

— J'ai fait un burn-out. Je sais que je l'ai déjà dit, mais c'est vrai. Il y a eu des jours où je ne pouvais même pas sortir du lit.

— Ça ne ressemble pas à un burn-out.

— Ça ressemble à un ratage, alors ? Un échec ? C'est ce que Lance me disait.

Ses paroles prononcées d'un ton monocorde étaient aussi tranchantes que des couteaux. Seule une personne à qui on avait répété ça – et qui l'avait cru – pouvait en parler d'une façon aussi convaincue.

Maintenant, la fureur de Knox avait une cible : son mari qui lui avait juré de l'accompagner pour le meilleur et pour le pire, et qui lui avait dit cette chose horrible.

— Ça ressemble à une dépression, Miranda.

Il se retint de lui dire qu'elle était médecin, qu'elle connaissait les signes. Et son ex-mari les connaissait aussi.

— Ma vie était agréable, pourtant. Quelle raison avais-je d'être déprimée ?

— C'est Lance qui disait ça ?

Knox prit une gorgée de café pour s'empêcher de serrer les poings. Miranda haussa les épaules.

— Il l'a peut-être mentionné. Je sais que c'était un butor. Mon psychothérapeute m'a aidée pour ça après le divorce. Oui, j'étais certainement déprimée. Une histoire de sérotonine. Je le comprends, mais il y avait plus que ça.

Elle relâcha son souffle. Elle avait d'autres choses à dire, visiblement, mais elle semblait être à court de mots.

L'ambiance autour de la table était bien trop tendue. Knox se pencha en avant et fit une grimace. Il fallait qu'il fasse diversion.

— J'ai lu *un* livre de développement personnel. Il s'agissait de faire des listes et de rester organisé.

Il secoua la tête, y repensant avec horreur.

— Je conclus d'après votre mine aigrie que vous n'étiez pas fan, docteur Peters, dit Miranda en lui tapotant le genou.

Il baissa les yeux. Ses doigts n'étaient plus là, mais il sentait encore son toucher.

— Je préfère la fantasy. Les sorciers, les dragons, la magie.

— Des sorciers et des dragons ?

Son sourire lui fit bondir le cœur.

— Oui. Plus il y en a, mieux c'est !

Elle pouffa. Il termina son café, détestant ce signe que leur rencontre touchait à sa fin. Cette fois, lorsqu'elle reposa la main sur son genou, elle l'y laissa.

— Tu veux qu'on dîne ensemble dimanche soir ? demanda-t-il.

La question lui avait échappé, et il posa la main sur la sienne. Il n'avait aucune idée de ce qui lui prenait, mais il voulait passer du temps avec Miranda.

Elle regarda sa main, puis lui, et continua de le fixer.

— Comme un rendez-vous galant ?

— Oui. Exactement comme un rendez-vous galant.

Il vit ses réflexions passer dans son regard, la chaleur qui dansait sur ses joues.

Dis oui.

— D'accord.

L'envie de brandir triomphalement le poing fut forte, mais il la contint.

— Je m'en réjouis à l'avance.

— Miranda !

Lacey, une infirmière du service, la rejoignit avec une mine qui n'annonçait rien de bon.

— La blessure de Jill est infectée, du côté gauche.

Miranda lui prit la tablette des mains et jeta un regard noir sur les notes relatives à l'admission de Jill, alors qu'elle avait été transférée dans un centre de rétablissement deux jours auparavant. Miranda avait espéré ne jamais la revoir.

C'était une réaction étrange des chirurgiens généralistes dont personne ne parlait. Ils voyaient des gens à leur niveau le plus bas. Ils les voyaient complètement anéantis, puis ils assistaient à des rétablissements miraculeux. Et ils espéraient avec ferveur, lorsque ces patients quittaient le service sur leurs deux pieds ou en fauteuil roulant, qu'ils ne les reverraient jamais.

— Comment est-elle, mentalement ?

— Pas bien. Je veux dire, personne n'aime revenir à l'hôpital, mais elle semble déprimée.

— Bon.

Miranda prit quelques notes, puis se dirigea vers la porte fermée et frappa avant de l'ouvrir lentement.

— Jill ?

— Docteur Paulson.

Miranda ne pouvait voir son visage dans la pièce sombre.

— Voulez-vous que j'allume ?

— Si vous voulez..., répondit Jill sans enthousiasme.

D'accord. Miranda décida de s'occuper de son infection, puis de son état psychologique. Elle se mit à interroger sa patiente, qui se montra très amère. Jill s'en voulait de ne pas pouvoir imposer à son corps d'aller bien.

Elle se redressa dans son lit, fusillant son ventre des yeux.

— C'est comme s'il ne voulait pas faire ce que je lui dis !

Elle serra les dents, puis fondit en larmes. Miranda s'assit au bord du lit, attendant qu'elle se ressaisisse. Elle passa le reste de sa visite à s'efforcer de la consoler.

— Vous avez une infection. Votre corps s'infecte plus facilement si vous êtes fatiguée, ou si vous en faites plus que vous ne le devriez. Et je vois dans votre dossier que vous avez trop forcé au centre de rétablissement. Je sais que vous voulez rentrer chez vous, mais cessez de vous dire que votre corps vous lâche. Vous êtes en train de guérir.

Miranda prescrivit une séance avec un psychologue. Si la dépression entrait en jeu, elle ralentirait la guérison de Jill.

— Si vous avez besoin de quoi que ce soit, demandez-le aux infirmières.

— J'ai juste besoin que mon corps fasse ce qu'il faut.

Jill sourit, mais ce sourire n'atteignit pas ses yeux.

— Laissez-lui le temps.

En sortant de sa chambre, Miranda heurta Knox qui arrivait dans le couloir. Il lui enlaça la taille de ses deux mains pour l'empêcher de tomber.

— Attention, dit-il en haussant les sourcils. Il faut que nous cessions de nous rencontrer aussi brutalement.

— Tu crois ?

Miranda rit en s'écartant. Elle adorait sentir ses mains sur elle, mais ils étaient au travail. Le lendemain, toutefois, ils auraient leur rendez-vous en tête à tête.

Un rendez-vous avec Knox Peters. Si quelqu'un lui avait dit lorsqu'ils étaient internes qu'ils sortiraient ensemble un jour, elle lui aurait ri au nez. Et, en privé, elle se serait réjouie. Elle n'était plus la même femme, mais le penchant qu'elle avait pour Knox restait inchangé.

— Au moins à l'hôpital, ajouta-t-il. À l'extérieur...

Il haussa les épaules.

— Comment va Jill ?

— Elle se blâme parce qu'elle ne peut pas obliger son corps à guérir, répondit Miranda en laissant apparaître sa frustration.

— Si tu veux que je demande moi aussi un suivi psychologique, fais-le-moi savoir. Les psychologues sont débordés. Deux demandes valent mieux qu'une.

— D'accord.

Miranda se frotta le dos.

— Tu as mal au dos ?

— Toujours. Pas toi ? Nous ne sommes plus tout à fait jeunes et fringants.

L'âge n'était pas quelque chose qui la tracassait. Quand on travaillait en chirurgie traumatique, on se rendait vite compte que devenir vieux, avec les os qui craquaient, était une bénédiction à laquelle beaucoup n'avaient pas droit.

— Certains jours, j'ai l'impression que mes os se plaignent très bruyamment. Ne le dis pas aux orthopédistes !

Elle laissa échapper un petit rire qui s'éteignit lorsque leurs deux bipeurs se déclenchèrent.

Knox regarda le sien.

— Bon sang. Trois blessés par balle.

Miranda partit aussitôt avec lui. La nuit allait être longue.

Knox atteignit l'ascenseur en même temps que Miranda. Trois heures après la fin normale de leur service. Ils avaient perdu les trois blessés par balle. Une bagarre pour moins de 50 dollars avait coûté la vie à trois jeunes hommes. C'était la pire façon de terminer une journée de travail.

La porte s'ouvrit et ils entrèrent tous les deux dans la cabine, silencieux. Qu'y avait-il à dire quand trois vies étaient interrompues aussi prématurément ?

Toutefois, Knox se rapprocha un peu de Miranda et elle en fit autant. Ils ne se touchaient pas tout à fait, mais c'était bon de ne pas être seul face à l'horreur.

Ils arrivèrent au garage et Miranda s'écarta de la paroi de l'ascenseur.

— Je déteste les journées comme celle-là.

Knox passa un bras autour de ses épaules, puis la serra contre lui.

— Je suis désolée.

Elle hoqueta et se mit à sangloter.

— De quoi t'excuses-tu, au nom du Ciel ?

Knox lui caressa le dos, ayant lui-même les larmes aux yeux. La journée avait été dure. Horriblement dure.

— De pleurer.

Miranda lâcha un autre sanglot.

— De me laisser dominer par mes émotions. Avant, j'étais capable de me contrôler. Maintenant… c'est comme un monstre qui a été libéré et qui refuse de rentrer dans sa cage.

— Miranda.

Il s'écarta un peu et s'assura qu'elle voie l'émotion dans son propre regard.

— Il n'y a rien de mal à ressentir de l'émotion quand on perd des patients. Nos opérations ont été parfaites. Mais le sort n'a pas joué en notre faveur, ce soir.

— Le sort. Vraiment ?

— Oui.

Knox essuya une larme sur sa joue et la reprit dans ses bras.

— Nous pouvons tout faire bien, et quelquefois ça ne suffit pas. Et ce qu'il y a à regretter est incalculable. En particulier quand le drame était aussi évitable. S'ils s'étaient séparés, ou avaient visé différemment, ou étaient allés au cinéma ce soir…

Jouer au jeu des « Et si… » n'était jamais une idée formidable, mais dans ces circonstances il était difficile de l'éviter. Un millimètre sur la droite aurait pu faire une différence chez son patient.

Même chose pour le patient de Miranda. Le troisième n'était pas allé plus loin que les urgences.

— Tu veux venir un moment chez moi ? Je compte faire griller du pop-corn, manger du chocolat et regarder des idioties à la télévision.

L'offre lui avait échappé, mais il ne voulut pas revenir en arrière. Rentrer dans un appartement vide après une journée pareille pouvait être lourd.

— Du pop-corn, pas de la bière ?

Miranda s'écarta, arrangeant son sac sur son épaule.

— J'ai de la bière au frigo si tu en veux. Allez, Miranda. Cette journée a été horrible. L'heure du dîner est passée depuis longtemps, mais je doute que nous ayons faim. Alors viens grignoter du pop-corn et du chocolat chez moi.

Il s'attendit à ce qu'elle refuse, qu'elle trouve une excuse pour se défiler. Mais elle hocha la tête, puis le laissa enregistrer son adresse dans son téléphone.

Le trajet jusque chez lui sembla à la fois rapide et interminable à Knox, qui ne cessait de regarder dans son rétroviseur pour vérifier que Miranda restait bien derrière lui. Une part de lui s'attendait à ce qu'elle change d'avis. Mais elle se gara derrière sa voiture, au pied de son immeuble.

— Ça va déranger Jackson, si on regarde la télévision ? demanda-t-elle.

— Non, pas si on ne la met pas fort.

Knox ouvrit sa porte, envahi par l'agréable sentiment d'être chez lui. C'était son sanctuaire. Son lieu de vie. Il ne s'en lasserait jamais.

— Je pensais que vous seriez toujours colocs, tous les deux.

Miranda l'imita et ôta ses chaussures. Ses chaussettes rose vif et ornées de chatons causèrent un choc à Knox. C'était vraiment spécial.

— Nous restons proches, répondit-il. Nous habitons l'un à côté de l'autre.

Alors qu'il se rendait à la cuisine, il entendit rire Miranda.

— J'adore mes sœurs, mais je ne suis pas sûre qu'habiter les unes à côté des autres serait une bonne idée.

Elle vint s'appuyer au comptoir tandis qu'il mettait le pop-corn au micro-ondes.

— Toutefois, j'aime bien quand Kelly et Olive viennent me voir. Et nous prenons un brunch ensemble le premier dimanche de chaque mois. En outre, avec les six petits dont je suis la tante, j'ai toujours l'impression qu'il y a un anniversaire à fêter. Avoir du temps pour sa famille est l'avantage d'être une ratée.

— Tu n'es pas une ratée.

Knox lui pressa l'épaule.

— Et je suis content que tu sois là. Mais il se trouve que tu es devant le placard où je range le chocolat.

Avec un grand sourire, il passa un bras derrière elle. Son parfum le troubla. Il s'était attendu à ce qu'elle bouge, mais leurs regards s'accrochèrent et il faillit se fondre en elle. Grâce au peu de volonté qui lui restait, il se retint de lui demander s'il pouvait l'embrasser. La journée avait été terrible. Elle était là pour la compagnie, pas pour des baisers.

Il tira le sachet de chocolats du placard et ses doigts effleurèrent la hanche de Miranda.

— Tu veux le pop-corn et le chocolat ensemble, ou séparément ?

Elle soutint son regard.

— Je m'incruste dans ton temps de repos, alors c'est comme tu préfères.

— Tu ne t'incrustes pas. Tu es mon invitée.

Il sortit le pop-corn du micro-ondes et sentit que son corps commençait à se détendre.

— Par ici !

Il alla vers le canapé et réalisa alors que la petite banquette n'était vraiment pas très large.

— Je... euh...

Il se gratta l'arrière de la tête en regardant le canapé.

— Tu ne reçois pas beaucoup ?

Miranda lui prit le saladier des mains et s'assit sur le sofa.

— On va être bien, tous les deux, même si on est un peu serrés.

Je suppose.

Knox se glissa à côté d'elle, savourant le fait de la sentir proche.

— Ce sera plus facile pour partager le pop-corn.

Il attrapa la télécommande, essayant d'ignorer le trouble qu'il ressentait tandis que le corps de Miranda se rapprochait du sien.

— Alors, qu'est-ce que Miranda Paulson aime regarder ? Des documentaires ?

Elle fit la moue.

— Bon, pas de documentaires. Des jeux télévisés ?

Elle haussa les épaules.

— J'ai dû en regarder beaucoup, en grandissant. Ils sont amusants, à condition de ne pas devoir répondre la première comme mes parents m'y obligeaient.

Ainsi, dans sa famille, les distractions gratuites n'existaient pas.

— Eh bien, je vais te montrer mon jeu préféré, mais tu ne devras le dire à personne. Pas même à Jackson.

— Pas même à Jackson ?

Miranda ouvrit de grands yeux.

— Je le promets. Je le jure.

Elle posa une main sur son cœur et répéta :

— Je le jure.

— Tu l'as déjà dit.

— Je sais, répondit-elle avec un grand sourire. Mais s'il s'agit d'un secret que Knox Peters n'a pas partagé avec son frère de cœur et meilleur ami, je l'emporterai dans ma tombe.

Knox secoua la tête et mit l'émission. Trois femmes se tenaient d'un côté du plateau, un homme de l'autre. Neuf valises se trouvaient entre eux.

— C'est quel genre de jeu ?

Miranda prit du pop-corn, ses doigts touchant ceux de Knox. Ce contact fit naître en lui un soupir qu'il eut du mal à retenir. Elle était là, chez lui, mangeant du pop-corn et s'apprêtant à regarder « Bagages », un jeu complètement nul qu'il adorait en secret.

— Une sorte de jeu qui met en scène des rendez-vous galants. Les valises contiennent des effets personnels. Les joueuses choisissent laquelle ouvrir, le contenu est proposé à l'homme, puis on passe à la suivante.

Miranda regarda l'écran tandis que la première valise était ouverte, révélant des dessous.

— C'est ça, les effets personnels ?

— Apparemment.

Knox rit et passa un bras autour de ses épaules. Le geste était très simple et paraissait juste, mais cela n'empêchait pas son cœur de résonner dans ses oreilles.

Miranda le regarda et se glissa un peu plus près.

— C'est ridicule.

Il n'aurait su dire si elle parlait de l'émission ou des sentiments qui se faisaient jour entre eux.

— Oui, dit-il. Mais tout le monde a son plaisir coupable.

— Je n'ai jamais aimé cette expression.

Elle posa la tête sur son épaule.

— Si on aime quelque chose, la culpabilité n'est pas justifiée.

Knox rit et appuya sa tête contre la sienne.

— Les choses que les gens avouent dans cette émission te feront te sentir mieux quant à tes choix de vie.

Ils restèrent assis à regarder trois épisodes de vingt minutes, et ils terminèrent le pop-corn et les chocolats.

— Tu veux que j'aille en chercher encore ?

Il n'avait pas faim, mais il n'était pas prêt à mettre un terme à cette soirée.

— Non, répondit doucement Miranda.

Elle releva la tête. Son regard fut comme de l'eau pour l'âme assoiffée de Knox. Il posa les yeux sur ses lèvres, leurs douces courbes roses l'appelant.

— Miranda.

— Knox.

Le temps s'arrêta.

— J'ai envie de t'embrasser, dit-il en levant la main pour caresser sa joue.

— Embrasse-moi.

Le corps de Miranda chanta quand les lèvres de Knox se posèrent sur les siennes. Les fantasmes qu'elle s'était autorisés pendant leur internat n'étaient rien comparés au fait d'être réellement tenue par lui. Elle le trouvait solide et rassurant, elle se délectait de ce contact et on aurait dit que le monde leur criait de ne jamais se séparer.

C'étaient des sentiments irréalistes, mais se faire plaisir pendant quelques instants ne pouvait pas faire de mal.

Si elle n'avait pas prévu de passer sa soirée devant un jeu télévisé complètement nul, assise sur le canapé de Knox, c'était beaucoup mieux que d'être seule chez elle, à lire.

Il fit glisser ses mains dans son dos et elle lâcha un doux gémissement.

— Knox.

Elle avait envie de se perdre en lui. D'envoyer promener toutes les réserves que son cerveau lui soufflait constamment et de le supplier de l'emmener dans sa chambre.

— Je devrais y aller.

Ce n'étaient pas les mots qu'elle souhaitait prononcer, même s'il le fallait.

La journée avait été dure. C'était un cliché de trouver du réconfort dans les bras de quelqu'un. Elle aimait bien Knox et si elle couchait avec lui, elle voulait que ce soit parce qu'ils le désiraient tous les deux, non pour se rappeler qu'ils étaient en vie.

— Bon.

Il posa un autre baiser sur sa joue.

— Bon.

Elle sourit et appuya la tête contre la sienne.

— Merci pour ce soir. C'était parfait. Et maintenant je sais que tu aimes les jeux télévisés bas de gamme où les gens révèlent des secrets bien trop personnels.

Le rire de Knox atteignit son âme.

— Et moi, je sais que dans tes chaussures très professionnelles, tu portes des chaussettes roses avec des chatons. Ainsi, nous avons tous les deux appris quelque chose sur l'autre.

Miranda regarda ses pieds ; les mignons petits chats la faisaient toujours sourire.

— J'adore les chats.

— Comment s'appelait le tien ?

Elle secoua la tête, lui embrassa la joue et se força à se lever. Si elle restait plus longtemps près de lui, elle l'embrasserait de nouveau et ils finiraient au lit. Elle n'était pas souvent sortie avec des hommes, mais elle savait ce que son corps désirait.

— Je n'en ai jamais eu.

Elle se dirigea vers l'entrée, où elle avait laissé ses chaussures.

— Lance n'aimait pas les animaux et mes parents…

Elle agita une main. Elle les avait suppliés de la laisser adopter un chat. Ils lui avaient dit que si elle obtenait une note parfaite en maths en fin de troisième, ils considéreraient la question.

Une note parfaite. Elle y était presque arrivée, mais elle avait loupé une question. Et 99 %, ce n'était pas parfait. Alors pas de chat.

— Tu pourrais en avoir un maintenant.

Knox ouvrit la porte et posa la main dans son dos. Sa paume était chaude et l'envie de se presser contre lui envahit Miranda. Elle brûlait de refermer la porte, de lui ôter sa chemise et de vénérer son corps avec ardeur.

— Avec mes horaires ?

Elle se mordit la lèvre. Elle avait regardé plusieurs fois un site sur Internet, s'était amourachée de plusieurs chats, mais quand ils avaient été adoptés, elle s'était dit qu'ils seraient mieux avec quelqu'un d'autre qu'elle.

— Les chats se suffisent à eux-mêmes.

Knox l'embrassa sur la joue et s'appuya au chambranle de la porte. Cette pose sexy mit l'eau à la bouche de Miranda. Il fallait vraiment qu'elle s'en aille, mais ses pieds refusaient de faire le premier pas.

— Je dois y aller, dit-elle avant de poser un dernier baiser sur les lèvres de Knox. Merci encore.

— Je t'en prie, Miranda. Et n'oublie pas de choisir des vêtements confortables dimanche.

Il la regarda marcher vers sa voiture. Il était encore sur le seuil de la porte lorsqu'elle démarra.

6

— Tu as entendu les nouvelles ?

Jackson but un peu d'eau à la bouteille qui l'accompagnait partout lorsqu'il n'était pas en salle d'op.

— Les nouvelles ou les rumeurs ?

Knox ne leva pas les yeux de l'ordinateur dans lequel il entrait des notes. Les chirurgiens détestaient remplir des papiers, en général, mais lui, contrairement à d'autres, ne repoussait jamais cette corvée. Il ne voulait pas que ce travail s'accumule.

— Y a-t-il une différence, à l'hôpital ?

Jackson secoua la tête, puis leva une main.

— Hé, Miranda !

Là, Knox leva les yeux. Miranda faisait rouler ses épaules et étirait ses bras.

— Tu vas bien ? demanda-t-il.

— Je suis juste fatiguée. J'attends avec impatience mon jour de repos, demain. Salut, Jackson.

— Ah, je ne suis pas invisible ! dit ce dernier en riant.

— Non. De quoi parliez-vous, tous les deux ?

— Des rumeurs de l'hôpital.

Knox ferma son fichier. Il était à jour. Miranda haussa un sourcil.

— Des rumeurs ?

— Ou des nouvelles, dit Jackson. Moi, je les prends comme ça.

— Y a-t-il une différence, à l'hôpital ?

Knox rit en l'entendant dire la même chose que son frère, et il vit qu'elle semblait confuse. Il aurait aimé avoir un autre genre de connexion avec elle, et s'ils ne s'étaient pas trouvés sur leur lieu de travail, il l'aurait bien embrassée sur la joue.

— Il est évident que tu brûles de révéler ce que tu sais, Jackson, dit-il. Alors, que se passe-t-il ?

— Nous allons avoir un nouveau chirurgien en chef.

Il brandit triomphalement sa bouteille et fronça les sourcils quand ni Miranda ni Knox ne réagirent.

— Sérieusement, vous n'étiez pas au courant ? J'aurais cru que vous seriez tous les deux dans les starting-blocks pour prendre le poste.

— Je suis sûre que si le Dr Lawton s'en allait, il l'aurait dit à Knox, déclara Miranda.

Celui-ci la regarda. Pour une fois, il n'y avait pas de trace de défi dans ses yeux. Puis leurs bipeurs se déclenchèrent, les appelant aux urgences pour un problème orthopédique. Ils s'y rendirent tout de suite.

Là, ils retrouvèrent le Dr Patrick O'Sullivan, un chirurgien orthopédiste.

— Nous avons affaire à un drôle de cas, dit-il. Deux jeunes gens de vingt et un et vingt-deux ans avec un fer de béton empalé dans leur cuisse droite pour l'un et gauche pour l'autre. Ils se sont mis au défi de sauter du premier étage d'un chantier dans Lincoln Street. Les secouristes n'ont pas voulu les séparer tant que vous n'avez pas vu les radios et décidé quoi faire. Si je dois intervenir, c'est parce que celui de vingt et un ans a le fémur brisé.

— Très bien, dit Miranda.

Elle regarda Knox.

— Tu veux opérer avec Patrick, ou c'est moi qui le fais ?

— On y va tous les trois, répondit Patrick. Prêts ?

Qu'ils soient prêts ou non, il était temps d'opérer.

À la fin de l'intervention, Patrick demanda à brûle-pourpoint à Miranda :

— Vous allez candidater pour le poste de Lawton ?

— J'ignorais qu'un poste allait se libérer.

Et elle n'avait pas l'intention de le briguer. Autrefois, elle aurait rêvé de devenir chirurgien en chef. Mais elle avait appris à ses dépens qu'elle n'était pas faite pour ce genre de poste. Un échec suffisait.

Patrick sourit derrière son masque.

— C'est pourtant le secret le moins bien gardé de l'hôpital.

Miranda n'en était pas si sûre. Après tout, Knox n'en avait rien su non plus.

— Alors, vous allez être ma principale concurrente ?

— Non. Mais je suppose que Knox va postuler.

— Il ne compte pas le faire, dit Patrick. Il n'a aucune expérience en dehors de cet hôpital.

C'était vrai, même si Knox était un excellent chirurgien. La loyauté n'était pas récompensée.

— Si vous changez d'avis, vous me le ferez savoir ?

— Je ne changerai pas d'avis. Et Knox sera un concurrent redoutable, quoi que vous en pensiez.

Patrick la regarda dans les yeux.

— J'ignorais que vous étiez si proches, tous les deux.

Miranda ne trouva rien à lui répondre.

Un rendez-vous galant avec Miranda Paulson. Il se rendait à un rendez-vous galant avec Miranda Paulson !

Knox monta presque en dansant les marches du perron qui menait à son appartement.

Elle n'habitait pas loin de chez lui et de chez Jackson. Ils se croiseraient régulièrement au café. Et il s'en réjouissait à l'avance.

La porte s'ouvrit avant qu'il ait levé la main. Miranda désigna le téléphone dont elle était en train de se servir.

— Peux-tu m'accorder une seconde ? demanda-t-elle à son interlocuteur. Knox, c'est un plaisir de te voir. Entre. Oui, Olive,

Knox est ici. Je t'ai dit que j'avais un rendez-vous. Oui, un rendez-vous avec Knox. Oui, ce Knox-là.

Elle s'empourpra légèrement en lui faisant signe de s'avancer et articula une excuse.

Ce Knox-là. Ainsi, elle avait parlé de lui. La sensation de chaleur qu'il avait dans le ventre s'accentua, et il ne put retenir un sourire.

La salle de séjour de son appartement avait l'air d'une bibliothèque. Il y avait six rayonnages surchargés de livres. Il s'approcha du premier et vit des ouvrages de médecine. Lui préférait lire ce genre de bouquin sur une tablette. Les cinq autres contenaient des livres de développement personnel et des journaux. *Soyez au mieux de votre forme. Organisez tout pour vous faciliter la vie. Comment passer de zéro à héros.* Il ne manquait plus qu'un livre intitulé *Le Meilleur Moyen de vous épuiser* !

En tout cas, Miranda croyait qu'elle avait besoin de ces lectures. Qu'elle n'était pas déjà la meilleure version possible d'elle-même.

— Désolée, le plus jeune des enfants d'Olive a de la fièvre et une éruption de boutons. Le pédiatre est surchargé de cas de grippe, alors ma sœur a appelé le médecin de la famille à la rescousse.

— Je suis sûr qu'elle a apprécié ton aide.

Knox l'embrassa sur la joue, charmé par le doux parfum de citron et de sucre qui émanait toujours d'elle.

— C'est étrange de voir Olive avec des enfants. Elle est surprotectrice. La rebelle s'est changée en mère nourricière qui devient féroce si on touche à ses petits.

Miranda poussa un soupir de regret qui fendit le cœur de Knox. Il passa un bras autour de ses épaules et posa un baiser sur le dessus de sa tête.

— Tu es prête pour notre sortie en tête à tête ?

— Oui.

Elle l'embrassa sur la joue. Ils étaient déjà très à l'aise, pour un premier rendez-vous. Et c'était tant mieux, car depuis leur baiser, Knox avait besoin d'elle. Pas seulement d'une façon sensuelle, mais parce qu'elle était exactement ce qu'il lui fallait. C'était un drôle de sentiment, qu'il n'avait encore jamais éprouvé.

— Tu peux me dire où nous allons, maintenant ?

— Non. Ça reste une surprise.

Ils sortirent et il lui ouvrit avec un grand geste la portière de sa voiture. Il avait prévu ceci depuis qu'elle avait dit oui. Enfin, pas exactement. Son premier plan avait été un dîner dans un restaurant chic, et il lui en offrirait un, mais plus tard. Ce jour-là, il voulait s'occuper de la Miranda qu'il avait découverte lorsqu'elle était venue chez lui.

Le trajet dura environ dix minutes. Si son idée lui plaisait, elle réaliserait peut-être un de ses rêves.

— Un café à chats ?

Son regard sombre brilla tandis qu'elle regardait tour à tour Knox et le café. Il avait trouvé cet endroit dès qu'elle était partie de chez lui l'autre soir. Il en avait entendu parler par des infirmières.

— Les animaux sont dans une pièce à part. Avec une fenêtre, pour qu'on puisse les regarder jouer ou dormir. Il faut prendre rendez-vous pour les observer, les toucher, les caresser.

Miranda hocha la tête.

— Bien sûr.

— Nous avons rendez-vous dans cinq minutes. Nous pourrons boire un café après.

— Knox ! s'exclama-t-elle en riant. Tu m'emmènes voir des chats pour notre première sortie ! C'est parfait !

Elle ouvrit sa portière avec entrain et il se demanda si elle n'allait pas entrer dans le café en dansant.

Il se présenta, ils remplirent des papiers et suivirent une jeune femme aux cheveux violets dans la pièce voisine. Elle leur donna des instructions et leur dit qu'ils avaient trente minutes. En entrant, Miranda poussa un soupir.

— Ils sont tous si mignons !

Knox sourit, amusé, car plusieurs pensionnaires avaient une oreille déchirée et deux n'avaient plus de queue. Cet endroit était aussi un refuge. Elle s'assit en tailleur par terre et un matou orange grimpa sur ses genoux. Le cœur de Knox s'emballa tandis qu'il la regardait caresser la tête poilue. Les ronrons qu'il percevait lui donnèrent envie de fixer cet instant pour toujours.

— Il s'appelle Enfer, dit-elle en faisant la grimace.

— Je ne suis pas fan de ce nom.

Knox se glissa à côté d'elle.

— Pour moi, c'est un Cannelle, décréta-t-elle. Même s'il ne sent pas la cannelle...

Knox rit.

— Elle vient de dire que tu sens mauvais, Enfer !

— Ne l'écoute pas, Enfer. Tu es très beau.

L'intéressé miaula, bâilla et s'en alla en se dandinant.

— Tu l'as blessé, dit Miranda en faisant les gros yeux.

— Prends garde, Miranda. Tu cherches un nom pour un chat et l'instant d'après, tu te retrouves en train de l'adopter.

Knox pensait qu'elle devrait le faire. Elle le voulait depuis son enfance. À quarante ans, elle devrait s'octroyer ce plaisir.

Il gratta la tête d'un petit chat gris qui se frottait à sa jambe. L'animal monta sur ses genoux et se mit à ronronner. Il adorait ce bruit.

— Ces minets méritent mieux que de vivre chez moi, dit Miranda. Je veux dire que je suis souvent absente.

Un chat noir et blanc nommé Fred lui apporta une souris en caoutchouc. Elle la lança, il alla la chercher et la lui rapporta.

Knox aurait voulu qu'elle comprenne qu'un animal avait surtout besoin d'amour. Et elle en avait à revendre.

Quand la femme vint leur annoncer que leur temps était écoulé, il lui sembla qu'ils n'étaient là que depuis quelques secondes.

— C'était très agréable de vous rencontrer, les amis.

Miranda lança encore une fois la souris de Fred, puis fit un signe de la main à la ronde.

— J'espère que vous trouverez tous la meilleure des familles.

Elle était rayonnante lorsqu'ils quittèrent la pièce.

— J'ai adoré ! On pourrait revenir la semaine prochaine ?

Knox la ramènerait volontiers n'importe quand. Il passa un bras autour de sa taille pour aller au comptoir du café.

— Tu as envie d'un énorme café frappé avec de la crème fouettée ?

Elle se haussa sur la pointe des pieds et captura ses lèvres. Quand elle s'écarta, elle arborait un immense sourire.

— Tu me connais si bien ! Oui, c'est ce que je veux.

Comparée à beaucoup, Miranda n'avait pas une grande expérience des premiers rendez-vous. Avec Lance, cela avait ressemblé à un entretien d'embauche – drapeau rouge numéro un. Et lors des quelques autres qu'elle avait eus, l'étincelle ne s'était pas produite. Mais là, c'était le genre de rendez-vous romantique que l'on voyait au cinéma.

Le café à chats, le dîner ensuite, leur promenade dans le parc, leur discussion jusqu'à ce que les réverbères s'allument... Knox avait pensé à tout.

— Merci pour ce soir, dit-elle en enfilant sa clé dans sa serrure.

Ils étaient restés ensemble presque six heures, et elle n'était toujours pas prête à prendre congé.

— Merci à toi.

Knox s'appuya au chambranle de sa porte, son corps svelte détendu et délicieux à regarder.

— Tu veux entrer ? Je peux faire du café décaféiné.

Ou nous pouvons aller tout droit dans ma chambre ?

Elle avait le visage brûlant.

— Je prendrais volontiers un café.

Les yeux bleus de Knox brillaient et elle espéra que c'était de désir. Une fois entrée, elle ôta ses chaussures et s'aperçut qu'il regardait ses pieds.

— Oui, j'ai un plein tiroir de chaussettes à chats.

Celles-ci étaient bleues avec des chats gris.

— Rien de mal à ça. Je suis heureux de penser que j'ai bien choisi pour notre sortie.

Elle passa les bras autour de son cou et l'attira à elle.

— Tu as bien choisi.

Elle effleura ses lèvres des siennes. Le baiser joueur qu'elle avait voulu lui donner se changea tout de suite en quelque chose de plus intense. Les mains de Knox la rapprochèrent de lui, et leurs hanches se touchèrent.

Elle le voulait, maintenant.

Elle s'écarta légèrement et regarda du côté de sa cuisine.

— Tu veux vraiment du café ?

— Si tu en veux aussi.

Il fit danser ses doigts le long de son dos, de petites étincelles de désir s'allumant en Miranda à chaque contact. Si son corps réagissait ainsi à son toucher à travers ses vêtements, comment se comporterait-il s'il caressait sa peau nue ? Il n'y avait qu'un moyen de le savoir.

— C'est toi que je veux.

Le sourire qui s'étira sur le visage de Knox fut la chose la plus sexy qu'elle avait jamais vue.

— Ce sentiment est mutuel.

Elle recula, lui prit la main et l'entraîna vers sa chambre. Son appartement était spacieux et agréable, mais en cet instant, elle aurait souhaité qu'il soit moins grand pour arriver plus vite. Dès qu'elle eut ouvert la porte, elle retira son T-shirt.

— J'ai envie de te sentir me toucher.

Ces mots étaient ardents, mais elle fut traversée par une crainte. Lance n'avait pas aimé qu'elle prenne le contrôle dans leur chambre à coucher.

Knox pencha la tête de côté et relâcha son souffle. Puis il promena un doigt sur son ventre.

— Tu es magnifique.

— Dit le beau chirurgien qui semble sorti d'un film et non d'une salle d'opération.

Miranda lui enleva sa chemise, et ses yeux s'arrêtèrent sur les tatouages qui couvraient son torse et ses bras. Il y avait un caducée, un stéthoscope et un oiseau qui s'échappait d'une cage.

— Bon sang, Knox. Je n'aurais pas cru possible que tu sois encore plus excitant.

— Tu vas me faire rougir.

Il courba la tête et caressa son cou de ses lèvres. Puis il lui ôta son soutien-gorge.

— Sérieusement, Miranda, tu es à couper le souffle.

Il dessina son téton du pouce, l'observant tandis qu'elle fondait sous ses caresses.

L'envie de le mettre nu, de joindre leurs corps et de chevaucher la vague de feu qui pulsait en elle le disputait au besoin de faire durer ces préliminaires aussi longtemps que possible.

Il passa la langue sur son téton durci. Elle promena les mains dans son dos, où il portait d'autres tatouages. Elle avait envie de l'explorer, mais son esprit ne pouvait se concentrer sous l'effet de ses coups de langue experts.

Il défit le bouton de son pantalon, qu'il fit glisser sur ses hanches. Puis il se mit à genoux, lui enleva sa culotte et la lécha.

Miranda poussa un petit cri. La langue de Knox semblait savoir exactement où et comment la caresser.

Il s'empara de ses fesses, la maintenant en place pour pouvoir la vénérer à son aise. Elle passa les mains dans ses cheveux, se perdant dans les sensations qu'il faisait naître en elle. Une vive chaleur, le désir, le besoin, tout cela l'inondait tandis qu'il l'amenait de plus en plus près de la jouissance.

— Knox !

Son nom sur ses lèvres alors qu'elle jouissait ressembla à un cri adressé au Ciel.

Knox l'enlaça et la souleva pour la porter sur son lit.

— Miranda.

Il effleura ses lèvres des siennes tout en déboutonnant son jean.

— Ma douce, dis-moi que tu as un préservatif. J'ai besoin de toi. Terriblement.

Miranda prit un préservatif dans le tiroir de sa table de nuit. Elle ouvrit l'enveloppe et fit glisser le latex sur son sexe dressé, magnifique. Lorsqu'elle arriva au bout, il poussa un cri guttural.

Il s'assit sur le lit et la prit sur ses genoux. Elle passa ses jambes autour de lui tout en dévorant sa bouche. Ils se mirent à remuer ensemble, à l'unisson, comme s'ils avaient fait l'amour des milliers de fois. Leurs corps semblaient savoir exactement ce que l'autre voulait, de quoi il avait besoin.

Knox pressa les hanches de Miranda tandis qu'elle le chevauchait pour l'amener au summum du plaisir. Son nom résonna dans la pièce quand il atteignit l'orgasme à son tour.

— Tu n'es pas rentré hier soir.

Jackson haussa un sourcil tandis que Knox atteignait son perron.

— J'ignorais que tu surveillais mes allées et venues.

Knox lui adressa un clin d'œil et ouvrit sa porte. Ce matin-là, avec Miranda, avait été délicieux. Heureux de se réveiller l'un avec l'autre, ils s'étaient embrassés, caressés et avaient refait l'amour.

— Tout va bien ? demanda-t-il.

— J'ai ça pour le placard de Miranda.

Jackson leva deux sacs.

— Waouh ! dit Knox en les prenant. C'est gentil à toi.

— Ce n'est pas moi. J'en ai parlé à Patty et tout de suite...

Il haussa les épaules. Patty était une vieille femme blanche de quatre-vingt-huit ans qui avait travaillé au dispensaire où Jackson avait été bénévole. Elle s'occupait d'un programme « artistique » pour les enfants de son quartier et ce, sur son propre budget. En fait, elle leur faisait faire du crochet et du point de croix.

Knox regarda dans les sacs, qui contenaient bien des crochets, du fil et des canevas.

— C'est aimable de sa part.

— Elle le sait parfaitement, dit Jackson en riant.

Il entra chez Knox et s'assit sur le petit canapé.

— Alors, est-ce que Miranda a trouvé un chat ?

— Non.

Knox inclina la tête sur le côté, regardant son frère qui semblait mal à l'aise.

— Qu'as-tu à me dire ? Accouche.

— Quoi ?

Jackson haussa les sourcils, puis laissa tomber ses épaules, l'air résigné.

— On dit dans le service chirurgie que Miranda est revenue pour le poste du Dr Lawton. Qu'elle savait qu'il allait prendre sa retraite dans quelques mois et que c'est son prochain objectif.

— Miranda est revenue parce que...

Knox s'éclaircit la gorge. Il ne lui appartenait pas de donner ses raisons.

— Ce n'est pas pour ça. En outre, Hugh a-t-il effectivement dit qu'il voulait se retirer ?

Le chef du service chirurgie lui en aurait parlé. Il en était sûr.

— Non. Mais tu connais la machine à rumeurs.

— Qui se trompe dans au moins 50 % des cas.

Jackson relâcha son souffle.

— Et ce n'est pas tout. Les gens disent que tu n'es pas adapté à ce poste. Je voulais que tu sois prévenu.

— Si je le veux, je l'aurai.

Knox n'en doutait pas. Il était au Hope Hospital depuis plus longtemps que n'importe qui. Il en connaissait les rouages mieux que le conseil d'administration et le personnel administratif. Le fait que des gens pensent qu'il n'était pas qualifié, et qu'ils l'éliminent avant même que la compétition ait commencé, ternissait un peu sa joie des vingt-quatre dernières heures, mais cela s'arrêtait là.

Ce n'était pas juste, d'après lui, mais il n'allait pas entrer dans ces histoires.

— J'apprécie l'info, Jackson.

— Je ne suis pas sûr de te croire.

Jackson se leva en soupirant.

— Je te verrai à l'hôpital.

— Bonjour, ma douce.

Knox tendit un café à Miranda.

— Pas de crème fouettée au début de la journée, mais si je me suis trompé…

— Tu ne t'es pas trompé.

Elle l'embrassa sur la joue comme ils entraient dans l'ascenseur.

— Prends garde, Knox. Je pourrais m'habituer à ce genre de traitement.

Il serait facile de s'accoutumer à ces attentions. À lui. À des jeux télévisés stupides, à des visites au café-refuge et même à l'idée de prendre un chat. Avec lui, elle pourrait passer d'une sortie en tête à tête et d'un échange sexuel brûlant à des choses sans importance – mais qui avaient leur charme.

— Miranda, qu'est-ce que tu remues dans ta tête ?

— Rien. Enfin, rien d'important. Je me reprochais d'avoir dit que je pourrais m'habituer à tes attentions. Je n'essayais pas de te mettre la pression.

— Serait-ce si grave que tu t'y habitues ?

Knox haussa un sourcil, puis pressa un instant les lèvres sur les siennes. Ce fut un baiser doux, rassurant.

Elle hésita. Elle voulait dire non, mais personne ne prenait soin d'elle, d'habitude. Elle s'occupait d'elle-même ; elle en avait besoin. Elle reconstruisait sa vie. Celle-ci n'était plus un amas de décombres, mais elle ne se sentait pas encore tout à fait solide.

— Miranda, j'ai passé le meilleur des moments possibles, l'autre nuit et le matin qui a suivi. Je veux recommencer. Si tu n'y tiens pas…

— Si. Je veux continuer, mais ça me terrifie.

Avait-il mis du sérum de vérité dans son café, ce matin-là ? Ce n'étaient pas des mots qu'elle avait prévu de dire à l'homme qui avait exploré chaque centimètre de son corps au cours du week-end.

— Ah !

Knox souffla et lui prit la main.

— Ça ne me terrifie pas, moi. Mais je ne suis pas sûr que ça aide.

— Si.

Elle lui pressa la main, heureuse de le toucher. Un peu de son inquiétude s'évanouit. Elle n'avait jamais connu la passion. Une part d'elle redoutait qu'un amour profond ne la consume complètement. Alors elle était sortie avec des hommes, même mariés, qui ne lui donnaient pas envie de se perdre. Mais ce genre de relation ne l'avait pas comblée. Contrairement à ce qu'elle vivait avec Knox.

— C'est juste un café, Miranda. Ce n'est pas comme si j'essayais de chercher des noms pour nos futurs enfants, dit-il en plaisantant.

Je n'aurai pas d'enfants.

Elle le pensait fortement, mais l'ascenseur s'ouvrit avant qu'elle puisse le dire. Ce qui était aussi bien, car l'ascenseur de l'hôpital n'était pas l'endroit adéquat où avoir cette conversation. Toutefois, elle devrait le faire savoir à Knox avant leur prochain rendez-vous. À quarante ans, elle entrait dans ses dernières années de fertilité, mais lui pourrait encore avoir des enfants pendant longtemps. S'il en voulait, elle n'était pas la bonne personne pour lui.

— Miranda, on a besoin de vous en consultation chirurgicale. Tout de suite ! annonça Jenny, une infirmière du service, d'un ton frénétique.

Miranda but une grande gorgée de son café avant de tendre le gobelet à Knox.

— Merci.

Il lui sourit.

— Bonne chance.

— Qu'y a-t-il de si urgent, Jenny ?

— Nous avons une patiente qui refuse un traitement.

— C'est son droit.

— Je sais. Mais le Dr Reedy est un homme âgé et il essaie de la convaincre. Je pense qu'elle a raison de refuser, mais...

L'infirmière s'arrêta devant la porte de la salle de consultation.

— Elle a demandé plusieurs fois une consultation chirurgicale et le Dr Reedy ne cesse de la repousser. Pourtant elle mérite de contrôler son corps et ses choix.

Miranda hocha la tête, puis frappa à la porte.

— Entrez, répondit une voix rocailleuse.

Le vieux médecin avait les cheveux blancs.

— Bonjour. Je suis le Dr Paulson, chirurgie générale.

— Nous n'avons pas besoin de chirurgie générale.

Le Dr Reedy croisa les bras, regardant l'infirmière qui se tenait dans un coin, puis Jenny qui se trouvait derrière Miranda.

C'était une impasse médicale. Trois femmes, une patiente et un gynécologue obstétricien âgé qui campait sur ses positions.

— Quel est votre nom ? demanda Miranda à la jeune femme assise sur la table d'examen, et qui était très pâle.

— Amber. Je veux un curetage de l'utérus, pas une autre série de piqûres d'hormones ou une pilule contraceptive qui me rend suicidaire.

Elle fusilla du regard le Dr Reedy et essuya une larme.

— Un curetage de l'utérus est une opération importante, dit Miranda, gardant un ton égal.

— Et vous n'avez même pas trente ans, intervint le Dr Reedy. Si votre mari veut un bébé ?

Le nombre de médecins qui demandaient comme une évidence ce que voulait le partenaire d'une femme était choquant.

— Je n'ai pas de mari.

— Votre futur mari, alors.

— Amber, pourquoi voulez-vous un curetage de l'utérus ? demanda Miranda.

— C'est la troisième fois cette année que je viens aux urgences parce que je perds trop de sang pendant mes règles.

— C'est vraiment ennuyeux à ce point ? demanda le Dr Reedy d'un ton condescendant.

— Oui !

Le cri d'Amber fendit le cœur de Miranda.

— Il y a la solution d'un diaphragme en cuivre, dit le médecin.

— Cela peut accroître les saignements menstruels, déclara Miranda. Alors que le curetage de l'utérus les réduit considérablement et peut même les arrêter.

Le Dr Reedy la regarda comme si elle avait perdu la tête.

— Mais elle ne pourrait pas avoir d'enfant.

— En voulez-vous ? demanda Miranda à Amber.

Elle, elle n'en avait jamais voulu. Elle l'avait su dès son adolescence. Amber avait près de trente ans. Elle était assez âgée pour savoir ce qu'elle voulait, et pour que son choix soit respecté.

— Non.

— Vous pourriez changer d'avis.

— Docteur Reedy, dit Miranda en pinçant l'arête de son nez, si Amber ne veut pas d'enfant, ce n'est pas votre problème. Et elle est si pâle que je pense qu'elle est anémiée. Gravement. Avez-vous demandé du sang pour elle ?

— On est en train de définir son groupe sanguin, répondit le médecin qui regarda Amber, les lèvres pincées. Je pense qu'il vaut mieux que je ne sois plus votre médecin.

— Quoi ? s'exclama Amber en pleurant. Vous ne voulez plus de moi comme patiente ? Parce que je ne veux pas d'enfant ?

— Je vais signaler que vous pouvez sortir de l'hôpital.

Amber lâcha un sanglot.

— Pardon. Je suis juste si fatiguée...

— C'est l'anémie, dit Miranda en prenant des notes sur sa tablette.

— Pouvez-vous faire le curetage ? demanda Amber.

Elle aurait voulu dire oui, mais ce n'était pas le cas.

— Non, c'est un gynécologue obstétricien qui doit le faire.

— Sauf que tous ceux que je vois me disent la même chose,

reprit la jeune femme en haussant le ton. Le Dr Reedy n'est pas le premier à ne pas vouloir m'aider.

Miranda prit une chaise et s'assit à côté d'elle.

— Amber, dit-elle d'un ton doux, contrôlé. Je vais vous trouver quelqu'un qui tiendra compte de votre histoire et de vos souhaits. Cela pourra prendre quelques mois, mais nous réglerons ça. Maintenant reposez-vous. Nous reviendrons vous voir bientôt.

— Vous connaissez quelqu'un qui acceptera de faire le curetage ? demanda Jenny.

Miranda n'était revenue à Phoenix que depuis moins d'un mois. Ses contacts étaient sur la côte Est. Mais avec un peu de chance, Knox pourrait l'aider.

— Je pense, répondit-elle.

— Knox ! appela Miranda dans le couloir.

Elle ne semblait pas être pressée d'aller en salle d'opération. Il fallait espérer que la consultation chirurgicale s'était bien passée.

— Tu n'opères pas ?

— Non, pas aujourd'hui.

Elle prit une grande inspiration et carra les épaules.

— Qu'est-ce que tu prépares ? demanda Knox.

Miranda lui exposa le cas d'Amber.

— Connais-tu un gynéco qui voudrait effectuer le curetage de l'utérus ?

— Le Dr Elaine Matre, répondit-il sans hésiter. C'est elle que je recommande toujours. Et si elle n'est pas disponible, tout le personnel de sa clinique est excellent.

Knox prit la main de Miranda et la pressa.

— Comment s'est passée la consultation ?

Elle relâcha son souffle et lui raconta l'attitude du Dr Reedy.

— Personne ne m'a demandé ce que ma femme penserait quand j'ai fait faire ma vasectomie, dit Knox. Et pourtant je n'avais même pas vingt-cinq ans.

— Tu as eu une vasectomie ?

Miranda rougit et regarda autour d'eux.

— Pas de souci. Je ne m'en cache pas.

C'était un choix qu'il n'avait jamais regretté. Il n'avait pas voulu d'enfants. Sa vie, c'étaient ses patients. Cela lui suffisait.

— Tout à l'heure, tu plaisantais à propos des prénoms de nos futurs enfants, dit Miranda qui ouvrait de grands yeux.

— C'était une plaisanterie, parce que tu paniquais. Si tu veux des enfants...

— Non, je n'en veux pas.

Elle rit et se couvrit la bouche de sa main.

— Je ne devrais peut-être pas rire de ça.

— Je ne vois pas pourquoi. Tout le monde n'est pas fait pour avoir des enfants. Si les gens s'en rendaient compte...

Knox s'éclaircit la gorge. Sa mère n'aurait jamais dû l'avoir. Elle ne l'avait pas désiré et ne s'en cachait pas.

— Et je comprends pourquoi tu réagis aussi fortement à l'attitude du Dr Reedy.

— Il l'a rejetée. Je déteste ça. Mais heureusement, tu connais tout le monde dans la région.

Knox rit.

— Je suis ici depuis assez longtemps.

— Certains pourraient dire trop longtemps.

Le Dr O'Sullivan, arrivé sur ces entrefaites, donna une tape sur l'épaule de Knox.

— Je plaisante, docteur Peters.

Knox secoua la tête.

— Les orthopédistes et leurs plaisanteries...

— Il n'y a qu'eux qui les comprennent.

Miranda se tourna, suivant des yeux le chirurgien qui s'éloignait.

— Tu as déjà pensé à t'en aller ? demanda-t-elle à voix basse.

— Pas depuis qu'une femme médecin très mignonne a obtenu le poste que je désirais après notre internat. J'ai eu des offres, mais rien ne m'a tenté. Pourquoi ? Tu essaies de te débarrasser de moi ?

— Pas du tout.

Miranda se pencha et l'embrassa sur la joue. Puis elle se remit à frotter le bas de son dos.

— Si tu me laissais te masser le dos, ce soir ? suggéra Knox.

Il brûlait de la toucher. De passer les mains sur elle. Un massage, une soirée tranquille... Ce serait délicieux.

— Je pense que je pourrais te laisser faire !

7

— C'est tellement bon !

Si Miranda avait pu ronronner de plaisir, elle l'aurait fait. Le pouce de Knox pressait exactement où il fallait et elle en avait des picotements dans les jambes.

— Comment se fait-il que tu sois si crispée ?

Il ajouta de l'huile de massage et continua ses lents mouvements circulaires.

— Je suis debout toute la journée, il y a le stress des opérations et le fait que j'atteigne quarante ans. Choisis ce que tu veux.

— Tu es une boule de nerfs, ma douce.

Knox posa les mains sur ses fesses et elle poussa un soupir. Ils allaient passer à autre chose...

— Pourquoi bouges-tu ? Je t'ai fait mal ?

Elle le regarda par-dessus son épaule.

— Tu touches mes fesses.

— Oui. Les muscles du bas de ton dos sont liés au muscle piriforme. Je ne suis peut-être pas orthopédiste, mais je connais le squelette. Reste tranquille.

Il pétrit son postérieur, trouvant des nœuds dont elle ignorait l'existence. Tandis que ses doigts les faisaient disparaître, elle sentit que son dos allait mieux.

— Très bien. Maintenant, les épaules.

Il se servit de ses paumes pour faire pression et Miranda sombra de nouveau dans un abîme de plaisir.

— Miranda, dit Knox qui posa un baiser sur son nez. Miranda, ma douce.

— J'aime que tu m'appelles « ma douce ». Personne ne m'a jamais donné de petit nom.

Les mots étaient lourds sur sa langue ; elle avait l'impression que son corps flottait.

— Eh bien, ma douce, je pense qu'il est temps d'aller au lit.

Knox la souleva de la table de massage qu'il avait empruntée à Jackson. Elle bâilla, ne pouvant garder les yeux ouverts.

— Knox...

— Oui, ma douce.

Elle sourit contre son épaule.

— Je suis contente que tu sois là.

Miranda se retourna dans le lit de Knox. Son corps était sensible, mais pas d'une façon désagréable. Il lui semblait que ses muscles réapprenaient à être bien. S'était-elle déjà sentie aussi détendue ? Probablement pas.

Les matins comme celui-là paraissaient faits pour qu'on reste au lit au moins une heure avant d'entamer les activités de la journée. En particulier quand on avait à côté de soi un homme sexy qui faisait chanter votre corps. Elle roula sur le côté et contempla Knox. Elle était si contente qu'il soit là !

Mais le Dr O'Sullivan avait raison. S'il voulait faire avancer sa carrière, rester à Hope n'était pas une bonne idée.

Elle passa légèrement son pouce sur la mâchoire de ce dieu endormi. Elle était en train de tomber amoureuse de lui. Peut-être que le penchant qu'elle avait eu pour lui si longtemps auparavant était plus important que ce qu'elle avait pensé. Et ils étaient parfaitement assortis.

Elle laissa sa main descendre sur sa cuisse, savourant de sentir frémir son sexe. Puis elle l'embrassa sur la joue et caressa son torse. Knox posa une main sur sa hanche.

— Je ne pense pas qu'il y ait une meilleure manière de se réveiller, dit-il.

Il la caressa intimement et elle laissa échapper un gémissement.

— J'essayais de t'exciter.

Il lui prit la main et la plaça sur son sexe dur.

— Mission accomplie.

Elle s'empara de lui, savourant de l'entendre inspirer.

— J'ai des préservatifs, dit-il.

— Tu as eu une vasectomie. J'ai eu un curetage de l'utérus. Pour moi, c'est bon.

Elle le voulait. Il n'hésita pas et se glissa en elle, la tenant tandis qu'il les berçait doucement. Ils n'essayaient pas à tout prix d'atteindre l'orgasme. C'était plus profond. Plus primal.

— Miranda.

Il captura sa bouche, sa langue dansant au même rythme que ses doigts qui caressaient sa peau électrifiée. Elle n'avait jamais éprouvé les sensations qu'il faisait naître en elle.

— Knox, le supplia-t-elle.

— Ma douce.

Il releva un peu la jambe de Miranda et elle l'attira sur elle. Son corps chanta lorsqu'il la pénétra complètement.

— Plus vite, Knox.

La jouissance était proche.

— J'aime quand tu te montres exigeante. Mais je veux savourer ceci aussi longtemps que possible.

Il passa la langue à la base de son cou, et elle fut parcourue d'une décharge électrique. Elle s'arqua contre lui et il la serra fort pendant qu'elle avait un orgasme. Quand ce fut fini, il se remit à la caresser.

— Knox !

— Quoi ? Il n'y a pas de meilleure façon de commencer la journée.

— Tu veux aller courir ?

Miranda prit une banane sur le comptoir de Knox.

— J'aurai vite fait de passer prendre mes affaires chez moi.

— Courir ?

Il passa une main sur son délicieux postérieur. Elle portait une culotte en coton et un de ses T-shirts. Il ne connaissait pas de tenue plus sexy.

— Je suis un peu surpris que tu penses à ça. Je suis complètement ramolli.

Elle posa une main sur son torse.

— Moi aussi. Mes muscles sont si détendus, après ce massage, que j'ai l'impression de marcher sur de l'air.

— Alors que dirais-tu de rester pelotonnée sur le canapé avec moi ? Quand n'as-tu rien fait de la journée pour la dernière fois ?

Elle détourna les yeux et se mordit la lèvre.

— Je ne comprends pas ta question.

Il fut touché par l'honnêteté de sa réponse, même si elle lui brisait le cœur. Miranda ne savait pas se détendre.

— Je sais, ma douce, dit-il en posant un baiser sur sa tête. Mais aujourd'hui nous n'allons pas courir. Nous allons nous amuser.

Elle fronça les sourcils.

— En faisant quoi ?

— Ça dépend. Qu'est-ce que tu aimes faire ?

— J'aime te battre aux fléchettes, dit-elle en le regardant d'un air de défi.

— J'ai une autre idée. Nous allons faire de la poterie.

— De la poterie ?

— Oui. Ou tout au moins, en peindre.

C'était amusant et cela permettait de créer. Miranda aurait peut-être le sentiment d'accomplir quelque chose. Ce serait un début.

— Je suis étonnée que tu connaisses un endroit pareil, dit-elle avec un grand sourire alors qu'ils arrivaient à l'atelier.

Knox haussa les épaules.

— Je voulais fêter mon anniversaire ici, quand j'étais gosse. Mais en fait, je ne suis jamais entré.

Elle lui ceignit la taille de son bras.

— Eh bien, allons-y. Qu'est-ce que tu veux peindre ?

Il ne fut pas surpris lorsqu'elle choisit une figurine représentant un chat. Il porta son dévolu sur une tortue qui servait de tirelire.

— J'ai toujours eu envie de ça, quand j'étais petit.

— Eh bien, prends-la. Si tu ne la peins pas, je vais reposer mon chat, rentrer chez moi et écouter un livre audio sur l'organisation.

— Quelle menace !

Knox l'embrassa sur la joue et l'entraîna vers l'une des tables. Ils allaient passer un bon moment.

Knox sonna chez Miranda et entra dès qu'elle lui répondit. Les deux dernières semaines étaient vite passées, entre leurs rendez-vous du soir et les conversations discrètes qu'ils avaient à l'hôpital. Et ce soir-là, il venait avec une surprise.

— J'ai quelque chose pour toi, lança-t-il en ôtant ses chaussures près de la porte.

Miranda apparut et s'appuya au mur qui séparait la salle de séjour et la cuisine.

— Le dîner est servi. Des tacos de chez Julio.

— Tu parles comme une vraie femme au foyer !

Knox rit et s'avança pour l'embrasser. Quand elle s'écarta, elle lui donna une tape joueuse sur l'épaule.

— Personne ne me traitera jamais de femme au foyer.

— Ça t'ennuie ?

— C'est censé m'ennuyer. J'ai accompli beaucoup de choses. Je me reconstruis après un burn-out et un divorce. Mais à quarante ans, je ne suis pas mariée et je ne veux pas d'enfant. J'enfreins toutes les règles de la société.

Elle leva les yeux au ciel.

— Que m'as-tu apporté ?

Knox sortit de son sac le chat en poterie qu'elle avait peint en gris. Elle prit la figurine et rit.

— Je ne sais pas pourquoi ceci me rend si heureuse.

— Imagine ce que ce serait avec un vrai.

Il sortit du sac sa tortue tirelire.

— Ça te fait plaisir aussi ? demanda Miranda.

Plus que ça. Il avait l'impression de s'être réapproprié une petite partie de son enfance.

— C'est quelque chose de spécial.

Elle le regarda dans les yeux. Un instant, il faillit lui dire ce que la tortue lui faisait éprouver, profondément. Mais cela paraissait ridicule.

— Je devrais peut-être poser ma poterie sur l'arbre à chat que j'ai acheté, dit Miranda.

— Un arbre à chat ?

Qui achetait ce genre de chose sans avoir d'animal ?

— Je l'ai pris sur un coup de tête, expliqua-t-elle en rougissant légèrement.

Il était grand temps qu'elle adopte un compagnon. Et maintenant il connaissait sa prochaine mission : lui en trouver un.

À ce moment-là, le téléphone de Miranda sonna et elle fit une grimace.

— Tu dois prendre cet appel ? demanda Knox.

— Non, dit-elle en tirant la langue. C'est juste un texto de l'hôpital à propos d'une rumeur. Je suppose que le Dr Lawton va prendre sa retraite.

— Ce n'est qu'une rumeur. J'ai parlé à Hugh. Les hôpitaux grouillent de ragots, mais celui-ci prend des proportions...

— Knox, dit-elle d'une voix posée.

Elle lui tendit son téléphone.

Je connais trois personnes qui veulent le poste. Je vous donnerai du fil à retordre, Miranda.

Le message du Dr O'Sullivan se terminait par deux émojis.

— Hugh n'a même pas encore annoncé qu'il se retire, dit Knox en se pinçant la racine du nez. Il doit y avoir un malentendu.

— Je ne pense pas.

Miranda pinça les lèvres en lui tendant le plat de tacos.

— Je crois que Hugh va bel et bien partir.

— Il m'a dit que non.

— Il t'a dit que non, ou il t'a dit de ne pas t'inquiéter ?

L'estomac de Knox se contracta.

— De ne pas m'inquiéter.

Il en avait conclu que Hugh n'allait pas prendre sa retraite, mais le chirurgien en chef n'avait pas dit cela, en effet.

— Je suis à Hope depuis plus longtemps que n'importe qui d'autre. S'il partait, il me l'aurait annoncé.

Les tacos avaient l'air délicieux, mais il n'avait plus faim. Miranda lui saisit le poignet.

— Tu as raison. Mais il se peut que d'après son contrat, il ne puisse rien révéler avant que la commission de sélection soit mise en place.

Ses paroles sonnaient vrai. Hugh suivait toujours les protocoles à la lettre. Si le conseil d'administration lui avait demandé de n'informer personne, cela l'incluait, lui. Et cela le blessait.

Il prit une bouchée du taco, en essayant de chasser les émotions qui lui nouaient le ventre.

— O'Sullivan prévoit de te mener la vie dure, alors ?

— Je ne projette pas de me présenter. Et toi ?

— Bien sûr que oui.

Il était sidéré qu'elle lui pose la question. Et qu'elle ne songe pas à se porter candidate. Elle serait excellente, au poste de chef de service. Perdre face à elle ne l'ennuierait pas autant, cette fois.

— Est-ce qu'O'Sullivan a mentionné qui fait partie de la commission de sélection ?

Knox n'était pas surpris que le chirurgien orthopédiste soit intéressé par le poste. Mais il ne resterait que quelques années à Hope. Pour lui, l'hôpital régional n'était qu'une marche à gravir dans sa carrière. Il ne s'en cachait pas. C'était bien. Il fallait que les gens bougent. Mais les patients et le personnel de Hope méritaient quelqu'un comme Hugh. Dévoué à l'hôpital, et y restant.

Ils le méritaient, lui.

— Non, répondit Miranda en gardant les yeux baissés.

Il eut la désagréable impression qu'elle évitait son regard. Son téléphone sonna de nouveau. Cette fois, elle eut un grand sourire. Knox ne voulait pas se comporter comme un petit ami jaloux, mais il avait envie de savoir ce qui la réjouissait à ce point.

— D'autres nouvelles de Patrick ?

— Non.

Elle lui fit voir une photo : un chaton gris pelotonné devant une maison. Il détesta le soupir de soulagement qui lui échappa. Miranda le regarda, mais ne demanda rien.

— Il est mignon. À qui est-il ?

— C'est une bonne question. Ma sœur Kelly et moi pensons que c'est le petit d'une chatte sauvage. Kelly a mis des affiches partout ; elle l'emmènera au refuge si elle ne lui trouve pas une famille.

— Tu pourrais l'adopter.

Miranda ne réagit pas. Elle posa les coudes sur la table et appuya sa tête sur une main.

— Pourquoi as-tu été soulagé que je te montre un chat ? Tu étais jaloux des textos de Patrick ?

— Je voudrais répondre non, mais...

Knox haussa les épaules.

— Tu as envie que je sois jaloux ?

Il lui prit la main, entremêlant leurs doigts.

— Oui et non, dit-elle en riant. C'est ridicule pour une femme de mon âge. Mais je tiens à te dire que je ne vois personne d'autre que toi. Et je ne prévois pas de le faire tant que nous sortirons ensemble.

— Comme moi.

Il se pencha et effleura ses lèvres des siennes.

— Alors, c'est officiel ? Petit ami et petite amie ?

Les joues de Miranda rosirent.

— C'est drôle. Je me sens trop vieille pour ça, mais je veux bien m'appeler ainsi.

— Eh bien, c'est fait.

Knox se leva, contourna la table et la mit sur ses pieds.

— Nous ferons la vaisselle plus tard. Pour l'instant, je veux conduire ma petite amie au lit.

— Miranda, pouvons-nous parler ?

Elle savait ce que Hugh voulait lui dire. Le service bourdonnait de la nouvelle. C'était la confirmation de ce que tout le monde savait déjà.

— Vous avez parlé à Knox ?

Il méritait d'être prévenu parmi les premiers. Il était dans le service depuis plus longtemps que n'importe qui, à part Hugh, justement.

— Non. Nous avons un patient qui est arrivé avec de la gangrène au pied. Un diabétique. Il est en train de curer la blessure, en espérant sauver le pied.

— Vous pensez que ça va marcher ?

— Pas sûr.

Ce qui signifiait que ce serait une journée difficile pour Knox.

— Je prends ma retraite, Miranda.

— C'est ce que j'ai entendu dire. Vous allez nous manquer. Avez-vous des projets ?

Elle l'espérait. Elle avait vu trop de gens souffrir de désœuvrement, après leur départ à la retraite.

— Ma femme et moi avons trois croisières de prévues. Elle adore ça et je n'ai pas pu l'accompagner souvent. Il est temps pour moi de faire la fête en mer. Mais ce n'est pas de mes plans que je veux vous parler.

Miranda ne voulait pas avoir cette conversation. Elle ouvrit la bouche pour protester. Il leva une main et elle se retrouva en train de lui obéir, comme quand elle était interne.

— Vous feriez un excellent chef de service. Hope irait bien, sous votre supervision.

C'était gentil. Deux ans plus tôt, c'était ce qu'elle aurait aimé entendre. Une promotion au poste le plus élevé qui lui permettrait en même temps de continuer à opérer. Mais là, elle n'était pas prête. Elle avait perdu sa certitude qu'elle pouvait tout régler. En outre, elle était heureuse de la vie qu'elle se construisait. Sa carrière venait peut-être en second lieu, mais elle avait Knox, ses sœurs, ses nièces et ses neveux. Ses rêves étaient différents.

— Vous seriez formidable à ce poste, Miranda.

La petite flamme qui s'allumait dans son âme chaque fois qu'elle pouvait réussir se mit à briller. Si elle essayait vraiment, elle pourrait sans doute faire de ce projet une réalité. Mais elle ne devait pas oublier qu'elle avait craqué en beauté pas si longtemps auparavant. Cela devrait suffire à lui faire passer cette envie.

— Hugh !

La voix enjouée de Jackson retentit derrière elle. Dieu merci, elle n'était plus seule.

— Je viens d'apprendre la bonne nouvelle.

Jackson serra la main de Hugh et lui donna une tape dans le dos.

— J'ai l'impression que c'était le secret le moins bien gardé de l'histoire du Hope Hospital, dit le principal intéressé.

— Il a fuité il y a des semaines. Mais la retraite, mon ami, vous avez intérêt à en profiter.

— C'est ce que je prévois. J'essaie de convaincre Miranda de postuler. Vous allez m'aider à la persuader de se mettre sur les rangs ? L'interne que j'ai connue autrefois aurait sauté sur l'occasion.

— Cette interne ne serait jamais revenue ici, dit Jackson en adressant un clin d'œil à Miranda.

Elle lui sourit, appréciant sa discrétion. Mais il était clair que Hugh attendait une réponse. Un simple « Je vais réfléchir » suffirait. Ou alors elle pouvait être honnête et admettre que le poste ne la tentait pas. Oui, c'était la bonne réponse. Mais sa langue refusait de prononcer ces mots.

— Docteur Paulson.

Un infirmier noir s'approcha, souriant.

— Il y a une patiente qui insiste pour vous voir.

Normalement, Miranda n'accédait pas à ce genre de demande. Mais là, elle aurait fait n'importe quoi pour couper court à cette conversation.

— J'arrive, dit-elle en suivant Marcus. Que veut-elle ?

— Juste vous voir.

— Docteur Paulson ! cria Jill d'une voix forte, en agitant la main depuis le bureau des infirmiers.

— Jill.

La jeune femme semblait aller bien. Ils l'avaient fait sortir après son retour de rééducation, deux semaines plus tôt. Elle avait meilleure mine que Miranda s'y serait attendue à ce stade de son rétablissement. Mais son agression remontait à plus d'un mois, maintenant. Son corps guérissait, et son sourire enchanta Miranda.

Elle tenait une assiette contenant des cookies. Les meilleurs de la ville, constata Miranda qui en eut l'eau à la bouche.

— Je voulais remercier le personnel de m'avoir sauvé la vie. Et vous en particulier, ajouta Jill, les larmes aux yeux. Je ne serais pas là, sans vous.

— J'ai juste été au bon endroit au bon moment.

— Je ne parle pas seulement de ce soir-là au bar, mais aussi de tout ce que vous avez fait pour m'aider à rentrer à la maison. Le psychologue que vous m'avez recommandé m'a indiqué une liste d'endroits où aller. Et ma mère me laisse revenir dans mon ancienne chambre. C'est temporaire, mais ce n'est pas un échec. C'est un pas dans une nouvelle direction.

— Je suis contente d'entendre ça, Jill, dit Miranda en pensant que c'était une bonne phrase, qu'elle devrait appliquer à ses patients… et à elle-même.

Elle mangea un cookie et ferma les yeux en se délectant.

— Et merci pour les cookies. Je sais que tout le monde les appréciera.

— Merci encore, docteur Paulson.

Jill regarda Marcus.

— Dites au personnel que je regrette d'avoir été grognon, parfois.

— Mais non.

L'infirmier prit un cookie et le mit dans la poche de sa blouse.

— Je pense qu'avoir reçu des coups de couteau dans le ventre excuse le fait d'être grognon, dit Miranda en serrant la main de Jill et en lui souriant. Bonne chance. Ayez une belle vie. Vous l'avez mérité.

8

— J'ai fait quelque chose.

Knox se mordit la lèvre et sortit un papier de son sac à dos tandis qu'ils rejoignaient l'ascenseur. Miranda regarda la feuille, mais ne la prit pas.

— C'est-à-dire ?

— Tu as reçu l'approbation du refuge de la Vieille Ferme pour adopter.

Elle croisa les bras.

— Tu as pris un chat pour moi ?

— Non. Mais je paierai les frais d'adoption si tu y vas et si tu te trouves un compagnon.

— Trouver un compagnon… Ça me plaît.

— Mais ?

Elle poussa un gros soupir.

— Mais l'hôpital, ma vie…

Knox remit le papier dans son sac et la prit dans ses bras.

— Dans la vie, il y a toujours des « mais », ma douce.

Il passa une main sur sa joue et pressa les lèvres sur son front. Il existait un million de raisons de ne pas faire les choses. Comme lui qui trouvait toujours des excuses pour ne pas quitter le Hope Hospital. Mais ça ne voulait pas dire qu'il fallait ignorer les occasions qui se présentaient – comme le poste de chef de service pour lui et un chat pour elle !

— Je n'ai fait que remplir leur formulaire. Et j'ai été honnête sur tout. Tes horaires, combien de temps tu peux rester absente, ton métier, etc. Au refuge, ils pensent que tu ferais une bonne maîtresse.

Il l'embrassa de nouveau sur le front, regrettant de ne pas pouvoir l'embrasser pour de bon.

— Il n'y a que toi qui renâcles.

Miranda le serra fort.

— Lance détestait les animaux, dit-elle doucement.

— Lance n'est plus là.

— J'ai voulu un chat pendant ma dépression. Je pensais que ça pourrait m'aider à combattre le burn-out. J'aurais eu un compagnon à câliner quand je trouvais trop dur de sortir du lit. Lance m'a dit que c'était égoïste.

Knox ne s'était jamais mordu la langue aussi fort pour ne pas dire ce qu'il en pensait.

— À mon avis, nous devrions aller au refuge. Si ça ne donne rien, tant pis. Tu n'es pas obligée de ramener un minou chez toi.

— Mais je pourrai le faire si j'en ai envie, dit Miranda avec un sourire radieux.

Knox la serra dans ses bras.

— Tu as tout ce qu'il faut, et plus encore.

— Je n'ai pas de nourriture.

— Le refuge t'en donnera assez pour une semaine au moins. Et pour l'instant, tu ne sais pas quel régime il suivra. Les chatons, les chats adultes et les chats âgés n'ont pas les mêmes besoins.

Elle hocha la tête.

— C'est vrai. Quand y allons-nous ?

Knox regarda sa montre.

— Nous avons encore deux heures devant nous. Nous pouvons aller chez toi, installer la litière et emplir un bol d'eau.

— Et ensuite, nous pourrons nous embrasser et nous câliner pour que je ne regarde pas sans arrêt la pendule.

Elle tapa dans ses mains, enchantée.

— Cela me semble une excellente manière de remplir les prochaines heures !

Miranda se cramponnait au siège passager de la voiture de Knox pour s'empêcher de sauter sur place tandis qu'ils arrivaient devant le petit refuge. Elle avait l'impression d'avoir cinq ans.

Quand Knox lui avait dit qu'il voulait lui parler, elle s'était attendue à ce qu'il lui demande si elle serait candidate au poste de Hugh. Ces deux derniers jours, tout le monde lui avait posé la question. Sauf Knox.

Ils n'avaient pas abordé le sujet une seule fois. Par le passé, ils seraient tout de suite entrés en compétition. Elle se serait mise en quatre pour s'assurer de l'emporter. Qu'elle veuille le poste ou pas.

Or elle n'en voulait pas. Elle était revenue à Hope pour se retrouver. Pour faire marche arrière. C'était un bon choix, et ça ne voulait pas dire qu'elle avait échoué. Elle choisissait sa voie, voilà tout. Pour la première fois, elle était seule à décider.

Elle tapait des pieds quand Knox arrêta la voiture. Elle était impatiente de voir les chats. Peut-être en ramènerait-elle un. Knox avait dépoussiéré un vieux panier qu'elle avait depuis des années et ils l'avaient emporté.

— Tu es prête ?

Il souriait de toutes ses dents. Il était très excité. Que se passerait-il si c'était un fiasco ? Serait-il déçu ?

— Je ne sais pas trop. Je veux dire, j'ai envie d'entrer, évidemment. Mais je ne veux pas te contrarier si je ne trouve pas mon chat.

Il se pencha sur elle. Il sentait tellement bon !

— Tu ne peux pas me contrarier, Miranda.

Elle regarda le petit cottage, avec des félins peints sur la porte et une pancarte annonçant : « Refuge pour chats de la Vieille Ferme ». Deux matous étaient assis dans la fenêtre.

Dans la voiture, l'air était dense et elle se demanda un instant si Knox allait dire « Je t'aime ». Elle rêvait d'entendre ces mots, mais lorsqu'il lui pressa la main elle sut que le moment était passé.

C'était normal. Ils étaient ensemble depuis moins d'un mois. On ne faisait pas ce genre de déclaration après si peu de temps. Et qu'aurait-elle dit s'il avait prononcé ces mots ? Elle connaissait la réponse. Son cœur se sentait en accord avec celui de Knox. Il était la personne à qui elle voulait parler en premier le matin et en dernier le soir, quand ses yeux se fermaient. Il était celui qu'elle voulait près d'elle.

Elle était tombée amoureuse de lui. Peut-être des années auparavant, quand ils rivalisaient. Ou peut-être depuis son retour. En tout cas, elle l'aimait.

— Allons rencontrer des minets.

Elle ouvrit la portière, hésita un instant, puis lui retira sa main et prit le panier. L'odeur féline était présente dès l'entrée du refuge – mais d'une bonne manière. Une vieille femme se tenait là, les yeux rivés sur Knox.

— Je suis Minou Resen. Oui, mes parents m'ont appelée Minou. Non, je ne pense pas que ce soit la seule raison pour laquelle j'ai créé ce refuge. Mais je vois bien l'ironie de la chose.

— Je m'en doute.

Knox lui tendit la main avec un sourire conquérant. Elle posa sa main libre sur son cœur.

— Mon Dieu, mon Dieu, vous êtes un splendide jeune homme. Le maître idéal, dit Minou en faisant un clin d'œil à Miranda.

— Tu entends ça, Miranda ? Je suis le maître idéal.

— Tu l'es. Et il va s'en vanter tout l'après-midi, madame Resen.

Elle lui prit la main et la pressa.

— Tu es vraiment le maître idéal, Knox.

Minou soupira.

— Eh bien, vous semblez pris et bien pris, jeune homme. Mais si un jour elle vous libère…

Elle agita un doigt en riant.

— Vous serez la première que j'irai trouver, madame.

— Bon. Passons aux choses sérieuses. Un chat pour vous, ma chère.

Miranda hocha la tête et retint son souffle. Minou prit une feuille de papier et la lut.

— Chirurgienne – dites donc ! Pas chez vous à des heures régulières, mais vous pourrez laisser nourriture et eau à sa disposition. Pensez-vous lui couper les griffes vous-même ?

— Oh ! non !

— Bonne réponse. Avoir un chat adulte vous ennuierait ?

— Non. Je pense que mon appartement conviendra mieux à un adulte.

— Que diriez-vous d'un animal un peu réservé ?

— À partir du moment où il m'accepte, cela ne me dérange pas. Après tout, il sera parfois seul pendant douze heures.

— Très bien. Je pense que vous êtes parfaite pour l'un de nos pensionnaires. À condition que vous lui plaisiez, comme vous dites.

L'estomac de Miranda se contracta quand Kitty les conduisit dans une « pièce de rencontre ». Il y avait des jouets par terre et des coussins pour qu'ils s'assoient.

— Si le chat ne m'aime pas ? chuchota-t-elle à Knox. Peut-être que ce n'était pas une si bonne idée.

— Ma douce, inspire à fond. Si celui-là ne t'aime pas, il y en a d'autres. Et si tu n'en trouves pas un aujourd'hui, ce sera pour bientôt. Tu ne peux pas échouer.

Tu ne peux pas échouer. Miranda se raccrocha à ces mots. Il avait raison. Il n'y avait aucune raison de faire un burn-out en rencontrant un chat à adopter.

— Je pense qu'un autre massage s'imposera ce soir, dit Knox en l'embrassant sur la joue.

— Peut-être. Tes doigts sont délicieux.

La porte s'ouvrit sur cette phrase et Miranda rougit.

— Oh ! euh...

— Ne vous excusez pas d'être de jeunes amoureux, dit Minou.

Je me souviens encore de ce que c'était quand mon Harold et moi étions ensemble.

Knox donna un coup de coude à Miranda.

— De jeunes amoureux. Tu as entendu ?

Elle retint son souffle. Elle avait entendu.

— Jeunes, répéta Knox avec un grand sourire.

— Oui.

À quarante ans, elle ne se sentait pas vieille. Avant qu'elle puisse penser davantage à cette expression, Minou ouvrit une boîte de transport et un beau chat blanc aux yeux verts en sortit. Il passa près de Miranda et de Knox en agitant la queue.

— Je vous présente Glaçon.

— Je suppose que ce nom correspond à sa personnalité, dit Miranda.

Elle tendit la main et fut surprise quand Glaçon la renifla, puis la laissa la passer sur sa tête.

— Je pourrais vous dire que c'est à cause de sa couleur, mais je n'aime pas mentir. Il est assez sauvage. Je suis étonnée qu'il vous laisse le toucher comme ça.

L'animal fixa ses yeux brillants sur Miranda. Elle le caressa sous le menton et il se mit à ronronner. Puis il miaula et grimpa sur ses genoux. Il chercha sa place et s'installa.

— Je pense que tu as un chat, dit Knox en riant doucement.

Il leva une main. Glaçon la renifla, puis le laissa frotter ses oreilles.

— Vous avez tous les deux un chat, dit Minou. J'adore remplir les papiers d'adoption. Vous l'emmenez aujourd'hui ?

— Oui.

Miranda évita de regarder Knox, pour ne pas voir sa réaction à ce commentaire qui les incluait *tous les deux*. Il n'avait pas corrigé la vieille femme, mais il n'avait pas non plus confirmé ses dires. Et faire remarquer que ce n'était pas *leur chat* embarrasserait Minou – et eux aussi, peut-être.

— Tu vas être gâté, Glaçon.

Knox embrassa la joue de Miranda et se leva. Sa posture était détendue, son visage rayonnant. Il avait conscience de ce qu'il avait accompli, et elle se douta qu'il s'en vanterait pendant au moins huit jours.

— On dirait qu'on le torture !

Knox ouvrit la porte de Miranda alors que Glaçon hurlait dans son panier.

— À mon avis, il pense qu'on le torture.

Elle se précipita vers la buanderie.

— Je vais le lâcher près de la litière.

— Moi, je vais commander le dîner.

Knox se rendit dans la cuisine et trouva sans peine les menus des repas à emporter. Il savait déjà ce qu'elle préférait.

Ils s'étaient coulés rapidement dans cette vie. Oui, cela paraissait parfait. Quand Minou avait parlé de « jeunes amoureux », il s'était demandé si ses sentiments pour Miranda étaient aussi évidents. Il l'aimait. Il n'aurait su dire si c'était arrivé au cours des dernières semaines ou des années plus tôt, quand ils bataillaient l'un contre l'autre. Et cela n'avait pas d'importance.

— Il inspecte son nouveau domaine.

Miranda se plaça derrière lui, lui enlaça la taille et posa la tête sur son épaule.

— Merci. Il est parfait.

— Il t'aime bien. C'est le principal.

— Il t'accepte bien aussi.

Knox tendit trois menus à Miranda et elle choisit l'italien.

— J'ai envie de lasagnes. Et leurs portions sont grosses, j'aurai des restes pour demain.

— Si nous prenions le modèle familial ? Nous en aurions pour quelques jours.

À peine avait-il dit ça que Knox réalisa qu'il venait de s'inviter… pour quelques jours. Il chercha un moyen de se dédire, mais son cœur refusa de prononcer les mots. Il avait envie d'être là. Quand il n'était pas à l'hôpital, il voulait être avec Miranda.

— Ça semble être un bon plan.

Elle alla prendre une bouteille de vin blanc dans le frigo. C'était un moment anodin. Un moment qu'ils vivraient des milliers de fois, il fallait l'espérer. Mais il lui faisait un effet monumental.

Knox commanda sur son téléphone, puis accepta un verre de vin. Glaçon arriva et embrassa du regard son nouvel environnement. Il agita la queue en passant près d'eux.

— Je crois qu'il aime l'appartement, dit Miranda.

— S'il ne l'aimait pas, je pense que nous le saurions.

« Nous ». Un simple pronom. Qui contenait tant de possibilités...

— Quand tu m'as dit que tu avais fait quelque chose, j'ai cru que tu voulais parler du poste de Hugh. Tout le monde essaie de me pousser à postuler. Y compris Hugh. Et O'Sullivan a dit que j'étais sa principale concurrente. Il est tellement sûr de lui...

Knox n'entendit pas ce qu'elle ajoutait. Il voyait bouger ses lèvres, mais son cerveau s'était bloqué. Personne ne lui avait suggéré de postuler. Jackson avait fait une allusion, mais c'était tout. Il avait supposé que les gens ne discutaient pas encore sérieusement de ce remplacement. Mais si. Simplement, ils ne le faisaient pas avec lui.

Non. Il avait dû mal comprendre. Il devait y avoir un malentendu. Il était resté à Hope. Il y exerçait depuis plus longtemps que quiconque. Il avait ses certificats. Il était bon dans son travail. Non, il était plus que bon.

— Hugh t'a parlé ? s'enquit-il.

— Oui.

Miranda lui pressa la main. Quelque chose n'allait pas.

— Il ne t'a rien dit ? demanda-t-elle.

Il vit dans son regard sombre qu'elle n'en était pas surprise.

— Ne joue pas la comédie, Miranda.

Knox posa son verre. Il avait besoin de faire quelque chose, mais il ne savait pas quoi. Miranda posa son verre près du sien et se pressa contre lui.

— Respire, Knox.

Il ne voulait pas lui obéir, mais il le fit. L'air qu'il inspira sentait le doux parfum de Miranda. Au lieu de se calmer, il s'en sentit encore plus frustré. Pourquoi ne lui avait-elle parlé de rien ? Pourquoi n'envisageait-elle pas de rivaliser avec lui ?

Parce qu'elle ne me considère pas comme un concurrent.

La vérité le frappa en plein cœur. Que s'était-il passé ? Il était meilleur que jamais. Et il arrivait encore en second… ou plutôt en dernier.

— Je devrais être un excellent candidat.

Il tapota le comptoir de ses doigts. Tout son corps vibrait. Miranda posa les mains sur ses joues.

— Regarde-moi.

Il la fixa, puis appuya le front contre le sien.

— Pourquoi personne ne m'a sollicité ?

— Parce que tu n'es pas un excellent candidat du point de vue du conseil d'administration.

Ces mots le blessèrent profondément.

— Ce n'est pas juste.

Il s'écarta, son corps voulant fuir, son cœur voulant du réconfort, son esprit voulant des réponses.

— Et ce n'est pas vrai. Je suis un chirurgien accompli. J'ai tous les certificats. J'ai travaillé à Hope plus longtemps que tout le monde, excepté Hugh.

— C'est ça, le problème. Le conseil veut un candidat qui ait bougé, qui mentionne plusieurs hôpitaux sur son CV. La loyauté enlève des points, elle n'en ajoute pas. Tu avais raison, ce n'est pas juste. Mais la vie n'est pas juste.

La vie n'est pas juste. Il détestait cette phrase, et la façon dont tout le monde s'en accommodait.

— Je sais, Miranda.

Knox se passa une main dans les cheveux. Rudement. Puis il ferma les yeux, essayant de se ressaisir.

— J'ai grandi dans le système de l'assistance publique. Je n'ai pas eu de famille aimante. Des parents qui m'encouragent. Des sœurs qui me soutiennent. Je n'ai pas eu les mêmes avantages que toi et d'autres.

— Je n'ai pas été placée, mais je n'ai pas eu une famille aimante, Knox.

— Ce n'est pas un concours, Miranda.

Il étouffa un sanglot.

— Pardon. Je sais que ça a été dur pour toi d'une autre façon. Je le sais.

Ce n'était pas sa faute. Rien de ce qu'elle disait n'était faux. Mais ce n'était pas ce qu'il voulait entendre. Du moins pas maintenant.

— Il faut que je parte.

Il prit ses clés sur la table et alla l'embrasser sur la joue, détestant la sentir aussi rigide.

— Ce n'est pas toi. C'est moi. J'ai besoin d'une nuit seul. Je suis désolé.

— Reste.

Il s'arrêta.

— J'en suis malade, Miranda. J'ai besoin d'une nuit.

Il repartit vers la porte, attendant qu'elle le rappelle. Mais elle ne le fit pas.

Miranda prit son portable pour la centième fois depuis que Knox était parti la veille au soir. Elle avait tapé de nombreux messages, avant de tous les effacer. Il avait réclamé du temps pour assimiler ce qui se passait.

Elle le comprenait. Elle était d'accord avec lui. Que personne ne l'ait encouragé à briguer ce poste était moche. Elle savait que Hugh considérait Knox comme un excellent candidat. Mais Hugh ne faisait pas partie du conseil d'administration. Et ce dernier aimait se vanter du fait que des médecins venant d'hôpitaux « de pointe » choisissaient Hope.

Être blessé était naturel. Mais ils n'étaient plus concurrents. Elle ne postulait même pas. C'était dans ce genre de situation que des partenaires devaient s'aider.

Il y avait plusieurs hôpitaux dans la région, si Knox voulait bouger. Ou bien il pouvait accepter de rester à Hope. Il n'aurait peut-être pas un titre ronflant et quelques centaines de dollars de plus, mais il aurait davantage de temps libre. À supposer qu'il en profite.

— Qu'est-ce que je devrais lui dire ?

Miranda tendit son téléphone à Glaçon, mais il ne le regarda pas et retourna dans la buanderie.

— Tu ne m'aides pas.

Elle consulta sa montre ; il était l'heure de partir.

— À plus tard ! lança-t-elle, avant d'ajouter à mi-voix : Un jour avec un chat et je me mets déjà à lui parler.

Elle regarda son portable une fois de plus et le mit dans son sac. Elle verrait Knox à l'hôpital. Il fallait espérer que d'ici là elle trouverait la chose à dire.

— Miranda !

La voix de Knox était enjouée quand il l'appela dans le parking. Ce n'était pas ce à quoi elle s'attendait.

— Knox.

Miranda sourit lorsqu'il l'embrassa sur la joue.

— Alors tu vas mieux ?

— Beaucoup mieux. Et je suis vraiment désolé, ma douce. Je n'aurais pas dû partir comme ça. Je suis désolé.

Elle passa un bras autour de sa taille.

— Tu as dit deux fois que tu étais désolé.

— Tu en veux une troisième ?

Il posa un baiser sur sa tête pendant qu'ils attendaient l'ascenseur. Elle lui donna un coup de coude dans les côtes.

— Tu sais bien que non.

— Si je vais mieux, c'est parce que j'ai un plan.

Il avait les yeux brillants, le corps tendu. Elle connaissait ce Knox. Le compétiteur était de retour. Sauf que là, il ne pouvait pas gagner.

— Knox.

— Je vais postuler, Miranda. Je vais forcer le conseil d'administration à me dire que je ne suis pas le meilleur candidat. À dater de maintenant, je suis l'un des principaux concurrents de Patrick O'Sullivan.

— Très bien.

Si c'était ce qu'il lui fallait, elle le soutiendrait.

— Ça signifie aussi que je vais faire des heures supplémentaires.

On attendrait en effet d'un candidat qu'il soit le plus présent possible à l'hôpital.

— Tu travailles déjà au maximum.

— Je me suis relâché ces deux dernières semaines.

Il pressa de nouveau sur le bouton de l'ascenseur. Miranda appuya la tête sur son épaule, soupesant les différentes options qu'elle avait. S'il voulait postuler, il devait le faire. Est-ce que le conseil lui accorderait un entretien ? Certainement. Est-ce qu'il le sélectionnerait ? Il y avait peu de chances.

— À peine.

— Je veux aussi demander à Hugh pourquoi il ne m'a pas parlé.

C'était une bonne idée.

— Alors, quand entrons-nous en compétition ?

Les portes s'ouvrirent et Knox entra.

— Cela n'arrivera pas.

Cela n'intéressait plus Miranda. Et surtout pas avec son petit ami. Elle le soutiendrait, écouterait ses stratégies, mais elle ne postulerait pas.

Knox lui donna un coup de hanche.

— Tu devrais te présenter. Si je dois perdre, je préférerais que ce soit face à toi. Au moins, je sais ce que ça fait.

— Knox...

Par le passé, ils avaient toujours été en concurrence. Cela avait fait d'eux de meilleurs chirurgiens. Mais depuis un mois, ils étaient des partenaires et c'était délicieux. Elle n'avait aucune envie d'abîmer ça à cause d'un défi.

— Miranda.

Knox mit ses mains sur ses hanches.

— Je suis sérieux. Tu es parfaite pour ce poste.

Parfaite. Les mots de Knox rayonnèrent en elle. Il pensait qu'elle devait postuler. Peut-être devrait-elle au moins l'envisager... Mais non.

— J'apprécie ce que tu dis. Vraiment. Mais j'aime ma vie comme elle est. J'aime mon travail à Hope. J'ai ce que je souhaite. Ça me suffit et je suis heureuse. Et maintenant, grâce à mon adorable petit ami, j'ai un chat.

— Comment va Glaçon ?

— Nous avons réussi à passer la nuit.

Les portes de l'ascenseur s'ouvrirent ; Hugh se trouvait devant.

— Bonjour, Miranda. Knox, avez-vous une minute ?

— Oui, répondit Knox en croisant et décroisant les bras.

— Bonne chance, murmura Miranda, se demandant qui en avait le plus besoin.

La conversation entre Knox et Hugh ne se passa pas très bien. D'abord, Knox reprocha au chef de service de ne pas lui avoir parlé plus tôt. Puis, lorsqu'il annonça qu'il voulait postuler, Hugh fit grise mine.

— Marchez un moment avec moi.

Il partit dans le couloir. Knox le rattrapa.

— Vous ne pensez pas que j'aie une chance ?

— Non.

Ce mot fit l'effet d'un coup de couteau à Knox, ou de balles détruisant sa confiance en lui.

— Je suis un très bon chirurgien.

— Je sais. Mais le conseil d'administration s'en moque.

— Comment ça ?

— Vous n'avez travaillé qu'à Hope.

— Ce qui fait de moi un expert.

Il avait fait tout ce qu'il était censé faire. Ce n'était pas ainsi que son histoire devait se terminer. Il sortit son téléphone et fit défiler les mails qu'il avait reçus ce matin-là.

— J'ai réactivé mon profil sur un site de candidatures il y a moins de douze heures. Deux hôpitaux et un chasseur de têtes sont déjà intéressés.

D'autres le voulaient. Pourquoi pas Hope ?

Hugh s'arrêta au centre de l'espace qu'ils appelaient le « jardin ».

— Mon poste ne se borne pas à opérer. Il y a de l'administratif. Des fonds à trouver. Des internes à former. Un rôle de mentor à jouer.

Il posa une main sur l'épaule de Knox.

— Vous pourriez faire tout cela. Mais vous n'êtes pas parti, c'est le problème. Bouger permet d'étendre son réseau. Certains candidats auront des contacts dans tout le pays.

— Moi aussi, j'en ai ! Alors je vais être puni pour ma loyauté ? Où est-il écrit que je dois avoir travaillé dans de multiples hôpitaux pour avoir cette promotion ?

Knox mit les mains dans ses poches, puis les ressortit. Il devait rester professionnel, mais son cerveau voulait le ramener à l'époque où il était un enfant terrifié, celui qui criait que la vie n'était pas juste. Qui croyait que s'il travaillait assez dur, il pourrait gravir tous les échelons.

— Les règles non écrites sont souvent plus importantes que les autres, vous le savez.

Oui, Knox le savait. Son enfance avait été tissée de règles non écrites. Et qui changeaient sans arrêt, d'une famille d'accueil à une autre. Avoir travaillé dans différents hôpitaux ne faisait pas de Miranda ou d'autres de meilleurs médecins. Et il n'était pas moins qualifié parce qu'il avait fait toute sa carrière à Hope. Mais sur le papier, les uns étaient meilleurs que les autres. Et une fois de plus, on ne le trouvait pas à la hauteur.

— Je postule quand même.

— Si vous décidez que vous voulez une recommandation pour un autre hôpital, je serais heureux de vous en donner une. Je pense que vous feriez un excellent chef du service chirurgie.

Une recommandation pour partir. Pas pour le poste.

Miranda traversa la cour. Elle semblait tendue. Le cherchait-elle ? S'inquiétait-elle pour un patient ? Les deux ?

— Vous avez conseillé à Miranda de postuler.

Il n'avait pas eu l'intention de dire ça. Mais autant mettre toutes les cartes sur la table.

— Oui, dit Hugh en inspirant profondément, puis en regardant sa montre. Je pense qu'elle ferait un excellent chirurgien en chef.

— Moi aussi, mais pas ici.

Knox souffla. Il n'arriverait à rien, là. Il devait pourtant y avoir un moyen d'obtenir ce poste. Simplement, il ne l'avait pas encore trouvé.

— Merci, Hugh.

Le vieux chirurgien hocha la tête et lui tapota plusieurs fois l'épaule. Knox espéra que c'était un geste d'amitié, mais une part de lui craignait que ce soit de la pitié.

Il regarda ses mails, parmi lesquels le message d'un hôpital du Nevada, celui d'un autre dans le Maine, et celui du chasseur de têtes qui travaillait dans quatre États. Il consulta de nouveau sa montre, puis envoya trois réponses. Cela ne coûtait rien de s'entretenir avec ces gens. Qu'avait-il à perdre ?

9

— La rumeur prétend qu'une certaine Ryann Oliver va postuler.

Knox fronça les sourcils. Ryann Oliver. Ce nom prononcé par son ami des ressources humaines ne lui disait rien. Il n'avait jamais entendu parler de cette chirurgienne. Quelle était sa spécialité ? À quoi ressemblait son CV ?

Il posa les yeux sur la porte d'entrée de Miranda. Elle avait demandé que, ce soir, ils ne s'occupent de rien d'autre que d'eux. Il voulait lui faire plaisir, même si la compétition faisait pulser son sang dans ses veines. Il n'avait pas réalisé qu'elle avait besoin de faire une pause.

L'ancienne Miranda n'en aurait pas eu besoin.

Il se pinça la racine du nez. C'était faux. Elle en aurait eu besoin, mais elle ne l'aurait pas réclamée.

Il fit une rapide recherche sur Google et trouva les références de Ryann. Super. Une chirurgienne orthopédiste. Encore. Il lut son CV, se rembrunissant un peu plus à chaque ligne. Cette femme était impressionnante. Elle prendrait facilement la tête de la course.

Son téléphone tinta. Les ressources humaines de Beacon Mountain, dans le Maine, demandaient quand il pourrait venir pour un entretien. Une offre de ce genre ferait-elle une différence au Hope Hospital ? Peut-être…

Un petit coup fut frappé à la fenêtre et Knox sursauta, puis rougit en croisant le regard de Miranda. Il vit qu'elle fixait l'écran de son portable avec des yeux noirs, puis elle secoua la tête d'un air déçu. Il ouvrit la porte, prêt à se défendre.

— Écoute, je ne regardais pas d'autres femmes. Enfin... si, mais une en particulier et pas pour...

Miranda posa une main sur sa bouche.

— Je ne m'inquiète pas des autres femmes. Je suis déconcertée que tu lises un CV devant chez moi le soir où j'ai demandé qu'on ne parle pas de travail.

Elle lui prit le téléphone des mains.

— Laisse-moi deviner. Ryann Oliver est ta dernière concurrente ?

Ils allaient parler de ça dix minutes, puis il serait tout à elle, se dit Knox. Ce serait un bon compromis.

— D'après la machine à ragots.

— Pourquoi veux-tu ce poste ?

Elle lui avait déjà posé la question dans l'après-midi, et il avait répondu. Pourquoi revenaient-ils là-dessus ?

— Tu sais pourquoi.

— Non. Je sais que tu as été blessé de ne pas avoir été pris en considération et que tu t'es lancé là-dedans la tête la première.

Elle désigna son téléphone et la tablette qui dépassait de son sac à dos.

— Pourquoi veux-tu ce poste ? répéta-t-elle.

— Que veux-tu dire ?

— Ce n'est pas une question difficile. Tu n'as jamais quitté Hope.

Il se pourrait que je le fasse.

— Si nous entrions ? suggéra Knox. Nous pourrions commander une pizza et discuter.

— D'accord. Une pizza et nous parlerons en l'attendant.

Miranda entra dans son appartement et passa la commande.

— Voilà, c'est fait. Maintenant, accouche. Pourquoi veux-tu ce poste ?

Knox croisa les bras.

— Pourquoi ne cesses-tu pas de me poser cette question ?

— Pourquoi ne me réponds-tu pas ?

— Parce que c'est évident. Bien sûr que je veux devenir chef du service chirurgie. C'est une progression normale. Pourquoi ne le veux-tu pas, toi ? Tu devrais.

— Non, je suis heureuse comme je suis. Mais que se passera-t-il si tu n'obtiens pas gain de cause ?

La frustration envahit Knox. Pourquoi continuait-elle à insister ?

— Dans ce cas, je prendrai peut-être un poste dans le Maine.

— Quoi ?

Elle posa une main sur son cœur. Il n'avait pas prévu de révéler ça, mais tant qu'il y était…

— Le jour où j'ai parlé avec Hugh, un chasseur de têtes m'a contacté. Ce sont des choses qui arrivent.

Miranda pinça les lèvres.

— Continue.

— J'étais vexé, je l'admets. Alors j'ai répondu. Les choses se sont enchaînées et j'ai un entretien à Beacon Mountain.

Prononcer ces mots à voix haute lui faisait un drôle d'effet. Il n'avait même pas décidé s'il accepterait de passer cet entretien. Le visage de Miranda perdit ses couleurs.

— Dans le Maine. Comme l'État.

— Oui. Les gens des ressources humaines m'ont prévenu qu'il y neige beaucoup.

— Ils t'ont parlé de la neige. Waouh ! Alors tu as vraiment discuté avec eux. Quand pensais-tu m'en parler ?

— Maintenant. Miranda…

Il tendit la main vers elle et elle recula.

— Postuler sans me le dire. Et dans un État qui se trouve à des milliers de kilomètres.

Elle se mordit la lèvre et ferma les yeux une seconde.

— D'accord. J'espère que tu obtiendras ce que tu veux, Knox. Vraiment. Mais ma vie est ici. Et je veux vivre avec mon partenaire.

— Nous sommes partenaires, ma douce.

Elle tressaillit et le cœur de Knox se brisa.

— Miranda.

Il aurait voulu arrêter le temps. Prétendre pendant quelques minutes qu'elle ne mettait pas fin à leur histoire.

— Ce n'est qu'un poste. Les gens postulent tout le temps. Tu es bien venue ici, toi.

— Oui. Mes sœurs sont ici. Ma vie, celle que je veux, est ici.

— Si je veux être chirurgien en chef, je ne peux pas rester.

Il avait exprimé la vérité qu'il n'avait pas voulu admettre jusque-là.

— Je peux chercher un poste plus près.

— Plus près que le Maine.

Miranda eut un rire dénué d'humour.

— Il y a un monde de possibilités et la première que tu saisis est à l'autre bout du pays. Et tu ne m'en as pas parlé. J'ai déjà eu cette vie-là. La vie où je découvre que des décisions majeures ont été prises sans moi. Où je ne suis pas consultée. Je ne suis pas prête à recommencer.

— Je mérite ce poste, Miranda. Je suis un homme de défis. Je me surpasse. Je vise plus haut. Si je cesse d'essayer, suis-je encore moi-même ?

— Tu le mérites, en effet. Et je ne peux pas répondre à cette dernière question ; il n'y a que toi qui le peux.

Elle posa une main sur la joue de Knox, puis recula.

— Je souhaite que tu obtiennes tout ce que tu désires, Knox. Tout ce que tu mérites. Si tu vas dans le Maine, il faudra que tu m'envoies des photos de la neige. Elle me manque, parfois.

On sonna à la porte. Les pizzas étaient là. Des pizzas pour la soirée qu'ils étaient censés passer ensemble.

— Tu devrais emporter la végétarienne, dit Miranda en échouant à réprimer un sanglot. Tu la mangeras chez toi.

— D'accord.

Knox ouvrit, paya et lui tendit la pizza à la viande. Un flot de mots submergeait son esprit. Des supplications, des cris, des promesses dont il voulait croire qu'il pourrait les tenir. Mais il ne dit rien.

Il regarda la pizza aux légumes dans ses mains, puis se tourna et quitta l'appartement de Miranda. Son cœur se brisa en un million de morceaux tandis qu'il sortait dans l'air frais du début de soirée.

10

— Tu ne parles toujours pas ?

Jackson donna une tape dans le dos de Knox tandis qu'il entrait dans l'appartement avec une tasse de café pour lui.

Il lui tendit la tasse et secoua la tête en regardant le petit canapé.

— Je dirais qu'il t'en faut un plus grand, mais après tout celui-ci convient pour tous les deux.

Et Knox n'avait pas besoin de plus.

Son frère eut la gentillesse de ne pas le faire remarquer. Mais la vérité faisait mal. Miranda et lui avaient partagé ce canapé, aussi. Même s'ils avaient passé le plus clair de leur temps chez elle. Avec Glaçon.

Deux jours. Deux jours qu'il ne l'avait pas vue. Quarante-huit heures qui lui semblaient une éternité.

— Tu veux jouer aux fléchettes ?

La question de Jackson, inspirée par la pitié, fit soupirer Knox. Et elle voulait dire que son mal-être était manifeste.

— Tu n'as pas envie de jouer aux fléchettes.

— Jamais. Mais toi, ça te plaît, alors je me suis dit que j'allais te le proposer.

Jackson but une gorgée de son café.

— Tu aimes la compétition.

— Ce n'est pas exactement un secret, frangin.

Knox était content de ne pas avoir à s'inquiéter que son humeur maussade affecte Jackson. Ils en avaient vu d'autres, ensemble.

— Une partie complexe de ma personnalité que tout le monde n'accepte pas, apparemment.

— Mmm.

Jackson but une autre gorgée, son regard sombre soutenant celui de Knox.

— Tu veux dire quelque chose ? demanda ce dernier.

Jackson haussa les épaules.

— Et toi ? C'est toi qui es resté assis là en silence pendant les deux derniers jours.

— Je n'ai pas tout le temps gardé le silence.

Presque. Mais pas complètement. La différence n'était pas vraiment importante, mais quand même.

— Mmm.

Knox détestait ce bruit. C'était celui que Jackson faisait quand il avait une foule de pensées à l'esprit, mais ne projetait pas de les exprimer.

— Est-ce que tu as déjà pensé à aller dans le Maine ?

— Euh, non.

Jackson s'éclaircit la gorge.

— Ce n'est pas la direction dans laquelle je pensais que cette conversation irait, pour être honnête. Pourquoi le Maine ?

— L'hôpital de Beacon Mountain s'y trouve. Ils m'ont proposé un entretien et m'ont envoyé des billets d'avion pour que j'aille voir les locaux la semaine prochaine.

Knox serra fortement sa tasse dans sa main. Il n'était jamais allé aussi loin dans ses démarches.

Si Hope ne voulait pas de lui, d'autres étaient intéressés. Alors pourquoi l'idée de monter dans l'avion lui donnait-elle des frissons dans le dos ? Pourquoi avait-il failli dire « Non, merci » une centaine de fois ? Les billets étaient remboursables ; il pouvait faire marche arrière quand il le voulait.

Jackson ne faisait aucun commentaire.

— Tu n'as rien à ajouter ?

Son meilleur ami pencha la tête de côté, ses yeux noirs

exprimant une telle sagesse que Knox souhaita soudain pouvoir retirer sa question.

— Waouh ! Je ne peux pas croire que tu songes à partir.

— Hope me manquera, c'est sûr. Comme le fait de vivre à côté de toi. Et la chaleur estivale. Et cet endroit - le premier que je possède. Ainsi que Mulligan's, les soirées croquettes et toi. Et...

— Et Miranda, suggéra Jackson.

— Et Miranda.

Elle lui manquerait durant le reste de ses jours.

— J'ai besoin de ça. Je pense.

— Tu penses ?

— Avant-hier, Miranda n'a pas cessé de me demander pourquoi je voulais ce poste.

— C'est une bonne question.

Jackson but son café et n'ajouta rien.

— Je serais bon.

Knox formula ce qui était évident pour lui, mais rien d'autre ne lui venait à l'esprit. Il ajouta :

— Miranda serait tout aussi remarquable à ce poste, mais elle n'en veut pas.

Il but une autre gorgée de café, essayant de rassembler les pensées qui fusaient dans son cerveau.

— Je ne suis jamais parti. Je suis chez moi, ici.

Chez moi.

Il regarda l'appartement autour de lui, son frère, la tortue tirelire qu'il avait peinte avec Miranda, les photos de lui avec des collègues et des amis de Hope. Quand il disait « chez moi », il pensait surtout à l'hôpital et à Phoenix.

Et à Miranda.

Ses oreilles bourdonnèrent et son cœur sembla vouloir sortir de sa poitrine. Bonté divine, pourquoi n'avait-il pas pris conscience de ça quarante-huit heures plus tôt ?

— J'adore travailler à Hope.

— Mais si tu y restes, tu ne peux pas devenir chirurgien en chef.

Jackson tapota le bord du canapé.

— Pas si tu n'as pas d'expérience ailleurs. Tu pourrais prendre un poste en dehors de Phoenix pendant quelques années, puis revenir quand le candidat qu'ils auront engagé s'en ira.

— Je n'ai pas envie...

Il rattrapa les mots avant qu'ils s'échappent de sa bouche.

Il n'avait pas envie de bouger. En fait, sa vie lui plaisait. Après une enfance passée à faire ses preuves, il avait gagné le droit d'être heureux de ce qu'il était.

C'était son ego qui avait été blessé par le verdict de Hugh, selon lequel il n'était pas un bon candidat.

Son ego qui l'avait poussé à candidater pour des postes qu'il ne voulait pas vraiment.

À proposer ses services dans d'autres hôpitaux sans en parler à la femme qu'il aimait.

Son cœur saignait tandis que son cerveau le bombardait de souvenirs de Miranda lui souhaitant le meilleur. Lui disant qu'elle espérait qu'il obtiendrait tout ce qu'il désirait. Alors que tout ce qu'il souhaitait, c'était se retrouver face à elle.

— J'ai l'impression qu'un bélier vient de défoncer mon âme, dit-il.

Il prit son téléphone et supprima les applications qu'il avait chargées pour accompagner ses recherches d'emploi. Puis il se rendit dans la cuisine et attrapa sa tablette. La batterie était presque vide. Il la brancha et commença à effacer ses CV et les informations qu'il avait réunies.

Il sentit sa nuque s'échauffer en voyant tout ce qu'il avait accumulé. Miranda avait eu raison de demander une soirée de répit. Raison d'exprimer ses inquiétudes.

Il envoya ses excuses à Beacon Mountain. C'était décidé. Il restait à Hope.

— Patrick O'Sullivan fera du bon travail, dit Jackson.

Il prit ses clés sur la console qui se trouvait près de la porte d'entrée. Il supposait que Knox allait partir sans tarder.

Knox rit.

— Il le pourrait si Ryann Oliver ne postulait pas. Elle est sa vraie concurrente.

— Ryann ?

Jackson se retourna, les yeux brillants.

— Avec deux « n » ?

— Oui. Le Dr Ryann Oliver. Elle vient de la côte Pacifique, dans le Nord-Ouest. Chirurgienne orthopédiste. Tu la connais ?

— Probablement pas.

Il y avait une histoire là-dessous, c'était sûr, mais Knox n'avait pas le temps de se pencher sur les expressions de son frère.

— Il faut que je voie Miranda, mais nous reparlerons de ce qui te fait sourire comme ça.

Il désigna le visage enjoué de Jackson.

— Je ne connais pas de Dr Ryann Oliver, dit celui-ci en rangeant son téléphone dans sa poche.

— Peut-être pas. Mais tu connais une Ryann. Et je devine qu'elle est la raison pour laquelle tu n'es pas sorti avec une femme depuis que tu es rentré d'Hawaï – il y a plus d'un an !

Jackson tapota sa montre.

— Je croyais que tu devais aller quelque part.

Il avait raison, mais Knox se promit de découvrir bientôt qui était cette Ryann.

Le téléphone de Miranda bipa. Un autre texto d'un collègue qui voulait s'assurer qu'elle savait que le poste était officiellement à pourvoir depuis le matin. Hugh, Patrick, trois infirmières et un technicien des urgences lui avaient déjà envoyé des messages.

Savoir qu'ils ne couvraient pas Knox des mêmes attentions la mettait en colère. Elle était revenue à Hope depuis moins de six mois. Oui, elle avait travaillé dans trois autres hôpitaux. Oui, après son internat, elle avait occupé un poste prestigieux d'enseignante-chercheuse. Oui, elle était bonne dans son métier.

Mais Knox était un chirurgien formidable. Il connaissait tout le monde dans la région. Il avait de bonnes relations de travail avec presque tous les médecins. Il se souciait de ses patients et du personnel. Il aurait dû être considéré de plein droit comme le meilleur candidat, et c'était lui qui aurait dû entendre son téléphone biper sans arrêt.

Au lieu de lever les mains en l'air et de partir en trombe, comme Lance l'aurait fait, il s'était mis au travail. Pour trouver un moyen de prouver au conseil d'administration qu'il avait tort.

Et il avait postulé dans le Maine.

Mais voulait-il vraiment cet emploi, sérieusement ?

Miranda regarda les nombreux livres de développement personnel qu'elle possédait. Les rayonnages dans lesquels elle allait piocher quand sa vie ne prenait pas la direction qu'elle souhaitait. Quand elle doutait d'elle-même. Hélas, il n'y avait pas de livre pour l'aider dans cette situation.

Knox ne lui avait pas parlé de son entretien, ni du fait qu'il avait postulé sous l'effet de la colère. Il avait pourtant partagé tant de choses avec elle… Des choses qu'il n'avait pas dites à d'autres, elle le savait. Si cet entretien dans le Maine était important *à ce point*, il lui en aurait parlé.

Elle en fut soudain absolument convaincue.

Il voulait être reconnu. Il le méritait. Et il était blessé – ce qui était normal.

Et au lieu de s'intéresser à sa blessure, au lieu de le réconforter, elle lui avait demandé avec insistance s'il voulait vraiment le poste de Hugh. Puis elle avait paniqué lorsqu'il lui avait parlé du Maine.

Au lieu de réfléchir à la raison pour laquelle Knox n'avait pas voulu discuter de cela avec elle plus tôt, elle s'était laissée gagner par les réflexes de son ancienne vie. Par les blessures que Lance lui avait infligées. Et elle avait réagi en se protégeant, au lieu de soutenir l'homme qu'elle aimait.

Reconstruire sa vie était une bonne chose, mais pas si elle en faisait reposer les fondations sur un passé toxique.

Et si Knox avait besoin de partir ? S'il avait besoin d'un nouvel endroit où s'épanouir ?

Elle regarda Glaçon, puis promena les yeux sur son appartement. Si c'était le cas, alors ils essaieraient de prendre un nouveau départ ailleurs, et elle reviendrait ici le plus souvent possible.

Miranda inspira à fond, puis alla chercher ses clés dans la cuisine. Elle voulait parler à Knox. Maintenant.

On sonna à la porte d'entrée et elle cria « Entrez ! » par-dessus son épaule. Une de ses sœurs venait probablement lui apporter quelque chose. Elles étaient passées trois fois en deux jours, depuis que Knox et elle s'étaient séparés. Chacune alléguant une excuse bidon ou déclarant qu'elle passait juste dans le quartier.

C'était une chose qu'elle adorait dans le fait d'être revenue. Quelque chose qui lui manquerait s'ils partaient. Mais après tout, quantité de familles se réunissaient en visio, comme elle le voyait sur les réseaux. Ça pouvait être amusant aussi.

Son téléphone bipa encore et elle leva une main en l'air, lâchant le livre qu'elle tenait.

— Pourquoi les gens ne cessent-ils pas de m'envoyer des messages pour ce stupide poste ? marmonna-t-elle. Ils feraient mieux de s'adresser à Knox. En le suppliant de postuler.

— C'est agréable à entendre.

La voix de Knox était douce. Il s'approcha, passa les bras autour de sa taille, posa la tête sur son épaule et resta là, sans plus bouger. Lorsqu'elle pivota vers lui, il resserra ses bras autour d'elle.

Il était là.

— Mais je ne le veux pas non plus, déclara-t-il.

Il pressa ses lèvres sur son front.

— Allons !

Elle devait être victime d'hallucination. Knox était là et la regardait comme si elle était le soleil dans toute sa gloire.

— Tu fais bien de vouloir ce poste, Knox. Tu fais bien de te porter candidat ailleurs, et il est normal que tu sois blessé parce que ton téléphone ne sonne pas sans arrêt.

— Oui. Mais j'ai réfléchi et je suis arrivé à la conclusion que je suis heureux où je suis. Je suis chez moi, ici. Je suis satisfait et mon travail me plaît. J'aime avoir la sensation d'être à ma place. De ne pas avoir besoin d'autre chose. Ce qui m'a déplu, c'est l'idée qu'on dise que je n'étais pas qualifié.

Il prit une grande inspiration.

— Je suis vraiment désolé de ne pas t'avoir parlé du Maine, ma douce. Je ne m'attendais pas à ce que cela aille si vite. J'ai posé ma candidature sous le coup de la colère, puis j'ai laissé faire les choses. C'était plaisant d'être désiré.

— Bien sûr.

Il disait exactement ce qu'il fallait. Tout ce que le cœur de Miranda avait besoin d'entendre.

— Et que tu te mettes en colère pour moi, c'est encore le meilleur de tout, ajouta-t-il. Je t'aime. Je suis chez moi, ici. Et je suis heureux avec toi. En outre, si aucun de nous ne devient chef de service, nous pourrons regarder plus de jeux télévisés débiles ensemble.

— Je t'aime.

Elle l'embrassa sur la joue.

— J'aurais dû te parler au lieu de te souhaiter bonne chance quand j'ai découvert que tu avais postulé dans le Maine. Cela n'avait pas de sens, et plutôt de me montrer généreuse, je t'ai juste fait partir. J'ai laissé les blessures de mon passé ternir mon avenir.

Miranda serra Knox dans ses bras, très fort.

— Tu me pardonnes ?

— Absolument.

Knox laissa échapper un soupir.

— Bon. Je devine que durant les prochains mois, nous allons regarder Patrick faire une tonne d'heures supplémentaires pendant que le conseil d'administration cherchera un candidat dans tout le pays.

— Et nous, nous effectuerons nos services normaux – des services qui sont déjà longs –, puis nous mangerons de la pizza sur le canapé, surveillés par un chat qui nous jaugera d'un air hautain.

— Voilà qui me paraît parfait.

Knox courba la tête pour s'emparer de sa bouche.

— À moi aussi, dit Miranda avant de s'abandonner à son baiser.

JULIETTE HYLAND

Le bébé d'un infirmier

Traduction française de
MARIE-JOSE LAMORLETTE

BLANCHE

HARLEQUIN

Titre original :
HER SECRET BABY CONFESSION

Prologue

Douze heures. C'était tout le temps qui restait à Jackson Peters pour profiter de Ryann avec deux « n » et pas de nom de famille.

Ils s'étaient mis d'accord, lorsqu'ils s'étaient rencontrés dans l'avion pour Hawaï, après une escale à Los Angeles, sur le fait que cette semaine serait de l'amusement et rien d'autre. Pas de liens, pas d'obligations, juste du pur plaisir.

Et cela avait été du pur plaisir.

Ils n'avaient rien partagé de trop personnel. Il savait qu'elle était chirurgienne et vivait sur la côte Ouest. Elle savait qu'il était infirmier, au sud de la même côte. Ils s'en étaient tenus là.

Pour Jackson, elle sentait la pluie d'été, avait le goût de la rosée matinale et faisait vibrer son corps rien qu'en le frôlant de ses doigts.

Elle connaissait chaque pouce de sa personne et rien de son passé. C'était le bonheur absolu.

L'histoire de Jackson n'était pas heureuse. Il n'avait pas envie de s'y attarder, surtout en vacances. Ces quelques jours étaient censés être un moment de répit. La « lune de miel » qu'il n'avait pas eue parce que Marie avait décidé qu'elle préférait épouser quelqu'un qui traînait moins de casseroles. Une semaine pour oublier les peines du passé et la solitude qui l'attendait dans son appartement.

Une part de lui – celle qui espérait encore que quelqu'un puisse voir en lui autre chose qu'un être brisé – avait envie de partager ce qu'il était avec Ryann ; il voulait croire qu'elle ne se soucierait peut-être pas de son lot de malheurs, qu'elle ne le traiterait pas différemment à cause d'eux. Mais quand il se livrait à quelqu'un, c'était comme si cette personne ne pouvait s'empêcher d'avoir pitié de lui.

Et la dernière chose qu'il souhaitait était de voir la pitié apparaître dans les yeux de Ryann lorsqu'elle poserait des questions auxquelles il ne voulait pas répondre.

— Mmm…

En s'asseyant dans le lit qu'ils avaient partagé cette dernière semaine, Ryann passa une main sur la cuisse de Jackson.

Le drap tomba, révélant ses seins parfaits, et il porta automatiquement la main à son téton brun, déjà dressé. « Magnifique » ne suffisait pas à décrire la créature à couper le souffle qu'il avait devant lui.

— Est-ce qu'on se donne la peine de sortir dîner, ou est-ce qu'on passe la soirée à se câliner ? demanda-t-elle.

Elle posa la main sur son sexe, qui réagit aussitôt. C'était le paradis. Un paradis temporaire dont son âme se gorgeait.

Il continua à dessiner un cercle autour de son mamelon tandis qu'elle le caressait. Chacun d'eux savait si bien ce qui faisait ronronner l'autre qu'ils pouvaient se donner du plaisir même en pensant à autre chose.

— On peut toujours appeler le room service.

Jackson la regarda, sa langue remplaçant son doigt, et il savoura la façon dont elle retenait son souffle.

— À moins que tu veuilles passer la dernière nuit à marcher sur la plage.

Il avait beau désirer consacrer la soirée à graver dans sa mémoire chaque partie du corps de Ryann, c'étaient les premières vacances qu'elle prenait depuis dix ans. Une des rares informations personnelles qu'elle lui avait confiées. Si elle avait envie d'aller marcher dans le sable et de courir dans les vagues, il en ferait un souvenir aussi.

Elle entoura son sexe de ses doigts et pressa les lèvres sur les siennes.

— Nous pourrions profiter l'un de l'autre, puis aller marcher sur la plage, acheter des tacos au poisson et revenir pour un round final.

Sa voix s'était-elle infléchie sur les mots « round final » ?

Cela avait-il de l'importance ?

Pas vraiment.

Pas de liens. Du plaisir. Des souvenirs de vacances. Du temps volé au monde réel. C'était tout.

— Ça me semble être une façon parfaite de se dire adieu.

Jackson captura sa bouche et la dévora avant qu'elle puisse dire autre chose. Il ne voulait pas perdre une seule minute de ce qu'ils avaient à partager.

1

Le Dr Ryann Oliver étouffa un bâillement tandis qu'elle marchait vers l'ascenseur du Hope Hospital, à Phoenix. C'était son premier jour de présence à l'hôpital depuis qu'elle avait accepté de travailler comme chirurgienne libérale, plus tôt dans le mois.

Le désert de l'Arizona était aussi éloigné que possible de la verdure de l'État de Washington. Là-bas, de la mousse poussait sur sa maison et, la plupart du temps, le soleil n'osait pas pointer le nez hors des nuages. On avait l'impression de marcher dans une forêt pavée de routes – du moins d'après sa mère, Lydia.

Cette dernière se vantait de ne jamais s'être installée dans une vie « normale ». Quelquefois c'était bien, mais quand elle partait pour se trouver elle-même ou pour suivre un nouvel amoureux, c'était Ryann qui en souffrait. Le chaos ne bénéficiait jamais à personne.

À trente-neuf ans, Ryann ne savait peut-être pas exactement ce que « normal » signifiait, mais elle savait que ce n'était pas faire ce que vous vouliez quand vous en aviez envie, avec qui ça vous chantait. Ce style de vie aurait peut-être pu convenir à quelqu'un qui n'avait pas la charge d'un enfant.

Quand Ryann était petite, Lydia – sa mère ne répondait qu'à ce nom – disparaissait parfois pendant des semaines d'affilée. Ryann était confiée alors aux soins des multiples beaux-pères qui étaient entrés dans sa vie pour quelques mois, un an au maximum. Et entre deux compagnons, sa mère restait chez des « amis » ou des connaissances.

Lydia s'était toujours arrangée pour rentrer juste avant que les services sociaux s'en mêlent sérieusement. Le système, surchargé, avait laissé glisser Ryann entre les mailles du filet, encore et encore.

Il y avait eu quelques bons moments – quand elles sortaient la nuit pour acheter des glaces ou qu'elles s'arrêtaient sur la route pour voir des attractions comme « la plus grande cuillère de ce côté-ci du Mississippi », des fermes à crocodiles ou des maisons hantées. Ryann se sentait toujours joyeuse quand une attraction de ce genre apparaissait au bord de la route.

Mais la stabilité, savoir qu'elle était en sécurité, que l'électricité ou l'eau ne seraient pas coupées parce que Lydia avait oublié de payer les factures... Ryan n'avait pas connu cet équilibre avant de le créer pour elle-même.

Elle bâilla de nouveau. La raison pour laquelle elle avait pris ce poste en libéral et déménagé en Arizona l'avait tenue éveillée presque toute la nuit.

Vers 3 heures du matin, ladite raison avait lâché un pet si fort qu'il aurait pu venir d'un homme adulte et non de sa fille âgée de six mois, plus si petite que ça. Ayla avait poussé un soupir, puis elle avait bâillé et s'était rendormie. Ryann était restée dans le rocking-chair de sa chambre, prête à réagir au moindre bruit, mais l'enfant avait dormi jusqu'à ce que le réveil sonne à 6 h 30.

Ensuite, se sentant bien, en sécurité et choyée, elle avait replongé dans le sommeil tandis que Ryann l'emmenait chez la nourrice. Ayla n'avait peut-être pas été attendue, mais elle ne douterait jamais qu'elle était aimée.

Le rôle de Ryann était de protéger sa fille. De contrôler le plus possible, pour elle, le chaos du monde. Ayla n'aurait jamais peur comme elle avait eu peur, elle. Elle ne connaîtrait jamais le défilé des « nounous », ne s'inquiéterait pas que sa mère oublie de venir la chercher à l'école.

Exercer en libéral payait bien, et les horaires étaient bien plus intéressants que ceux de l'hôpital. Ryann recevait ses patients à son cabinet deux jours par semaine, elle opérait pendant deux jours et passait un jour à l'hôpital. Son emploi précédent lui prenait beaucoup plus de temps, et cet emploi du temps régulier, avec deux jours de repos par semaine, ressemblait au paradis.

Le secteur de la chirurgie orthopédique était concurrentiel. Il comptait plus de femmes, maintenant, mais elles ne représentaient toujours que moins de 10 % des chirurgiens.

Quand le Hope Hospital avait choisi le Dr Patrick O'Sullivan comme nouveau chef de service, plutôt qu'elle, cela avait été une bénédiction, finalement. Cet homme passait tout son temps à l'hôpital, alors qu'elle travaillait huit heures par jour.

Son téléphone bipa deux fois, annonçant la réception d'un e-mail personnel. Son estomac se contracta. Cela faisait cinq mois qu'elle cherchait à contacter le père de sa fille sur un site qui comparait les ADN. Cinq mois de silence radio. Néanmoins, le 1er de chaque mois, elle envoyait le même message et espérait stupidement que, cette fois, il répondrait.

Elle et Jackson – si c'était bien son nom – avaient partagé une semaine idyllique à Hawaï. Les premières vacances qu'elle avait prises depuis son internat. Cela avait été une brève liaison, la chose la plus imprévue qu'elle avait faite depuis qu'elle avait quitté sa mère.

Le pur chaos avec l'homme le plus excitant que j'aie jamais vu.

Cela avait été bien. Vraiment bien. Il y avait encore des nuits où elle s'éveillait après avoir rêvé que ses lèvres sombres se promenaient sur son corps. Elle ne regretterait jamais cette semaine ; elle lui avait donné Ayla.

Et lorsqu'elle regarda l'e-mail qu'elle avait reçu – de sa mère, qui lui envoyait une photo d'elle sur une plage de sable, en compagnie d'un nouveau partenaire –, cela lui rappela pourquoi elle n'envisageait pas d'autres folles journées et folles nuits avec Jackson.

Mais ce n'était pas comme si elle avait le choix. Elle prit une grande inspiration, les larmes lui montant aux yeux. Elle n'allait pas pleurer pour ça. Ces mois de silence de la part de l'homme qui avait engendré Ayla n'avaient rien d'étonnant. Elle était juste fatiguée, elle rêvait de manger certains aliments auxquels elle avait renoncé pour ménager le ventre ballonné d'Ayla, car elle la nourrissait au sein. Cela expliquait sa frustration.

Elle n'avait pas du tout besoin de lui en tant que parent. Elle avait été très claire dans ses messages : il n'avait pas à s'impliquer s'il ne le souhaitait pas. Mais elle avait besoin de connaître les antécédents médicaux de sa famille, pour Ayla – et elle voulait qu'il sache qu'il avait une fille.

Une part d'elle avait-elle espéré qu'il veuille davantage ? Peut-être. Mais elle avait enfoui ce sentiment au fond d'elle-même des mois plus tôt. Et cela n'avait pas d'importance. Parce que cinq mois et six jours après son premier e-mail, elle n'avait toujours pas de nouvelles de Jackson.

— Bonjour.

Une femme blanche aux cheveux bruns et bouclés sourit et lui tendit la main.

— Je suis Miranda Paulson, un des chirurgiens généralistes de Hope.

— Ryann Oliver, chirurgienne orthopédique travaillant en libéral avec le groupe Lowery.

Ryann pressa de nouveau le bouton de l'ascenseur, se demandant si ce dernier allait arriver.

— Ce bouton est capricieux.

Miranda s'avança, le pressa deux fois, puis le tint appuyé. Elle haussa les épaules.

— L'hôpital ne cesse de dire qu'il va s'en occuper, mais comme seul le personnel utilise ce parking… ce n'est pas une priorité. Le profit avant tout.

— Merci, dit Ryann. Je suppose que j'ai l'air idiote, à attendre sans bouger quelque chose qui n'arrive pas.

— Non, répondit Miranda en secouant la tête avec un grand

sourire. Vous avez l'air nouvelle. Et j'étais la petite nouvelle il n'y a pas si longtemps.

L'ascenseur arriva enfin et elles montèrent. Miranda leva son gobelet, et l'arôme suave du café fit presque pleurer Ryann. Elle n'avait pas absorbé une goutte de caféine depuis qu'elle était tombée enceinte, et elle continuait à s'en passer. Elle tiendrait jusqu'à ce que sa fille soit sevrée, en espérant la nourrir au moins un an. Plus si Ayla le souhaitait.

Encore quelques mois. Six ou sept… peut-être dix…

— Ça va ?

Miranda haussa un sourcil et Ryann se représenta ce qu'elle voyait : une mère épuisée, qui reluquait son café avec envie. Elle afficha son sourire de circonstance.

— Ma fille a mis très longtemps à s'endormir parce qu'elle avait mal au ventre et je manque de sommeil.

Les portes s'ouvrirent et Miranda sortit.

— Le vestiaire est par là, dit-elle.

Ryann avait entendu ces mots et les avait vaguement enregistrés tandis qu'elle forçait ses pieds à suivre ceux de Miranda. Mais elle avait les yeux rivés sur l'homme noir qui se tenait derrière le bureau des infirmiers, la tête penchée sur une tablette.

L'ascenseur devait être à plus de trente mètres de lui, mais même à cette distance, elle reconnaissait ses épaules, sa posture, les lunettes à monture noire qu'il devait sans arrêt remonter sur son nez.

Cela ne se pouvait pas. C'était impossible.

Le sang pulsait dans ses oreilles. Elle avait les joues brûlantes et son esprit était déchiré. Une part d'elle projetait déjà de courir retrouver Ayla pour l'emmener très loin et prendre un nouveau départ ailleurs. Oui, quelques minutes plus tôt, elle avait souhaité que Jackson réponde à ses mails, mais le voir là ?

Son instinct lui dictait de fuir. Seulement, elle n'était pas prête à déménager de nouveau. Cela perturberait Ayla. C'était juste un accès de panique, son système nerveux qui réagissait trop vivement.

Elle avait un bon poste et une montagne de dettes à payer à la suite de ses études. Protéger Ayla signifiait rester. Au moins pour le moment.

C'était la principale pensée qu'elle avait à l'esprit. L'autre, celle qui lui brûlait la poitrine et l'emplissait d'embarras, l'incitait à courir vers Jackson en espérant que son silence relevait d'un malentendu.

C'était ce que sa mère aurait fait. Elle aurait dit que son karma l'avait ramenée à son âme sœur et elle se serait précipitée vers lui. Raison pour laquelle Ryann ne se laisserait pas aller à cette idée. Du contrôle. C'était ce qu'il lui fallait.

— C'est Jackson Peters, dit Miranda en remarquant son intérêt. Il est infirmier anesthésiste, alors vous travaillerez régulièrement avec lui. C'est quelqu'un de bien.

Ryann ravala tous les mots qui menaçaient de lui échapper. Elle avait rencontré Miranda il y avait moins de dix minutes. Il valait mieux que sa collègue pense qu'elle admirait ce superbe infirmier, plutôt que de lui dire la vérité.

Elle avait passé une semaine à graver le corps de Jackson dans sa mémoire et était rentrée chez elle avec un bébé surprise, avant de se heurter à des mois de silence. Ce n'était pas le genre d'informations que l'on divulguait à une nouvelle collègue.

— Est-ce qu'il est le seul infirmier anesthésiste de l'hôpital ?

— Oui. Il a obtenu son diplôme il y a deux ans environ. Il était infirmier-assistant, puis il est devenu infirmier spécialisé en soins avancés. Je le taquine en lui disant qu'il ne pourra pas aller plus haut.

C'était un cursus impressionnant. Arriver à ce stade demandait des années de formation et d'examens, en plus des exigences du diplôme d'infirmier.

— Alors vous le connaissez bien ?

Ryann n'avait pas eu l'intention de poser la question, mais elle ne voyait pas comment changer de sujet de conversation tandis qu'elles pénétraient dans le vestiaire pour femmes. Peu importait si Miranda connaissait Jackson, peu importait s'il excellait dans son travail. Il n'avait pas répondu à ses e-mails sur la banque de données d'ADN, et leur fille méritait une réponse.

— C'est le meilleur ami de mon compagnon. Knox est l'un des autres chirurgiens généralistes de Hope. Jackson et lui ont grandi ensemble, comme des frères. Ils disent en plaisantant que le destin leur a donné le même nom de famille pour qu'ils se trouvent. Ils sont toujours ensemble.

Des informations à garder en réserve. Jackson avait un ami assez proche pour le considérer comme de la famille. Et il était lié à deux chirurgiens de cet hôpital, au moins. Comment allait-il réagir en la voyant ?

Elle était en position d'outsider. Celle qui devrait s'en aller si nécessaire.

— Prête à rencontrer le reste de l'équipe ?

Miranda arborait un grand sourire. Ryann espéra qu'elle mettrait ses incertitudes sur le compte de la nervosité du premier jour.

— J'ai rencontré quelques personnes en faisant mon parcours d'orientation, la semaine dernière. Mais je n'ai pas eu à le faire en totalité.

— Les joies d'avoir un cabinet privé et de travailler en libéral, dit Miranda.

— Vous ne l'avez jamais envisagé ?

Miranda ouvrit la porte du vestiaire et fit signe à Ryann de passer la première.

— Non. J'aime le rythme effréné du service de chirurgie traumatique. Il me fait avancer.

Dans cette spécialité, on touchait à tout. On ne contrôlait pas quel genre de cas atterrissait sur sa table d'opération. Les réussites étaient fantastiques et les échecs… tragiques.

Ryann inspira à fond. Elle était sur le point de rencontrer Jackson, d'entrer en contact avec l'homme qui avait manifesté clairement par son silence qu'il ne voulait pas avoir affaire à elle. Et le destin faisait qu'elle était au travail, ce qui signifiait qu'elle ne devait montrer aucune réaction, qu'il lui faudrait étouffer ses émotions.

— Knox !

Miranda fit un signe à un homme qui arrivait dans le couloir.

— Je te présente la nouvelle chirurgienne orthopédique.

Il sourit à Ryann et lui tendit la main.

— Dr Knox Peters. Enchanté.

— Dr Ryann Oliver.

Elle espéra paraître professionnelle, et que personne ne remarquerait son intérêt pour celui se tenait à la périphérie de son champ de vision. Ni les battements effrénés de son cœur.

— J'ai fini, dit Knox. Le dîner sera prêt quand tu rentreras, chérie.

Il se pencha et posa un baiser sur la joue de Miranda.

Ainsi, c'était l'ami de Jackson. Que penserait-il en apprenant que Ryann n'était pas seulement la nouvelle chirurgienne orthopédiste, mais aussi la mère du « bébé de vacances » de son meilleur ami ?

Elle s'en soucierait plus tard.

Knox disparut dans le vestiaire, suivi des yeux par Miranda.

— Bon, allons trouver le Dr O'Sullivan, dit celle-ci. Patrick vous présentera les personnes que vous n'avez pas encore rencontrées.

Ryann hocha la tête, pas sûre de pouvoir se fier à sa voix. Elles tournèrent à l'angle du couloir. Par bonheur, Jackson n'était plus au bureau des infirmiers.

Mais pourquoi se sentait-elle déçue ?

— Tu as rencontré la nouvelle ortho ? demanda Knox, le meilleur ami de Jackson et ce qui était pour lui le plus proche d'une famille.

— Pas encore. Mais tu ne devrais pas rentrer dans ton nouveau chez toi, au lieu de traîner ici ? Tu sais, ce chouette appartement.

Jackson plaça une main sur son cœur, pour plaisanter. Il n'était pas vraiment chagriné que Knox se soit installé avec Miranda le mois précédent, même si ses nouveaux voisins n'étaient pas faciles à vivre.

— Ça fait drôle de ne plus habiter à côté de toi, dit son ami. Mais Glaçon, le chat, était déjà habitué à vivre chez Miranda.

Knox donna une tape sur l'épaule de Jackson.

— Tu veux venir dîner, ce soir ? J'ai promis à Miranda de préparer quelque chose.

Jackson fit une grimace. Il ne mangerait jamais la cuisine de son frère.

— Je vais réchauffer un des plats préparés qu'elle commande en quantité, indiqua Knox.

Lui aussi en avait acheté lorsqu'il avait quitté l'appartement de Jackson pour s'installer chez lui. Il trouvait amusant que la femme dont il était tombé amoureux ait les mêmes habitudes que lui. Ces deux-là étaient parfaits l'un pour l'autre.

— Oh ! dans ce cas oui, je passerai, dit Jackson.

Il regarda par-dessus l'épaule de Knox et cligna deux fois des paupières. Une femme aux cheveux noirs bouclés et à la peau foncée marchait au côté du Dr O'Sullivan. Ils traversèrent le vestibule et disparurent.

La nouvelle chirurgienne.

Le Dr Ryann Oliver.

Il avait refusé de regarder son profil en ligne, quand il avait appris qu'elle était engagée, de peur d'être déçu s'il ne tombait pas sur la photo de *sa* Ryann.

Elle n'avait été à lui que durant une semaine. Une semaine qui remontait à près de deux ans, ça ne comptait pas, même si elle avait été magnifique et pleine de ravissement. Par ailleurs, même si *Ryann* n'était pas un prénom très courant, il pouvait très bien s'agir de quelqu'un d'autre.

Et maintenant, apparemment, elle était ici.

Quelles étaient les chances que cela se produise ? Ce genre de choses arrivaient aux autres. Les autres avaient droit à des miracles. À des histoires dignes de téléfilms. À des lendemains heureux.

Pas Jackson Peters. Tout ce que la vie lui apportait, c'était de la déception, des blessures et des traumatismes. Chaque fois qu'il avait espéré quelque chose, il en avait été pour ses frais. Ce n'était pas sa Ryann. Où qu'elle soit, elle n'était pas au Hope Hospital, mais il eut une pensée pour lui souhaiter du bonheur.

— Nous te verrons après le service, alors, dit Knox.

Il leva une main et s'en alla. Jackson regarda du côté où le Dr O'Sullivan et le Dr Oliver étaient partis. Mieux valait se débarrasser des présentations et étouffer dans l'œuf le faible espoir qui vacillait dans son cerveau. En outre, il travaillerait avec la nouvelle chirurgienne quelques fois par semaine, selon l'accord passé entre le groupe Lowery, pour qui elle exerçait en libéral, et l'hôpital.

Il tourna au coin, espérant l'apercevoir avant d'arriver au bureau des infirmiers, mais Miranda et Patrick lui bloquaient la vue. Évidemment. Il s'avança, tapa sur l'épaule de Patrick, et celui-ci s'écarta pour lui faire de la place.

On disait toujours que le monde s'arrêtait dans ce genre de moments. Mais lorsqu'il croisa les yeux de Ryann pour la première fois depuis plus d'un an et demi, le sien s'inclina dangereusement sur son axe.

— Bonjour. Je suis le Dr Ryann Oliver, le nouveau chirurgien orthopédique du groupe Lowery.

Elle avait tendu la main en prononçant ces mots aussi aseptisés qu'une salle d'opération.

Allait-elle vraiment prétendre qu'ils n'avaient pas passé cette semaine ensemble ? Qu'il ne l'avait pas tenue contre lui chaque nuit, qu'il n'avait pas embrassé chaque centimètre de sa peau ? Pendant une semaine, ils avaient respiré au même rythme, leurs cœurs battant à l'unisson.

Ce souvenir signifiait énormément pour lui. Le fait qu'il n'avait pas demandé à rompre leur pacte afin d'échanger leurs coordonnées était le plus grand regret de sa vie.

Et la poignée de main de Ryann, sa brève salutation semblaient être son moyen de dire : « Interdiction de parler de ça. »

La poitrine de Jackson se souleva tandis que ses poumons

s'emplissaient, mais il avait l'impression que l'hôpital tout entier pesait sur lui. Et il devait se comporter normalement. Comme s'il était serein.

Bon sang.

— Jackson Peters, infirmier anesthésiste.

Du coin de l'œil, il vit Miranda bouger la tête, mais s'il la regardait, sa langue risquait de lâcher toutes les pensées qui lui trottaient dans le cerveau.

— Je dois voir une patiente, dit-il.

Il adressa un signe de tête à Miranda et Patrick, puis porta son attention sur Ryann.

— Enchanté de vous voir.

De vous rencontrer. J'aurais dû dire « de vous rencontrer ».

Il s'éclaircit la gorge.

— Bienvenue à Hope.

Puis il s'obligea à s'en aller. Il ne se retourna pas pour regarder, derrière lui, la personne qui l'avait fait se sentir entier pour la première fois de sa vie.

Il avait quarante ans et la déception avait été la seule constante dans sa vie. Au moins, il connaissait la routine : repousser les émotions. Ignorer la douleur. Aller de l'avant.

— Votre patiente est-elle dans la chambre 242 ?

Les mots de Ryann résonnèrent dans son dos et moins d'une seconde plus tard, elle marchait à côté de lui, ses joues brunes légèrement rougies.

D'avoir fait l'effort de le rattraper, ou parce qu'elle était aussi choquée que lui ? Il ne pouvait pas lui poser la question dans ce contexte, et il n'était pas sûr de vouloir connaître la réponse.

— Oui. Elle a été opérée de la main…

— Main gauche. Maladie de Dupuytren affectant le quatrième doigt qui se replie vers le milieu de la paume. Le Dr Jenks a pratiqué une fasciectomie – pas entièrement réussie.

— Oui.

Jackson n'aurait pas dû être étonné qu'elle liste systématiquement et froidement les faits. Il avait entendu des douzaines de médecins faire le même genre de description clinique, qui tenait moins compte du patient que des symptômes. Toutefois, il n'aurait pas cru que Ryann soit comme eux ; il l'aurait imaginée plus humaine.

Mais il ne l'avait connue qu'en vacances – une semaine –, plus d'un an auparavant. S'il était déçu, c'était sa faute. Les gens étaient différents en vacances, en particulier avec des personnes qu'ils ne comptaient pas revoir. S'il avait espéré plus, il n'avait à s'en prendre qu'à lui-même. Il aurait dû être fixé, maintenant.

— Tina, dit-il.

Il appelait toujours ses patients par leur prénom. Il avait été pris en charge par l'assistance publique pendant toute son enfance, et on l'avait trop souvent appelé par son numéro de dossier. Or les personnes méritaient d'être appelées par leur nom.

— Tina a conscience que l'opération n'a pas eu le résultat escompté par le Dr Jenks, poursuivit-il. Elle espère qu'il pourra y avoir une autre solution pour elle.

La fasciectomie avait réduit un peu la tension de son annulaire, mais elle ne pouvait toujours pas redresser complètement le doigt. Et il y avait la douleur. Jackson avait essayé de la rassurer, de lui dire qu'il était normal de souffrir après une opération, que l'enflure de son doigt allait se résorber en partie au bout de quelques jours. Il avait insisté sur les mots « en partie ». Le Dr Jenks pensait qu'elle souffrirait probablement le reste de sa vie. On ne pouvait pas encore savoir combien cela la gênerait.

— Elle ne va pas aimer que le Dr Jenks ne soit pas là, ajouta Jackson. Elle est mécontente de lui.

— Elle a le sentiment qu'il l'évite, confirma Ryann. Elle n'a pas tort. Il m'a avertie par un texto.

Elle poussa un soupir.

— Je lui ai dit qu'il devait la suivre, même si ce n'est pas agréable, mais il n'est pas d'accord.

Elle gardait un ton posé, toutefois Jackson percevait une certaine déception derrière ses paroles. Cela le rendit plus heureux qu'il n'aurait dû l'être.

— À combien évalue-t-elle son niveau de douleur ? demanda Ryann en s'arrêtant devant la chambre de Tina.

Il apprécia qu'elle ne pose pas la question en présence de la patiente.

— Elle dit qu'il est de cinq sur une échelle d'un à dix.

— Mais elle souffre depuis des années. Et en tant que femme noire, sa souffrance a été niée jusqu'à ce que son doigt soit complètement replié. Un cinq pour elle équivaut probablement à un sept ou un huit pour d'autres.

Jackson fut soulagé que Ryann comprenne son souci à ce sujet.

— Il est difficile d'évaluer la douleur, dit-il. Seule la personne concernée peut le faire. Mais oui, je soupçonne qu'elle souffre plus qu'elle ne le devrait alors que son opération remonte à vingt-quatre heures.

Ryann hocha la tête et prit quelques notes sur sa tablette.

— Bien. Allons-y.

Jackson passa le premier.

— Bonjour, Tina, dit-il en arborant un grand sourire.

Les notes de son dossier indiquaient que la nuit avait été difficile, qu'elle avait passé son temps à aboyer des ordres ou à pleurer. Le médecin de service lui avait dit qu'elle ne pouvait pas avoir plus d'antalgiques, et il avait indiqué qu'à son avis elle montrait une addiction aux médicaments.

Cette note mit Jackson en fureur. Elle pouvait suivre un patient pendant des années. Ce dont Tina avait besoin, c'était de compassion, pas de jugement de la part d'être jugée par l'équipe qui la soignait.

Les larmes aux yeux, elle était pâle et paraissait épuisée.

— J'ai mal. J'ai l'impression que ma main est en feu.

Jackson regarda Ryann.

— Je peux lui donner quelque chose pour diminuer la douleur, mais...

— Non.

La chirurgienne secoua la tête et s'avança vers le lit. Elle se présenta.

— C'est bien, parce que le Dr Jenks m'évite, dit Tina. Il avait juré que ma main irait mieux. Si ça, c'est mieux... Je ne sais pas si je pourrai tenir.

— Jackson, j'ai besoin que vous endormiez toute sa paume, aussi rapidement que vous le pouvez.

Il prit le téléphone, demanda de la lidocaïne et de quoi opérer.

— Madame Priat, dit Ryann, je sais que votre main vous fait souffrir. Beaucoup. Je dois diminuer la pression en faisant une fasciectomie.

— J'en ai déjà eu une.

Tina regarda Jackson.

— S'il vous plaît, ne partez pas. Vous êtes le seul à m'avoir écoutée.

— Je reste ici.

— Vous avez le droit de vous plaindre des soins qui vous ont été donnés, déclara doucement Ryann. C'est la façon dont la plaie a été refermée qui cause la douleur. Je dois la rouvrir pour vous soulager. Jackson peut-il anesthésier votre main, pour que je puisse vous aider ?

Elle regarda Jackson, qui cessa un instant de respirer. Il lui avait souvent vu cette expression, à Hawaï, comme si elle cherchait la confirmation qu'ils étaient d'accord.

— Et si je dis non ? Que se passera-t-il ? demanda Tina.

Ryann s'assit sur le bord du lit et la regarda dans les yeux.

— La douleur empirera. Puis la pression empêchera le sang d'arriver, d'ici une heure ou un peu plus. Alors la chair de votre doigt se sclérosera et il faudra pratiquer une amputation pour éviter que le reste de votre corps s'infecte.

Tina relâcha son souffle.

— Merci de me l'avoir expliqué.

— C'est normal. Jackson peut-il endormir votre main ?

— Oui.

Ryann lui jeta un coup d'œil par-dessus son épaule.

— Je vais me laver les mains et mettre mes gants. Je peux opérer ici. Ce sera rapide et vous serez tout de suite soulagée.

Tina hocha la tête et la regarda sortir de la chambre.

— Elle me plaît, dit-elle.

À moi aussi, pensa Jackson. Ryann s'était parfaitement comportée avec leur patiente.

2

Ryann posa un baiser sur la tête d'Ayla, souriant quand la main de sa fille lui tapa la joue. À six mois, elle commençait à montrer sa personnalité.

Ryann avait toujours adoré les enfants. Quand elle avait huit ans, sa mère avait rejoint une communauté pendant presque un an. Elles y avaient suivi un homme. Un de plus. Et comme les autres, il avait disparu de la vie de Ryann, l'oubliant complètement. Mais elle avait passé son temps à s'occuper des jeunes enfants ; cela lui avait apporté de la paix, tout en structurant un peu sa vie.

— Toi et moi, ma douce. Toi et moi…

Le refrain qu'elle chantait à sa fille chaque matin resta bloqué dans sa gorge. Des larmes lui montèrent aux yeux tandis qu'elle contemplait le visage souriant d'Ayla. La petite avait ses cheveux bouclés et ses yeux. Mais sa bouche et son nez étaient ceux de Jackson.

Il était ici. La veille, il s'était montré attentionné avec Tina. Il l'avait écoutée, réconfortée. Dans la chambre de cette patiente, il était redevenu l'homme avec qui elle avait passé une semaine parfaite. Et elle avait du mal à réconcilier cette image avec le fait qu'il n'avait pas répondu à ses mails, qu'il avait apparemment ignoré ses demandes d'informations.

Elle regarda Ayla, qui souriait toujours. Jackson méritait de connaître sa fille. Ou du moins, d'en avoir la possibilité. Elle lui laisserait encore une chance. Une de plus.

La prochaine fois qu'elle le verrait à l'hôpital, elle l'inviterait à dîner, en établissant clairement qu'il ne s'agissait pas d'un rendez-vous galant. Puis elle le présenterait à Ayla. En théorie, cela semblait facile. En pratique, beaucoup de choses pouvaient aller de travers.

Si elles ne l'intéressaient pas, s'il n'avait que faire d'Ayla... alors elle commencerait à chercher un nouveau poste ailleurs. Sa fille serait protégée. Rien d'autre ne comptait.

Ryann regarda sa montre. Elle avait décidé de s'arrêter pour voir Tina, même si ce n'était pas son jour de rotation à l'hôpital.

Jackson avait été de service la veille et ne devait pas travailler ce jour-là. Douze heures qu'ils s'étaient revus et elle le suivait déjà à la trace... Elle savait donc qu'elle n'avait aucune raison de chercher à le voir.

En arrivant dans le service, elle prit une tablette et afficha le dossier de Tina. La patiente avait dormi et n'avait pas réclamé plus de calmants. C'était déjà mieux.

Elle alla jusqu'à sa porte et frappa avant d'entrer. Elle ouvrit la bouche pour dire bonjour... et ne put prononcer un mot. Jackson était assis dans le fauteuil, à côté du lit vide.

— Elle passe une radio, dit-il en bâillant. Elle ne devrait pas tarder.

Il semblait être resté là pendant des heures.

— As-tu dormi ici ? demanda Ryann.

Il se frotta les yeux.

— Dormir est tout relatif, à l'hôpital.

— Jackson.

Elle fit un pas vers lui, puis s'arrêta. Pourquoi était-elle aussi attirée par cet homme ?

— Elle n'a personne, mais je suis là, dit-il en se massant la nuque. Je suis passé après dîner, hier soir. Cette note disant qu'elle était accro aux médicaments me tracassait.

Ainsi, il avait dormi là.

— C'est gentil à toi, dit-elle.

— C'est sûr. Mais maintenant il a un torticolis et il doit rentrer chez lui, lança soudain Tina, tout sourire.

Elle semblait être une femme complètement différente. Il était étonnant de voir ce que le fait de ne plus souffrir pouvait produire.

— Je constate que vous vous sentez mieux, dit Ryann, trouvant formidable de commencer ainsi la journée.

Tina leva sa main bandée. Il était clair que la seconde opération avait été réussie.

— Vous devriez réaliser toutes les opérations des mains, dit-elle.

— C'est justement ma spécialité, même si je ne fais pas que ça.

— Ça se voit, dit Tina.

Ryann sentit ses joues s'échauffer. Les compliments la touchaient toujours.

— Je suis contente que vous alliez mieux.

Elle ne voulait pas consulter sa montre, mais elle savait qu'elle devait se rendre à son premier rendez-vous. Toutefois, elle s'était fait une promesse, ce matin-là. Et si elle l'ajournait une fois, elle ne cesserait de la repousser. C'était maintenant ou jamais. Elle inspira à fond.

— Jackson, puis-je te parler ?

Il se leva et elle put voir dans ses yeux noirs... De l'espoir, de l'épuisement, de l'inquiétude ? Elle l'ignorait et cela n'avait pas d'importance.

La seule personne qui comptait, c'était Ayla.

— Tu sors en même temps que moi ? Je suppose que tu n'es pas de service aujourd'hui ?

Elle en était sûre, mais elle ne voulait pas qu'il le sache.

— Je ne reviens pas avant jeudi, dit Jackson en la suivant jusqu'à l'ascenseur. Alors, tu veux parler ?

— Non.

Ryann s'éclaircit la gorge.

— Je veux dire non, je n'en ai pas envie, mais nous devrions le faire.

Sapristi, c'était pire, se dit-elle.

— Je… j'aimerais que tu viennes dîner chez moi.

Jackson haussa un sourcil.

— Nous pourrions dîner dehors. Chez toi semble un peu intime.

Elle laissa échapper un petit rire.

— Je pense que nous avons dépassé ce stade.

Elle commença à se pencher vers lui et se ressaisit vivement.

— Il faut que ce soit chez moi. Je t'expliquerai. Ce soir à 18 h 30.

Elle sortit un petit bloc de son sac et écrivit rapidement son adresse.

— Garez-toi dans l'allée. Ma voisine d'en face ne supporte pas de voir une voiture arrêtée dans la rue. Elle prétend que c'est une règle de la copropriété, mais…

Elle parlait à tort et à travers. Ce qu'elle ne faisait jamais d'habitude. Elle était une personne calme. Elle gardait toujours ses esprits. Elle contrôlait les choses même quand celles-ci se détraquaient. C'était sa façon de fonctionner.

— Ryann…

La voix de Jackson était douce. Elle en appelait aux endroits en elle qui n'avaient pas pu lui résister tous ces mois auparavant. Sa peau vibrait et son cœur aspirait à des choses dont il n'avait pas besoin.

— Ce n'est pas un rendez-vous galant.

Elle s'était exprimée plus brusquement qu'elle n'en avait eu l'intention. Peut-être aurait-elle dû repousser cette conversation, finalement.

— Je veux dire…

Son esprit se figea. Puis son bipeur sonna et le soulagement l'envahit. Elle était sauvée.

— Je dois y aller. J'ai des rendez-vous.

Elle se tourna et marcha vers le bout du hall. Elle ne savait pas exactement où se trouvait l'escalier, mais il ne devait pas être loin. Si elle l'avait invité, c'était seulement pour obtenir une information dont elle avait besoin, se dit-elle, peu convaincue elle-même. Elle fuyait, purement et simplement. Ce soir, toutefois, elle ne pourrait pas esquiver.

Jackson était arrivé à l'adresse que Ryann lui avait confirmée par texto, après l'échange de numéros de téléphone le plus maladroit qu'il avait jamais connu. Honnêtement, il ne savait pas très bien ce qu'il faisait là. Il se demanda pour la nième fois s'il ne devait pas faire demi-tour pour remettre les fleurs dans sa voiture. Elle avait précisé – avant de le fuir – qu'il ne s'agissait pas d'un rendez-vous galant. Mais elle avait demandé qu'il vienne chez elle. Pour quelle raison ? Il n'y avait qu'un moyen de le savoir.

Il regarda les lis roses qu'il tenait à la main. Ils n'étaient pas exactement comme les plumerias que Ryann avait mis dans ses cheveux la nuit où ils avaient dansé sous la lune, juste avant de quitter l'île. Mais c'était ce que le fleuriste avait trouvé de plus proche.

Jackson crispa les paupières en inspirant à fond, puis il rouvrit les yeux et avança d'un pas décidé vers sa porte. Les fleurs étaient une bonne idée, même si ce n'était pas un rendez-vous galant.

Il leva la main et frappa, en proie au stress. Ryann ne répondit pas. Que devait-il faire ?

Il avait promis d'être là à 18 h 30. Et il y était. Il attendrait aussi longtemps que nécessaire.

Il frappa de nouveau. Quelques secondes plus tard, son téléphone tinta.

Occupée. Porte ouverte. Serai dans la salle de séjour dans un instant.

Jackson actionna la poignée. La porte s'ouvrit et le parfum suave de Ryann envahit ses sens… mêlé à une odeur de talc pour bébés ? C'était inattendu, mais pas désagréable.

Tout était en ordre. Dans l'entrée, il y avait de la place pour un manteau et des chaussures. Il ôta les siennes et les rangea à côté de celles de Ryann, avec un plaisir excessif. Ils ne s'étaient pas vus depuis plus d'un an. Oui, ils avaient passé une semaine extraordinaire, mais la douleur qu'il ressentait dans sa poitrine…

En grandissant, il avait désiré une famille plus que toute autre chose et, en quelques occasions, il avait cru en avoir trouvé une. Une famille d'accueil lui avait promis de l'adopter, pour choisir finalement un bébé et le renvoyer en foyer. Sa fiancée, Marie, avait juré qu'elle l'aimait et qu'elle voulait lui donner la vie qu'il n'avait pas eue, pour le quitter trois mois avant leur mariage – au profit d'un homme d'affaires qui pouvait lui offrir une vie meilleure. Une vie sans casseroles, d'après elle.

Même sa famille biologique ne voulait pas de lui. Son père et sa mère, qu'il avait retrouvés grâce à une base de données génétiques, lui avaient envoyé des messages pleins de jurons en le sommant de ne pas reprendre contact avec eux.

Jackson désirait éperdument une famille, mais cela restait hors de sa portée. Les femmes partaient toujours en courant lorsqu'elles découvraient sa jeunesse difficile. Et encore, il ne leur en révélait qu'une petite partie… Marie avait voulu qu'il partage son passé avec elle. Mais qu'y avait-il à partager ? Sa souffrance ? Personne n'avait besoin de ça. Non, il valait mieux pour ses partenaires ne pas connaître les démons qui habitaient son passé.

— Ayla !

La voix irritée de Ryann le fit regarder vers l'escalier. Il posa les fleurs sur la console de l'entrée et se dirigea vers le son. Il ne savait pas qui était Ayla, mais visiblement Ryann était contrariée. Alors qu'il montait les marches, il entendit les cris – ceux de Ryann et d'un bébé.

— Qu'est-ce que…

Il pénétra dans la pièce qui était manifestement une chambre d'enfant. Et il s'arrêta quand de grands yeux noirs mouillés de larmes rencontrèrent les siens – des yeux qu'il croisait chaque matin dans son miroir.

— Elle a gâché trois couches en une heure et elle a les fesses horriblement irritées. J'ai dû manger quelque chose qui ne lui convient pas, mais je ne sais pas quoi.

Ryann appuya sa tête contre celle d'Ayla, leurs larmes se mélangeant sur leurs joues. Le bébé lâcha un pet, puis se remit aussitôt à crier.

— Oh ! Ayla !

Ryann regarda sa chemise sale, puis Jackson.

— Je l'ai déjà changée trois fois ce soir. Elle est si malheureuse...

Jackson tendit les mains vers l'enfant qu'il savait être sa fille.

— Laisse-moi faire. Va te changer, prendre une douche ou te reposer un quart d'heure.

Ryann regarda Ayla, puis Jackson.

— Il faut encore la changer.

— J'ai grandi dans des familles d'accueil, Ryann. J'aidais avec les petits. Je peux changer sa couche.

Il brûlait de tenir la petite fille. C'était la raison pour laquelle il était là. L'insistance de Ryann sur le fait qu'elle ne l'invitait pas à un rendez-vous galant devint soudain claire. Il avait une fille.

Sa fille.

Ils s'étaient protégés toute la semaine, mais le préservatif n'était pas efficace à 100 %, il le savait. Ryann regarda le bébé, puis le lui tendit. Elle resta près de la porte.

— Je te promets que ça va aller, Ryann.

Il contempla Ayla et son cœur se gonfla.

— Salut, mignonne.

Elle ne sentait pas le bébé propre, mais elle était superbe. Même avec le visage rouge et des traces de larmes.

Il lui ôta sa grenouillère et la jeta dans le panier à linge à côté de la table à langer. C'était bien organisé. Ensuite, il lui enleva sa couche et comprit pourquoi elle était si mal.

Il la nettoya aussi rapidement que possible, mais elle cria

quand la lingette toucha sa peau à vif. La meilleure chose pour elle serait un bain de siège au bicarbonate.

— Tu veux jouer dans l'évier de la cuisine ?

Il lui tapota le nez et quitta sa propre chemise. Il n'en avait pas de rechange. Si Ayla vomissait entre ici et la cuisine, il pourrait juste enlever son T-shirt blanc.

Il souleva sa fille et l'emmena en bas, en lui disant des sottises d'une voix amusante. Elle avait beau être sa fille, elle ne le connaissait pas. Il remplit l'évier d'eau tiède, ouvrit plusieurs placards, trouva du bicarbonate et en dilua une bonne dose dans l'eau. Le petit bain était prêt.

— On y va !

Jackson fit de drôles de bruits en asseyant Ayla dans l'évier. Elle émit un son étonné, puis soupira.

— Ça fait du bien, hein ?

Il plongea une main dans l'eau et lui aspergea un peu le visage. Elle rit.

— C'est agréable à entendre, dit Ryann d'une voix fatiguée.

— Un bain au bicarbonate de soude. Ça fait des miracles.

— C'est un truc que tu as appris en t'occupant d'enfants abandonnés ?

— Oui.

Il n'avait pas envie de parler de son passé, en particulier quand son avenir paraissait soudain si beau.

— Tu as un jouet avec lequel elle pourrait s'amuser ? Elle devrait faire trempette pendant dix minutes. Ça neutralisera les acides.

Ryann hocha la tête et revint peu après avec un petit canard en caoutchouc. Elle posa le jouet devant Ayla, puis s'appuya au comptoir.

— Ce n'est pas exactement de cette façon que je pensais te présenter à ta fille.

Jackson regarda le bébé et ne put retenir un grand sourire.

Ta fille.

Ces deux petits mots annonçaient un monde de changements, mais ils lui semblaient parfaits.

— Enchanté de te connaître, Ayla.

Il regarda Ryann, qui était visiblement épuisée. Élever un enfant était difficile, et l'élever seule encore plus. Mais elle avait de l'aide, maintenant.

— Elle est magnifique. Comme sa mère.

Il reporta son attention sur Ayla et roucoula un peu tandis qu'elle poussait le canard dans l'évier.

— Désolé d'avoir manqué tant de choses, Ayla, mais nous allons nous rattraper.

— Si tu avais répondu à un seul de mes messages, tu n'aurais rien manqué !

Le ton sec de Ryann était comme une gifle.

Des messages ? Quels messages ?

— Ryann...

Son cerveau refusa de lui fournir d'autres mots. Il était submergé de bonheur et essayait de comprendre la colère qui se peignait sur son visage. Elle essuya une larme sur sa joue et se mordit la lèvre, si fort qu'il craignit qu'elle ne se fasse saigner.

— Ryann..., recommença-t-il, mais de nouveau, il se trouva à court de mots.

— Il faut que je sorte une serviette pour la sécher. Ensuite, je la nourrirai et la mettrai au lit. Après ça...

Elle souffla.

— Après ça, nous parlerons.

Elle retenait des sanglots.

Jackson tenait leur fille dans l'évier, mais il brûlait d'attirer Ryann à lui, de la serrer dans ses bras tandis qu'elle dirait ce qu'elle avait besoin de dire. Et il voulait aussi savoir pourquoi elle pensait qu'il aurait ignoré des messages venant d'elle. Il aurait remué ciel et terre pour la retrouver s'il avait eu plus qu'un prénom. Bon sang, il n'avait même pas su quel était son patronyme avant que son CV arrive à Hope. Elle venait de Seattle… Et il ne le savait que par les ragots de l'hôpital.

Apprendre plus tôt l'existence d'Ayla aurait signifié pour lui se déraciner, quitter Phoenix. Laisser son appartement – le seul endroit qui était à lui, rien qu'à lui. L'endroit que personne ne pouvait lui prendre. Et il l'aurait fait sans hésiter pour soutenir Ryann.

Elle revint avec une serviette bleu clair qui semblait plus douce que ce qu'il avait jamais touché. Il souleva leur fille et laissa sa mère l'envelopper dans la serviette. Elle posa un baiser sur la tête d'Ayla et remonta à l'étage. Jackson ne les suivit pas.

Ne portant qu'une couche propre, Ayla roucoulait sur la table à langer et Ryann prit quelques grandes inspirations. Le bain au bicarbonate avait été une idée formidable – une idée qui était venue à Jackson cinq minutes après qu'il avait appris qu'il était père.

Il n'existait pas de manuel pour expliquer comment présenter à son père un enfant né à la suite d'une brève liaison de vacances. Et pas de manuel non plus pour gérer les papillons qui avaient dansé dans le ventre de Ryann lorsqu'elle avait découvert Jackson en T-shirt blanc en train de s'occuper de leur fille. Jusqu'ici, elle avait tout fait seule. Elle s'était attendue à le voir partir en courant.

Après tout, son propre père et chacun de ses beaux-pères s'en étaient allés parce qu'il était trop dur de s'entendre avec sa mère. Elle savait comment réagir à ça, quelle armure endosser pour protéger sa fille. Mais si Jackson était prêt à s'impliquer…

Je ne l'ai vu gérer qu'une situation !

Combien de ses beaux-pères avaient fait la même chose, parfois pendant quelques mois, avant de quitter sa mère ?

Et moi.

Tous l'avaient abandonnée. Même ceux qui avaient juré qu'elle n'y était pour rien et qu'ils resteraient en contact. Une carte d'anniversaire, deux ou trois appels téléphoniques, parfois un souvenir de vacances, et puis le silence. C'était chaque fois pareil, mais cela ne l'avait pas empêchée de toujours espérer, au moins un peu. Seulement, si ces hommes n'aimaient plus sa mère, ils ne pouvaient pas rester dans sa vie.

Elle prit Ayla et l'embrassa sur la joue. Elle la protégerait en faisant en sorte que Jackson n'ait de lien qu'avec elle. Il n'y aurait pas de relation entre eux, les adultes, relation dont il pourrait se lasser. Et pas de désaccords qui pourraient faire souffrir leur enfant.

Ils avaient passé une semaine merveilleuse, qui leur avait offert le plus précieux des cadeaux. C'était suffisant. Il le fallait.

— Tu es prête, ma douce ?

Ayla remua les lèvres et tendit la main vers la poitrine de Ryann.

— Oui. La tétée, puis le lit.

Lorsqu'elle aurait mangé, Ayla dormirait quelques heures. Elle se réveillerait pour une nouvelle tétée, se rendormirait… si ses problèmes de ventre se calmaient. Ce qui n'était pas garanti.

Quand Ryann entra dans la salle de séjour, Jackson était assis sur le canapé, les jambes croisées, les bras appuyés sur le dossier. Il avait remis sa chemise, mais si on avait pris une photo de lui à cet instant, elle aurait pu s'intituler « Homme super excitant en train de se détendre ».

— Elle doit manger, dit Ryann en rejoignant le rocking-chair que sa fille aimait bien.

Elle releva son chemisier et mit Ayla au sein. Le bébé se mit à téter et le silence tomba dans la pièce. Jackson la regarda, avec une expression qu'elle ne put déchiffrer.

— Est-ce que le fait que je la nourrisse devant toi te dérange ?

C'était quelque chose d'humain et de normal, mais plusieurs fois on lui avait demandé de se couvrir. Pourtant, nourrir son bébé n'avait rien de sexuel et elle refusait de se sentir embarrassée – en particulier chez elle.

— Non, dit Jackson qui sourit, les yeux posés sur elles. Toi et Ayla, vous êtes si belles, et ce moment…

Il ferma les yeux et inspira profondément.

— J'ignorais que le bonheur était si bon.

— Jackson…

Ryann regarda Ayla, dont les paupières étaient lourdes. Elle tirerait le lait de son autre sein et le mettrait de côté.

— Pourquoi n'as-tu pas répondu à mes messages ?

Le fait qu'il soit assis là, l'air aussi heureux que s'il avait gagné à la loterie, ne collait pas avec son silence.

— Quels messages ? demanda-t-il en secouant la tête. Je n'ai jamais rien reçu. Je te jure que si cela avait été le cas, j'aurais tout de suite pris l'avion pour te rejoindre.

Il paraissait sincère. Mais elle avait envoyé un message par mois. Cinq au total. Tous non lus.

— Je les ai envoyés par une banque de données ADN, dit-elle. Je cherchais à connaître tes antécédents de santé. Je t'ai dit que j'avais besoin de ces informations. J'ai fait cette demande un mois après sa naissance et le 1er de chaque mois, par la suite.

— Oh !

Jackson se passa une main sur le visage.

— C'est tout ce que tu trouves à dire ? Notre fille a six mois et tu ne peux pas soutenir que tu n'as eu aucun de ces messages.

Ryann prit une grande inspiration. Elle ne voulait pas élever la voix, parce que Ayla dormait, et elle réussissait très bien à se contrôler, d'habitude.

Pas avec lui.

À Hawaï, elle avait été libre, elle avait ressenti profondément les choses pour la première fois de sa vie. Mais elle n'était plus en vacances, maintenant. Et il y avait des conséquences réelles à sa semaine débridée.

— Tout le monde est sur ces réseaux, de nos jours.

Jackson se passa de nouveau la main sur le visage.

— Je… euh… Toutes les notifications en provenance de ces sites atterrissent dans un dossier caché – depuis dix ans environ.

— Quoi ? fit Ryann. Tu es inscrit sur ce genre de site depuis si longtemps ?

— Oui. Depuis mes dix-huit ans. Les tests ADN et les banques de données génétiques remontent à peu près à la fin des années 1990. J'étais parmi les premiers à les utiliser.

Il remua et prit un air sombre.

— Je me suis inscrit pour trouver mes parents. Ils m'ont abandonné quand j'avais cinq ans. J'ai été placé la majeure partie de ma vie.

Le cœur de Ryann trembla. Jackson semblait perdu dans un autre univers.

— Et tu ne les as pas trouvés.

— Si. Mais pas directement et pas avant plusieurs années.

— Ils ne voulaient pas qu'on les trouve ? chuchota-t-elle.

— Non, ils n'ont pas apprécié mes tentatives pour reprendre contact avec eux.

Il s'éclaircit la gorge et battit des cils.

— C'est pourquoi j'ai dérouté tous les e-mails provenant de ces sites vers un dossier caché. Je ne voulais plus voir les résultats, mais je n'ai pas eu le cœur de me désinscrire. Je n'ai pas vu que tu cherchais à me joindre. Je suis désolé.

Ryann détourna un instant les yeux, ne sachant que dire. Elle avait été si furieuse qu'il lui oppose ce silence… Pourtant, cela n'avait pas été dirigé contre elle. Elle croyait Jackson. L'homme qui avait calmé son bébé par un bain dans l'évier ne l'aurait pas ignorée.

— Tu n'as pas à t'excuser. Voilà un malentendu éclairci, maintenant.

— Je regrette d'avoir manqué ses premiers mois. Et ta grossesse. Mais je veux être impliqué, dorénavant.

Il sourit à la petite fille endormie dans les bras de sa mère.

— Je suis d'accord pour que tu t'investisses auprès d'Ayla, dit Ryann.

— Et nous ? demanda-t-il en penchant la tête de côté.

— Il n'y a pas de nous.

Sa gorge la brûla tandis qu'elle prononçait ces mots. S'ils s'étaient rencontrés autrement, si elle était sûre qu'il resterait pour toujours avec elle... Mais il ne pouvait pas y avoir de garantie. Ils avaient partagé du sexe, de la passion, et cela ne voulait pas dire qu'ils auraient tenu plus d'une semaine ensemble s'ils l'avaient décidé.

— Je souhaite être présent dans la vie d'Ayla, reprit Jackson.

— Moi aussi.

Elle était sincère. Elle voulait que sa fille grandisse avec les figures parentales qui lui avaient manqué, à elle. Elle le voulait plus que tout. C'était pourquoi il valait mieux qu'ils soient simplement des coparents. Cela limiterait les risques de drame, de disputes. Jackson ne renoncerait jamais à voir sa fille parce qu'il était fâché avec elle.

— Ryann, nous avons vécu quelque chose de spécial.

Ces paroles touchèrent son âme. Une part d'elle – plus importante qu'elle ne voulait l'admettre – avait envie de jeter la prudence aux quatre vents. Ils pourraient mettre Ayla au lit, ensemble, puis elle pourrait embrasser Jackson et peut-être même l'inviter à rester pour la nuit. Pas pour faire l'amour, mais parce qu'elle n'avait jamais mieux dormi qu'entre ses bras.

La vie était courte – sa mère l'avait dit si souvent, comme une excuse, lorsqu'elle cédait à un caprice. Mais Ryann en avait toujours payé le prix. Ayla ne connaîtrait jamais ça.

— Nous avons partagé de la passion, dit-elle. Et cette passion nous a donné quelque chose de spécial.

C'était vrai. Leur fille était un mélange d'eux deux. Le meilleur mélange, il fallait l'espérer. Le mélange qui ne risquait rien. Le mélange qui ne s'inquiéterait jamais de savoir s'il était aimé. Le mélange protégé.

— Si c'est ce que tu veux.

Ryann hocha la tête. Ce n'était pas ce qu'elle voulait, mais c'était mieux pour Ayla. Elle bâilla et regarda la pendule.

— Elle va bientôt se réveiller ? demanda Jackson.

Le changement de sujet fut le bienvenu.

— Normalement, non. Tout au moins, elle dormait bien jusqu'à récemment. Je pense que c'est quelque chose que je mange qui ne lui convient pas. J'ai commencé un régime allégé, mais elle se réveille toujours à n'importe quelle heure. J'ai une opération demain, alors j'espère qu'elle dormira mieux cette nuit.

Jackson hocha la tête, puis désigna la petite.

— Pourquoi ne me laisses-tu pas la surveiller ? Je ne travaille pas demain.

Cette proposition paraissait absolument délicieuse.

— Je ne peux pas te demander ça.

— Tu ne me l'as pas demandé. J'ai offert de m'occuper de ma fille cette nuit pour que sa mère puisse se reposer. Elle doit bien prendre des biberons quand tu es à l'hôpital, non ? Montre-moi où tout se trouve, puis va te coucher.

Ryann ouvrit la bouche pour refuser. Ce n'était pas pour ça qu'elle l'avait fait venir. Et qu'il passe la nuit chez elle alors qu'elle dormirait paraissait étrangement plus intime que tout ce qu'ils avaient fait jusque-là.

— Ryann... Laisse-moi prendre soin de *ma fille.*

Son insistance la fit sourire.

— Très bien. Couchons-la, et je te montrerai tout.

3

Jackson bâilla en ouvrant la porte de son appartement. Ayla s'était réveillée presque chaque heure. Entre son érythème fessier et les gaz, elle avait eu du mal à se sentir bien. Finalement, il avait réussi à l'endormir contre lui dans le fauteuil relax de la salle de séjour.

Il avait mal au dos. Sa tête le lançait. Il avait l'impression qu'il pourrait tomber comme une masse et dormir pendant des heures.

Et il n'avait jamais été plus heureux.

Ryann avait eu une bonne nuit de sommeil. Elle avait paru reposée, ce matin, et il avait vu briller ses yeux lorsqu'elle avait tapé doucement sur son épaule avant de lui prendre le bébé.

Elle avait préparé Ayla pour l'emmener chez la nourrice, et il lui avait concocté un petit déjeuner à base de flocons d'avoine et de lait de coco. C'était le quatrième jour de son régime.

Avant de dormir, il avait cherché en ligne ce qu'elle pouvait manger. Il n'avait pas été là pendant sa grossesse et les premiers mois d'Ayla, mais il pouvait désormais réparer cela.

Un coparent qui offre son soutien. C'était le rôle que Ryann voulait qu'il joue, alors il le ferait. Il souhaitait peut-être autre chose – il en mourait d'envie –, mais on faisait avec ce que la vie vous donnait.

Il mit la cafetière en route et alluma son ordinateur, un appareil ancien et très lent. Knox ne cessait de lui dire de le changer, mais il marchait encore... à peu près. Et Jackson avait décidé depuis longtemps de ne pas jeter des choses qui pouvaient encore être utiles.

Si tout le monde avait agi ainsi avec lui pendant qu'il grandissait, sa vie aurait peut-être été différente aujourd'hui. Même s'il s'en était très bien sorti.

Prenant une tasse de café, il s'assit à la table de la cuisine et fixa l'écran. D'abord le plus dur. Il ouvrit sa boîte mail et cliqua sur le dossier caché qu'il n'avait pas vérifié depuis si longtemps. Il contenait plus de mille e-mails non lus. Il fit rapidement le tri. La majorité, environ neuf cents, était des notifications sans intérêt. Les cent restantes venaient de parents à lui. Des cousins et des petits-cousins. Un demi-frère qui lui demandait s'il savait où se trouvait leur père.

Ce dernier message datait de deux ans. Jackson avait eu cette information cinq ans auparavant, et il avait aussi appris que cet homme ne voulait rien avoir à faire avec les enfants qu'il avait engendrés.

Si j'avais voulu entendre parler de toi, je serais resté en contact.

Ces mots étaient gravés dans le cœur de Jackson. La plaie ne saignait peut-être plus, mais elle ne cicatriserait jamais complètement. Il envoya un court message à son demi-frère, en s'excusant de sa réponse tardive. Il l'avertit aussi gentiment que possible que leur père n'était pas quelqu'un d'agréable et ne se préoccupait pas de ses enfants. Alors qu'il soit prudent s'il choisissait de le contacter.

Une notification, signalée comme importante, lui annonçait que sa fille figurait sur le site. En effet, c'était important. S'il l'avait vue, il aurait pris contact immédiatement avec Ryann. Et il aurait été présent tout de suite. Pas après six mois.

Les quatre derniers messages étaient de Ryann. Tous disaient la même chose.

Jackson,

Nous avons une fille. Elle s'appelle Ayla et elle est le cadeau le plus précieux au monde. Tu n'es pas obligé de t'impliquer, mais j'ai besoin de connaître les antécédents médicaux de ta famille.

Dans son intérêt, j'espère que tu répondras.

Suivaient ses coordonnées.

Il avait manqué les premiers mois de la vie d'Ayla parce qu'il n'avait pas voulu ouvrir ce dossier. Sans le vouloir, il avait laissé tomber la mère de sa fille, ainsi que sa chair et son sang. Si Ryann n'avait pas trouvé un travail ici, il n'aurait peut-être jamais su qu'Ayla existait. Son passé n'était pas rose, mais le fuir l'avait privé de sa fille.

Et de Ryann.

Il cliqua sur quelques boutons, confirmant qu'à dater de maintenant, il acceptait de recevoir ses messages.

La porte d'entrée s'ouvrit et Knox entra, tenant une raquette de pickleball. Il s'était mis à ce sport quelques semaines auparavant. Ça n'intéressait pas Miranda, mais Jackson y avait joué quelques fois avec plaisir. Au moins, cela changeait des fléchettes, même si Jackson devinait que son frère reviendrait tôt ou tard à ces dernières. En dehors de la salle d'opération et de Miranda, les fléchettes étaient la passion de Knox.

Jackson se rappela soudain qu'il avait accepté de disputer un match sur le court de l'immeuble, ce jour-là.

— Tu n'es même pas habillé !

Knox croisa les bras.

— J'ai oublié, désolé. La nuit a été longue.

— Ryann et toi vous êtes bien amusés ?

Knox s'assit sur une chaise en face de lui, avec un sourire plein de sous-entendus.

— Je suis resté éveillé presque toute la nuit avec ma fille. Elle a mal au ventre. Ryann la nourrit et elle essaie un régime allégé, mais cela ne fait que quelques jours qu'elle a éliminé les laitages. Il en faut au moins quatre pour que cela ait un effet.

C'était ce que Ryann lui avait dit. Il n'avait jamais travaillé en pédiatrie. Il adorait les enfants et en avait toujours voulu, mais il refusait d'être confronté à des violences domestiques et des abus. Il en avait vu assez pour une vie entière.

— Tout ça pour me dire que tu as une fille ! s'exclama Knox en s'appuyant au dossier de sa chaise. Une fille ! Tu te rends compte de ce que tu m'annonces ? Une enfant.

Il rit et marmonna un « waouh ».

Knox n'avait jamais été tenté par la paternité. Il avait déclaré plus d'une fois que prendre soin de lui-même était plus que suffisant. Jackson le comprenait, mais il avait toujours été d'un autre avis.

— Oui. Une fille de six mois. Un souvenir d'Hawaï.

— Tu es très calme, vu la situation.

— J'ai eu quelques heures pour m'habituer. Tu veux voir une photo ?

— Bien sûr.

Knox regarda l'image sur son téléphone et sourit.

— Elle est mignonne.

— Non. Elle est superbe.

Jackson passa un doigt sur la photo qu'il avait prise à 3 heures du matin et tout de suite mise en fond d'écran. Ayla dormait sur sa poitrine, le corps détendu, avec les cheveux bouclés de sa mère, son nez à lui et une bouche qui susurrait les bruits les plus doux – quand elle ne criait pas.

Comment va-t-elle aujourd'hui ? se demanda-t-il. *Mieux ?*

Probablement pas. Il fallait que Ryann reconstitue ses réserves de lait allégé.

— Superbe, répéta Knox. Comme sa mère ?

Oui.

— Ryann et moi sommes juste coparents. Il nous faut encore mettre les détails au point, mais il n'y aura rien d'autre.

Jackson eut du mal à prononcer ces derniers mots. Knox remua la tête, comprenant visiblement la situation.

— Je suis désolé, mon pote.

— Elle ne veut pas de relation entre nous. Un bébé n'assure pas à lui tout seul une longue vie heureuse.

Jackson ne comprenait pas l'insistance de Ryann pour qu'ils ne soient que coparents. Ils avaient partagé quelque chose de spécial, à Hawaï. Du moins le pensait-il. Mais ce n'était spécial que si les deux partenaires le pensaient. Dans le cas contraire, si elle ne partageait pas son sentiment, il le regretterait, mais cela ne l'empêcherait pas d'aimer leur fille.

— Peut-être qu'elle changera d'avis, dit Knox en haussant les épaules.

— Elle n'a pas à le faire. Elle décide de sa vie.

Il avait connu la déception tout au long de son existence. Il pouvait supporter ça aussi. Si Ryann ne voulait pas autre chose, il le respecterait. Il s'adapterait.

— Tu veux éliminer quelques frustrations grâce à une raquette ? demanda Knox.

— Je n'ai pas de frustrations, Knox.

À quoi bon ? Cela ne réglait jamais rien. Il était un pro pour laisser disparaître les émotions sans faire de vagues. Il bâilla et s'écarta de la table.

— Donne-moi dix minutes pour me changer.

— Tu pourrais faire une sieste.

C'était gentil de le proposer. Mais même épuisé, Jackson savait qu'il ne pourrait pas dormir. Peut-être qu'après quelques parties de pickleball, son esprit se détacherait des vingt-quatre dernières heures et le laisserait se reposer.

Dans son cabinet, Ryann contemplait le dossier ouvert devant elle. Son esprit refusait de se fixer sur le document. Le Dr Lowery, un homme qui n'avait pas tenu un scalpel depuis plus de dix ans, n'aimait pas les dossiers électroniques. Elle-même utilisait l'informatique depuis le début de sa carrière sur des ordinateurs, et les patients les plus jeunes trouvaient le papier obsolète.

Ce qui était vrai.

Toutefois, comparer les deux méthodes de travail n'allait pas l'aider à se concentrer. Jackson serait là dans cinq minutes et leur patient, dans dix.

Il s'agissait d'un menuisier de soixante ans, qui avait tout essayé pour soigner son arthrite du pouce. Tous les traitements avaient échoué. Alors sa fille l'amenait pour une consultation chirurgicale. De force, indiquait la note de la réception.

C'était pour cela que Jackson assisterait à l'entretien – il essaierait de convaincre le patient que l'opération ne serait pas douloureuse.

Jackson…

Il était divin, endormi avec Ayla l'autre matin. Lorsqu'elle était descendue, elle l'avait trouvé assis dans le fauteuil relax, respirant au même rythme que leur fille. Elle avait pris une photo et laissé son cœur, durant quelques minutes, aspirer à ce qu'il ne pouvait pas avoir – un rêve qui ne serait jamais sien. Pas si elle voulait que la relation entre Ayla et son père soit préservée. Celle-ci était trop précieuse, et elle pourrait disparaître si les deux parents, un jour, ne se supportaient plus.

— Tu es prête ?

Jackson entra en souriant dans son bureau et siffla.

— C'est du luxe, Ryann !

— Je suis bien installée, oui. Mais tu n'es jamais entré dans un bureau ? Ils se ressemblent tous.

— Je n'ai jamais été invité.

Il haussa les épaules et se tapota le nez.

— Je ne suis que l'infirmier anesthésiste, rappelle-toi.

Cette précision la peina. Les infirmiers anesthésistes étaient très qualifiés et en faisaient autant que les anesthésistes, mais certains persistaient à voir une différence.

— Ce n'est pas juste, Jackson. Je peux en parler aux partenaires de l'hôpital.

— Aucune importance. En outre, c'est le seul bureau avec une photo du plus beau bébé du monde, dit-il en désignant le portrait d'Ayla posé sur la table.

— Elle a été prise par le photographe de l'hôpital. Je pense qu'il m'a arnaquée, mais elle était trop mignonne.

— Elle est magnifique, comme sa mère.

— M. Nigili sera là dans un instant, dit Ryann. Arthrite à la base du pouce. Il ne peut plus rien attraper.

— Et c'est douloureux, du moins d'après sa fille, ajouta Jackson en regardant sa tablette.

— Fais voir.

Ryann prit l'appareil et leurs doigts se frôlèrent une fraction de seconde. Elle fut envahie par une vague de chaleur et de désir. C'était comme l'instant où il s'était assis à côté d'elle dans l'avion. Son corps tout entier avait vibré. Elle n'avait jamais éprouvé ça auparavant. Puis il avait dit bonjour, et sa voix grave et riche était allée toucher son âme. Elle s'était sentie perdue.

Il aurait été si facile de se laisser aller de nouveau à ce genre de sensation… Mais le désir physique brûlait haut et fort, un moment seulement. De combien de partenaires sa mère avait-elle dit qu'ils étaient son âme sœur, pour les détester six mois après ?

— C'est la douleur qui le préoccupe, dit-elle, la bouche sèche. Il ne reste plus de cartilage à la base du pouce. Le fait qu'il ait supporté l'os frottant sur l'os pendant au moins un an, pour ne pas dire trois, signifie pourtant que sa résistance à la souffrance est élevée.

— Et sur le point de craquer, ajouta Jackson.

On frappa à la porte et un homme âgé, sa fille et une infirmière entrèrent dans la pièce. M. Nigili avait l'air aigri. Il dardait déjà un regard noir sur Ryann et Jackson.

— Viens, papa, dit la femme en leur offrant un sourire résigné.

— Enchantée de vous rencontrer, monsieur Nigili, dit Ryann en tendant la main.

— Je ne serre pas les mains, maugréa-t-il.

Ryann aurait pu se sentir offensée. En tant que chirurgienne orthopédique, elle avait souvent été confrontée à la misogynie. Et si l'on ajoutait qu'elle était métisse…

Mais elle ne pensait pas que le problème était là.

— Parce que vous n'aimez pas, ou parce que ça vous fait mal ?

Le patient regarda sa fille et haussa les épaules.

— La poignée de main d'un homme est importante. Moi, je n'en ai plus.

— C'est pour ça que nous sommes là, papa.

— Je ne veux pas qu'on me charcute.

L'échange continua sur ce ton pendant toute la visite. Jackson se présenta, expliqua qu'il était spécialisé dans la gestion de la douleur avant et après l'opération.

— La chirurgie a tué ta mère, Ella, bougonna M. Nigili en croisant les bras.

Cet élément n'était pas indiqué dans son dossier.

— Je contrôlerai vos constantes vitales pendant toute l'opération, précisa Jackson. C'est une procédure aussi simple que possible, avec un temps limité sous anesthésie. Mais je comprends votre inquiétude. Qu'est-il arrivé à votre femme ?

Ryann avait l'impression qu'il lisait dans son esprit. Pourquoi fallait-il qu'il soit aussi parfait ? Il aurait été plus facile de garder ses distances avec lui s'il avait des défauts flagrants.

M. Nigili regarda sa fille, puis Ryann, et enfin Jackson.

— On l'a opérée d'une hernie discale. Une opération de routine, paraît-il. Mais elle est morte sur la table. Ils n'ont pas pu la ranimer.

Il renifla et regarda ses chaussures, avant de relever les yeux. Ils étaient embués.

— Je suis navré, dit Jackson. Mais comme le Dr Oliver vous le dira, dans votre cas, les complications sont rares.

— Jusqu'à ce qu'elles vous arrivent à vous. Ma femme m'a laissé seul à quarante-deux ans. Même si mes enfants sont grands, ils n'ont pas d'autre parent que moi. Mon pouce me fait mal, mais les laisser...

Il ravala un sanglot et s'éclaircit la gorge.

— Je ne veux pas en entendre parler.

Ryann intervint, répétant que les risques étaient minimes

dans ce genre d'opération. Il n'y avait aucune raison qu'il laisse ses enfants orphelins.

— J'ai un petit-fils de six mois. Je préfère faire avec la douleur.

— « Faire avec » et « vivre » ne sont pas la même chose, reprit Jackson. Pensez à tout ce que vous manquez parce que vous souffrez. Prendre votre petit-fils dans vos bras, le bercer, lui lancer une balle...

— Lui apprendre la menuiserie, ajouta Ella en frottant le genou de son père. Les moments que nous passions dans ton atelier, avec l'odeur de la sciure, sont parmi mes plus beaux souvenirs d'enfance.

Le vieil homme la regarda. Ryann vit l'instant où il pencha la tête de côté et où quelque chose passa dans ses yeux. Peut-être, peut-être allait-il accepter. Il haussa le menton et lui lança un regard plein de défi.

— Vous pouvez réaliser l'opération ? *Si* je décide de vous laisser me charcuter.

Il y avait un léger progrès.

— Oui, je peux, répondit-elle. Cela prendra une heure et demie au total, mais je ne vous opérerai que pendant vingt minutes environ. Le reste du temps sera consacré à vous endormir et vous réveiller, sous la surveillance de Jackson.

— Je vais réfléchir.

M. Nigili se leva, mettant fin à la conversation.

— Vous pouvez appeler le bureau quand vous voudrez, et on vous inscrira sur mon planning.

Ryann garda son sourire en place jusqu'à ce qu'ils soient partis.

— Tu crois qu'il va prendre rendez-vous ? demanda-t-elle.

Cette consultation lui semblait être un échec. M. Nigili avait accepté de réfléchir, mais une fois loin de l'hôpital, il pouvait changer d'avis. Cela arrivait tout le temps. Si les patients ne prenaient pas rendez-vous tout de suite, les chances qu'ils le fassent ensuite diminuaient fortement.

— Je ne sais pas, répondit Jackson. Il a de bonnes raisons de dire non.

— L'opération de sa femme et la sienne sont complètement différentes, dit Ryann en croisant les bras.

Il passa un bras autour de ses épaules et elle se laissa aller contre lui une seconde avant de s'écarter.

— La douleur est un prix qu'il est prêt à payer pour rester dans la vie de ses enfants, déclara-t-il. Je peux le comprendre. Et j'espère que ses enfants mesurent leur chance.

Il attendit un instant, puis prit sa tablette.

— J'ai quelques patients à voir à l'hôpital, aujourd'hui. À plus tard.

— Tu viens dîner ce soir ?

Dis oui, le supplia-t-elle mentalement. *Pour notre fille.*

Jackson sourit.

— Bien sûr.

— Je ne suis pas sûre que tu auras encore envie de sourire quand tu sauras que je prévois de préparer du riz blanc, avec juste du sel et du poivre. J'aurai peut-être le temps de chercher quelques recettes adaptées ce week-end.

Ce n'était pas drôle de se limiter à ce genre de nourriture, mais Ayla allait mieux depuis deux jours.

Alors cela en valait la peine.

— Tu peux apporter un plat pour toi, si tu veux.

— Il se trouve que j'adore le riz blanc.

Jackson leva la main et sortit du bureau.

4

Jackson attrapa les sacs encore chauds qui se trouvaient sur la banquette arrière de sa voiture. Il avait des patates douces et du saumon pour accompagner le riz préparé par Ryann. Et il avait trouvé en ligne plusieurs recettes rapides et faciles.

Sortant les sacs, il essaya de chasser le malaise mental qui le poursuivait depuis sa rencontre avec M. Nigili dans la matinée.

— Malaise mental, tu parles ! C'est de la jalousie pure et simple.

Il n'avait pas l'habitude de parler tout seul, mais il espérait que nommer l'émotion qu'il éprouvait lui permettrait de la combattre. C'était ce que son thérapeute aurait suggéré.

Il était jaloux d'enfants et d'un petit-enfant qu'il n'avait jamais rencontrés. Ce n'était pas leur faute s'ils avaient un parent qui les aimait tellement. Et ce n'était pas sa faute à lui si ses parents ne l'avaient pas aimé – comme le lui répétait son thérapeute.

Rationnellement, il savait que c'était vrai. Mais une part de lui se demanderait toujours pourquoi il n'avait pas eu ce que les autres enfants avaient, pourquoi le destin lui avait imposé les difficultés, la solitude. La vie n'était pas juste. Les gens le disaient tout le temps. Mais pourquoi diable était-ce ainsi ? Il n'avait pas choisi ses parents, ni les difficultés.

Pourtant, ce genre de sentiments, il devait les gérer chez lui, seul, écrire dans son journal ou les exprimer sur le divan de son thérapeute. Ils ne devaient pas peser sur Ryann et Ayla. La porte s'ouvrit avant qu'il ait frappé. Sa fille était perchée sur la hanche de

Ryann, les mains dans les cheveux de sa mère, et elles affichaient toutes les deux un grand sourire. Mentalement, il prit une photo.

Les débuts de sa vie avaient peut-être été durs, mais à cet instant, il n'aurait voulu être nulle part ailleurs. Et son passé n'allait pas déteindre sur son présent. Il ne le permettrait pas.

Il brûlait de se pencher et de les embrasser toutes les deux. Mais Ryann avait été très claire sur leur relation et il voulait respecter les limites qu'elle avait fixées.

— Ça sent divinement bon !

Elle huma profondément les sacs de nourriture.

— C'est une bonne chose que tu aies apporté ton dîner, le riz nature est un peu triste.

— Ce que j'ai là est pour nous deux.

Jackson sourit et se pencha pour embrasser la joue d'Ayla. Elle glapit de joie. Il n'y avait rien de meilleur à entendre.

— Quoi ? fit Ryann en s'écartant pour le laisser passer.

— Saumon et patates douces.

Il regarda par-dessus son épaule en se rendant dans la cuisine. Il savait qu'elle aimerait le saumon – elle lui avait dit à Hawaï qu'elle aimait tous les poissons.

— J'ai assaisonné le saumon avec de l'ail et des herbes. Pas de citron dans ton régime. C'est trop acide.

— Et des patates douces, dit Ryann en poussant un soupir d'aise qui lui parut encourageant.

— Comme j'ai eu un peu de temps, j'ai consulté quelques recettes. Je ne suis pas un cordon-bleu, mais je peux préparer un dîner simple.

— Merci, Jackson.

Elle enfouit son visage dans les cheveux de leur fille.

— C'est vraiment un gentil geste.

— Je t'en prie. Ça me fait plaisir.

Il pensait ces mots plus qu'elle ne pouvait le mesurer. Elle lui avait fait le plus précieux des cadeaux. Il prendrait soin d'elle, aussi. Après tout, elle était la mère de son enfant.

Ils étaient une famille. Des coparents platoniques formaient aussi une famille. Et il ferait n'importe quoi pour ses femmes.

— Tu veux la tenir pendant que je prépare les assiettes ?

Sans répondre, il tendit les mains vers Ayla. Elle regarda sa maman, puis se laissa glisser dans les bras de Jackson. Elle n'avait pas peur de lui, mais il restait encore un étranger. Pas pour longtemps, espéra-t-il.

— Alors, tu as repensé à M. Nigili ? demanda Ryann en servant le riz. Je ne cesse de chercher des arguments pour le convaincre d'accepter l'opération, mais je tourne en rond.

Parler travail. C'était sans danger, d'ordinaire. Et ce n'était pas la faute de Ryann si le vieux menuisier était le dernier patient dont il avait envie de discuter. Il réagissait exagérément, il le savait. Mais son esprit refusait de lâcher ce sentiment de jalousie. Ce qui était ridicule, puisqu'il tenait sa fille dans ses bras. La vie était assez sensationnelle pour lui, ces temps-ci.

— Jackson ?

— Pardon. Je n'ai aucune idée à te donner.

— Pourquoi fronces-tu les sourcils ?

Il prit un air étonné.

— Ne te moque pas de moi. Tu étais si crispé que j'ai craint que tes beaux traits restent figés ainsi.

— Mes beaux traits...

Jackson regarda Ayla en souriant.

— Tu entends ça, bébé ? Maman me trouve beau.

— Ne change pas de sujet. Et il est clair que je te trouve beau, sans quoi elle ne serait pas là.

Ryann rit, puis reprit un air sérieux.

— Pourquoi cette mine ?

— C'est idiot.

Il posa un baiser sur la tête de sa fille, puis s'approcha de la table où Ryann avait installé une chaise haute. Déjà... Ayla devenait une grande fille. Tant de choses changeaient durant la première année d'un enfant. Il avait manqué ses premiers mois, mais désormais il ne manquerait plus rien.

— Ah bon, c'est idiot. Et donc ? Tu as vu dans son dossier quelque chose que je devrais savoir ?

Ryann posa l'assiette de Jackson à côté de la sienne puis s'assit. Être attablé entre elle et Ayla faisait paraître sa jalousie ridicule. Il était heureux, en cet instant. Ressasser ce qu'il n'avait pas eu ne lui ferait aucun bien.

— Non, il n'y avait rien.

— Pourquoi ces sourcils froncés, dans ce cas ? Je ne vais pas laisser tomber.

— Ta mère est très têtue, dit Jackson à Ayla.

Il prit une bouchée de saumon, but un peu d'eau et inspira à fond.

— Je suis jaloux de ses enfants.

Ryann rit.

— Ceux qui l'ont forcé à consulter ? Je suppose qu'il doit être assez grincheux avec eux.

— Probablement.

Jackson reprit de l'eau. Grincheux, mais pas furieux.

— Ma mère n'était jamais grincheuse avec moi, dit Ryann. Elle était volage, oublieuse, négligente, mais je ne me souviens pas de l'avoir vue en colère. Et tes parents ?

Il s'éclaircit la gorge. Le passé était le passé. Il y avait un mur entre son passé et maintenant. Et il ne laisserait aucune brèche s'ouvrir.

— Ils étaient absents. Je ne peux pas imaginer un parent aimant tellement ses enfants qu'il préfère souffrir plutôt que de subir une simple opération qui ne comporte presque pas de risques.

— Ah non ? Est-ce que pour Ayla, tu ne refuserais pas de prendre le moins risque ?

Jackson sourit à leur fille qui faisait des bulles avec sa salive.

— Au contraire. Je risquerais tout pour elle.

Ryann ouvrit de grands yeux.

— Quoi ?

— Je me ferais opérer sans hésiter pour pouvoir jouer avec elle, lui lancer des balles, la faire se balancer. Pour lui montrer le monde entier.

Elle pencha la tête de côté.

— Tu acceptes les risques, toi, dit-elle d'une voix douce.

— Je les vois plutôt comme des expériences. Tu te souviens du deltaplane au-dessus de l'océan ?

Il tendit la main, mais la retira avant de toucher la sienne. Elle voulait que les choses restent platoniques entre eux. Cela ne changerait que si elle le désirait.

Il se félicita d'avoir retenu le commentaire qui lui avait brûlé la langue : dire que le deux-pièces rose vif qu'elle portait ce jour-là faisait partie de ses meilleurs souvenirs.

Ryann regarda Ayla et frémit.

— Je ne peux pas l'imaginer faisant du deltaplane. Et le type qui s'est occupé de nous était visiblement un amateur. Il ne nous a donné aucune instruction. C'est un miracle si nous ne nous sommes pas écrasés dans la mer ou sur un volcan.

— On s'est bien amusés, dit Jackson en pointant sa fourchette vers elle. Je te défie de dire le contraire.

— Oui, c'était amusant, mais aussi dangereux. Admets que c'était dangereux, dit-elle en le menaçant elle aussi de sa fourchette.

Ayla gloussa en les voyant faire.

— Est-ce que papa et maman sont fous ? demanda Ryann, les yeux brillants.

Jackson rit, savourant le son de son rire mêlé à celui de ses deux femmes. La chair de poule couvrit ses bras tandis qu'il s'imprégnait de ce bonheur.

Ryann appuya sur le bouton de l'ascenseur comme le lui avait montré Miranda, mais sans résultat. Elle consulta sa montre. Il y avait bien les escaliers, mais ils étaient à l'autre bout du parking.

Il faisait très chaud et elle ne voulait pas arriver transpirante pour sa tournée.

— Cette boîte métallique te cause des soucis ?

La voix grave de Jackson la fit sursauter. Pas de surprise, de plaisir. L'autre soir, quand il avait apporté à dîner, elle avait failli se pencher pour l'embrasser. Et il avait recommencé chaque soir de la semaine passée. Il montrait simplement qu'il s'occupait d'elle, mais personne ne l'avait fait depuis si longtemps... Il serait facile de se mettre à attendre ses attentions, à en brûler d'envie. Pourtant, leur relation restait platonique. C'était mieux pour Ayla.

Au moins, leur fille dormait mieux, maintenant. Elle ne se réveillait plus qu'une fois par nuit. Ryann, elle, n'avait pas retrouvé un bon sommeil. Elle se tournait et se retournait dans son lit, assaillie par des rêves centrés sur le beau gosse qui se tenait à côté d'elle.

L'envie de s'appuyer contre lui, de l'inviter à dîner et de lui demander de rester ensuite lui serrait le cœur. Et inspirer à fond ne l'aida pas, car le parfum de Jackson l'envahit – un mélange boisé d'érable et d'effluves masculins qui lui mit l'eau à la bouche. Les souvenirs lui revinrent à flots.

Promener les mains sur son corps avait été la chose la plus exaltante de ses vacances. Non, c'était plutôt leurs baisers. Et ces doux gestes qui avaient culminé en un désir grisant...

— Ryann ?

Jackson se pencha vers elle et un arôme de café la tira de ses pensées indécentes.

— Excuse-moi.

— Il est encore tôt, le cerveau ne fonctionne pas très bien.

Jackson fit un clin d'œil et leva un gobelet.

Le sien fonctionnait à merveille, se dit Ryann. Il n'était simplement pas concentré sur les sujets qui convenaient.

— Mmm... du café, dit-elle.

— En fait, ce n'est pas du café. C'est une infusion.

— Tu crois que mon nez ne le reconnaît pas ?

— C'est une infusion à la chicorée, sans caféine mais parfumée au chocolat et à la menthe.

Il lui tendit le gobelet.

— Tu es vraiment trop super pour être vrai, dit Ryann en buvant une gorgée, alors que l'ascenseur arrivait.

Enfin ! Ils montèrent ensemble et Jackson appuya sur le bouton de l'étage du service chirurgie.

— C'est bon, déclara-t-elle.

Ce n'était pas du café, mais ça comblait son envie.

— Quand as-tu trouvé ça ?

Les joues de Jackson foncèrent et, avant qu'il puisse répondre, la cabine tressauta, puis tomba d'un étage.

— Jackson !

Il passa un bras autour de sa taille tandis que la lumière s'éteignait.

— Ryann ? Tu vas bien ?

— Oui, répondit-elle d'un ton sec.

Physiquement, elle allait bien. Mentalement, c'était autre chose. Les deux parents d'Ayla étaient coincés dans un ascenseur en panne. Si le pire arrivait ?

Il était évident que les parents de Jackson ne seraient pas une option. Et sa mère ne valait pas beaucoup mieux. En ce moment, elle était sur la côte Est avec un nouveau partenaire, ne s'intéressant pas du tout à sa petite-fille.

— Inspire à fond, dit Jackson.

Il la serra contre lui tandis qu'ils se laissaient glisser le long de la paroi.

— Je vais bien.

— Tes dents claquent.

Il pressa les lèvres sur sa tempe.

— Tu n'es pas seule. Ça va aller.

— Tu n'en sais rien.

— Reste ici, dit-il.

Où pourrais-je aller ?

Jackson se déplaça dans la cabine, alluma la lampe de son portable et appuya sur le bouton d'urgence.

— Ligne de sécurité des ascenseurs Compton, quelle est votre urgence ?

Jackson donna les informations à l'opérateur et retourna auprès de Ryann.

— Il faut espérer qu'ils enverront quelqu'un bientôt.

Il s'assit à côté d'elle. La chaleur de son corps attira Ryann et elle posa la tête sur son épaule. Il coupa la lampe de son téléphone pour ménager la batterie et la cabine fut plongée dans le noir. Jackson passa un bras autour de ses épaules et appuya la tête contre la sienne. S'ils n'étaient pas confinés dans cet espace réduit, pensa-t-il, ce serait très agréable.

Ryann, elle, se disait que s'ils n'étaient pas dans cet espace réduit, elle ne le laisserait pas la tenir ainsi. Cela lui plaisait trop.

Une jambe de Jackson bougea, comme s'il tapait du pied dans le noir.

— Merci pour le substitut de café, dit Ryann au bout d'un moment de silence. Tu es vraiment parfait.

— J'en suis loin, mais j'essaie.

Il se serra un peu plus contre elle.

— C'est pour ça que tu veux que les choses restent platoniques entre nous ? Parce que je suis trop proche de la perfection ? demanda-t-il sur le ton de la plaisanterie.

— Oui, répondit-elle en buvant une gorgée de son infusion. Parce que tu es parfait, Ayla mérite de t'avoir dans sa vie pour toujours.

— Ayla *est* dans ma vie pour toujours.

Il ralluma la lampe de son téléphone et elle détourna le regard de ses yeux noirs.

— Je croyais qu'il fallait économiser la batterie.

— Je veux que tu voies mon visage quand je te dis ça. Je suis le père d'Ayla. Je fais partie de sa vie à tout jamais.

Ryann voulait le croire. Probablement qu'en cet instant il le pensait. Mais ses beaux-pères lui avaient dit la même chose. Jusqu'à ce qu'ils s'en aillent.

— Ayla doit avoir deux parents qui supportent d'être dans la même pièce, reprit-elle.

— Je vois, dit Jackson en se passant une main sur la nuque. Est-ce que ton père a cessé de te parler à cause de ta mère ?

— Oui. Et mes beaux-pères aussi.

Elle avait attendu des nouvelles, en vain. Et chaque fois que son rêve s'était écroulé, une petite part d'elle était morte. Ce n'était pas la vie qu'elle voulait pour Ayla.

— Très bien, dit Jackson en haussant les épaules.

— Très bien ?

Cela pouvait-il être si facile ? Et pourquoi son cœur semblait-il se briser alors qu'elle obtenait ce qu'elle voulait ?

Il renversa la tête en arrière, à quelques centimètres de la sienne. S'il se tournait, ses lèvres toucheraient ses cheveux.

— Tu veux que je m'oppose à ça ? demanda-t-il.

— Non.

Un tout petit mot et un monde de regrets. Mieux valait se demander « Et si… ? » plutôt que de prendre le risque de découvrir ce qui se passerait autrement.

— Alors je ne le ferai pas.

Jackson sourit, mais son sourire était sans joie.

— Ayla est ce qu'il y a de plus important. Et ce sera toujours le cas. Mais si tu ne te fies pas à nous pour qu'on reste en bons termes l'un avec l'autre dans son intérêt, alors…

Il fut interrompu par des coups sourds.

— Je crois que les secours sont là.

Des lumières apparurent en haut de l'ascenseur.

— Bonjour.

Un pompier leur adressa un signe et fit descendre une échelle de corde par une ouverture du plafond.

— Vous êtes coincés entre deux étages et les portes ne peuvent pas s'ouvrir. Vous allez monter avec ça.

Jackson attrapa le bas de l'échelle et tendit la main à Ryann.

— Les dames d'abord.

Elle prit sa main, regardant l'échelle avec méfiance.

— Ça ne semble pas très robuste, dit-elle.

— Ne t'inquiète pas. Je te tiens.

Il dit ces mots d'un ton grave, et elle sentit que la pression de sa main sur la sienne était solide.

— Je te tiens, répéta-t-il.

Elle en fut rassérénée. Avec lui, elle ne craignait rien.

5

— Je pense que les dents d'Ayla la tracassent.

Jackson bâilla en les conduisant à l'hôpital. Une semaine après l'incident de l'ascenseur – pour lequel l'hôpital s'était abondamment excusé –, il avait mis sa voiture et son appartement « à la sauce Ayla », comme disait Ryann.

Il avait installé un siège-auto, s'était assuré que leur fille ne risquerait rien chez lui, avait acheté des biberons et placé un lit d'enfant dans sa chambre d'amis. Pourtant, Ayla ne passait pas beaucoup de temps dans son appartement.

Et lui non plus, pensa Ryann.

Elle bâilla à son tour.

— Ce n'est pas toi qu'elle mord en tétant. Oui, ses dents lui font mal.

Elle fit rouler ses épaules. Elle était courbatue. Il lui fallait des oreillers neufs, se dit-elle.

Ou que Jackson dorme avec moi plutôt que dans la chambre d'amis.

Il s'était installé chez elle, en quelque sorte. Toutefois, il passait encore au moins une nuit par semaine dans son appartement. Pour maintenir la relation platonique qu'elle avait exigée ? Ryann ne le savait pas. Et elle ne poserait sûrement pas la question.

— Ta nuque te fait toujours mal ? demanda-t-il.

Il bougea sa main sur le volant et elle crut un instant qu'il allait la toucher, mais non. Il tapota le volant de son pouce. Elle tenta d'ignorer qu'être près de lui et ne pas pouvoir répondre aux désirs qui bouillonnaient en elle était devenu douloureux. C'était étrange, car avant de le retrouver elle aurait juré que ce qu'il y avait eu entre eux n'était qu'une passade.

Une passade torride. D'un érotisme brûlant. Parfaite pour des vacances, parce qu'elle n'avait pas eu à voir s'éteindre le feu de la passion. Mais maintenant... S'il existait vraiment des âmes sœurs, le fantasme que poursuivait sans cesse sa mère ? La chose qui paraissait trop belle pour être réelle. Si elle se trompait ? Si ce qu'il y avait entre Jackson et elle était...

Ryann s'éclaircit la gorge. Malheureusement, s'éclaircir l'esprit semblait plus difficile à faire. Lorsque Jackson posa la main sur son genou, elle tourna la tête vers lui et eut un pincement de douleur.

— Je suppose que ça veut dire oui, dit-il.

Il avait essayé d'attirer son attention alors qu'elle était perdue dans ses fantasmes.

Elle porta sa main gauche à sa nuque et appuya deux doigts sur les nœuds qu'elle sentait sous sa peau. Cela ne la soulagea pas beaucoup, mais c'était mieux que rien.

Jackson arrêta la voiture sur le parking et la regarda.

— Appuie tes épaules contre ton dossier.

— Quoi ?

— Vas-y, dit-il en la poussant doucement en arrière. Inspire à fond.

Il posa une main sur sa tête, puis la guida vers le bas et la gauche. Le muscle crispé la brûla, mais c'était agréable.

— Inspire encore.

Cette fois, Ryann n'hésita pas. Tandis qu'elle soufflait, il la manipula de nouveau.

— Ooh..., gémit-elle. C'est délicieux.

— C'est temporaire. Tu as besoin d'un vrai massage pour faire disparaître tous les nœuds de ton dos.

Elle rit.

— Mais oui. Je vais ajouter ça à mon planning qui n'est pas si rempli...

Elle se pencha vers lui et l'embrassa sur la joue. Elle s'écarta si vite que son cou se plaignit.

— Je... je...

Qu'était-elle censée dire ? Ce baiser n'avait pas été intentionnel. Il lui avait simplement paru juste et elle avait cédé à une impulsion – quelque chose qu'elle ne semblait faire qu'avec lui.

— Relâcher la tension musculaire provoque souvent des réactions inattendues, déclara Jackson.

Il fit un clin d'œil, puis ouvrit sa portière et sortit de la voiture. Ryann prit son sac à dos et le suivit.

— C'est vrai ? demanda-t-elle.

Ils se dirigèrent vers l'escalier, ne tenant pas à prendre l'ascenseur.

— Oui. Les gens tendus retiennent leurs émotions. Quand ils se relâchent, elles sortent. J'ai souvent vu des personnes pleurer sur ma table de massage.

Son téléphone sonna et il décrocha.

— Jackson.

Son regard sombre croisa celui de Ryann.

— Elle est à côté de moi.

À son expression, elle comprit qu'il se passait quelque chose de grave. Elle se mit à gravir l'escalier quatre à quatre. Loin de la retenir, il l'imita en continuant à parler. Il raccrocha alors qu'ils arrivaient au sixième.

— Femme de trente-deux ans. Main gauche écrasée. Accident de deltaplane.

— De deltaplane ? répéta Ryann, étonnée. Je comprendrais qu'elle ait une jambe écrasée, mais une main ?

— On la prépare pour l'opération, déclara Jackson d'une voix tendue. Nous demanderons les détails après.

— Respiration normale. Elle est endormie, dit Jackson.

— Scalpel.

La voix de Ryann était crispée. Il avait vu la main de la patiente.

La scie était déjà prête pour l'amputation. Mais il savait que Ryann n'amputerait que si c'était absolument nécessaire.

— Bien, dit-elle. Le pouce est presque intact. Les premières et deuxièmes phalanges des quatre doigts sont écrasées. Le reste de la main est également presque intact, mais il me faudra des broches.

Jackson regarda les moniteurs, puis la patiente. Sa respiration devenait trop superficielle à son goût.

— Ry... Docteur Oliver, dit-il. Sa respiration n'est pas assez profonde. Elle est encore dans la normale, mais...

— Il me faut encore au moins deux heures pour la reconstruction. Vais-je les avoir ?

— Je ne sais pas.

— Bon. Nous allons continuer aussi longtemps que possible. Vous nous indiquerez le moment où elle devra être réveillée.

Jackson sourit derrière son masque. Il appréciait quand les chirurgiens tenaient compte de ses intuitions. Et il se fiait à son sixième sens, lui qui avait endormi des centaines de patients.

— J'ai besoin d'une broche pour la quatrième phalangette.

Il pouvait entendre le souffle de Ryann. C'était comme s'il était relié à elle, comme s'ils ne faisaient qu'un. Il fut content lorsqu'elle remit à sa place un interne qui avait exprimé des doutes sur son anesthésie, mais ce sentiment fut de courte durée.

— Ryann ! s'exclama-t-il.

Les convulsions commencèrent au même instant. Les minutes suivantes furent confuses. Il fallait stabiliser la patiente. Ces trois minutes semblèrent durer une éternité.

— Encore deux broches et nous refermons, annonça Ryann une fois le calme revenu. J'en ai pour dix minutes, Jackson.

— Très bien.

Il ne quittait pas les moniteurs des yeux. La patiente aurait besoin d'opérations supplémentaires. Certains jours, c'était le sort qui contrôlait la salle d'opération plus que les chirurgiens.

Ryann se glissa dans la salle de réveil, ses yeux croisant ceux de Jackson dans la pénombre.

— Comment va-t-elle ?

— Lauren dort, répondit-il. Elle s'est réveillée il y a une heure environ. Groggy, ne sachant pas très bien ce qui s'était passé. Elle appelait son fiancé.

— Il est ici ?

— Non.

— Quelqu'un l'a appelé ?

— Non. Apparemment, il a annulé le mariage il y a quinze jours. Sans raison, d'après ce que j'ai compris.

— Oh ! Il doit y en avoir une, dit Ryann en croisant les bras. Elle s'en souviendra quand elle sera complètement réveillée.

— Pas forcément.

Ce n'était pas le moment de parler de Marie. Et quoi qu'il en soit, le résultat était le même : du chagrin.

— Jackson...

Il y avait une trace de pitié dans les yeux de Ryann. C'était la dernière chose qu'il souhaitait de sa part, la dernière chose dont il avait besoin.

— C'est bon, Ryann. Quelquefois, il n'y a pas de réponses. On a pu joindre sa mère. Elle a pris un avion. Il faut espérer que la prochaine fois que Lauren se réveillera, elle sera là.

Il regarda sa montre. La patiente était stable, et il avait besoin d'aller marcher.

— J'ai deux ou trois trucs à régler. Autre chose, Ryann ?

Il vit les questions qui planaient dans ses yeux. L'étonnement. Elle savait qu'il ne disait pas tout, mais elle n'insista pas.

— Non. À ce soir ?

— Bien sûr.

Ryann embrassa Ayla sur la joue avant de l'asseoir dans sa balancelle. C'était le nouvel endroit préféré de sa fille.

— Je vois qu'elle a ce qu'elle aime, dit Jackson en souriant, sans aucune trace de la morosité que Ryann lui avait vue dans la chambre de Lauren.

Et il portait sous le bras… Elle ne savait pas quoi.

— Qu'est-ce que c'est ? demanda-t-elle.

— Une table de massage pliante.

— Tu veux la ranger quelque part ?

Jackson fit une grimace amusante au bébé.

— Maman est bête.

Soudain, Ryann se rappela la conversation qu'ils avaient eue dans la voiture ce matin-là et elle comprit.

— Ma nuque va mieux, dit-elle. Mon épaule aussi.

Ce soir, elle voulait lui parler. Découvrir ce qui l'avait rendu si triste. Et savoir pourquoi il semblait si sûr qu'une relation pouvait parfois se terminer sans raison.

Jackson dressa la table et s'approcha d'elle.

— Je peux ?

— Oui.

Il pressa deux doigts sur son omoplate, et elle manqua défaillir tandis qu'une vive douleur lui vrillait le dos.

— Tu as l'air d'aller bien, en effet.

— Si tu n'appuies pas dessus, ça va !

Elle prendrait quelques calmants avant de se coucher, voilà tout.

— Laisse-moi t'aider. Je vais à la salle de bains. Déshabille-toi, allonge-toi sur la table et mets-toi au chaud sous la couverture.

— Me déshabiller ?

Sentir ses mains sur son corps à travers un vêtement en coton serait déjà une torture. Alors sur sa peau ? Sa gorge la brûla et elle eut des picotements partout rien qu'au souvenir de son toucher.

— Oui. Il faut détendre ces muscles. Ce sera moins rapide si tu es habillée.

— Ayla…

— Elle bâille et est presque endormie. Et elle est la preuve que j'ai vu beaucoup plus de toi que ce que je vais en voir ce soir. J'ai promis que nous aurions une relation platonique. J'étais sérieux.

Et si ce n'est pas ce que je veux ?

— Laisse-moi prendre soin de toi, dit Jackson en tapotant la table. Si tu ne te sens pas mieux après le massage, tu pourras rouspéter contre moi toute la nuit.

Il disparut dans le couloir. Ryann resta sans bouger une seconde, regarda Ayla, puis quitta son pantalon et son chemisier. Son soutien-gorge tomba par terre, mais elle garda sa culotte. Ce serait toujours quelque chose. Ensuite, elle se glissa sous la couverture.

— Prête ? demanda Jackson en revenant.

Non.

— Oui.

Lorsqu'elle plaça son visage dans le trou de la table, elle put voir ses pieds nus. Elle allait recevoir un vrai massage, réalisé par le seul homme qui faisait chanter son corps.

— Inspire à fond.

Elle obéit tandis qu'il huilait ses mains. Au moment où il les posa sur son dos nu, elle laissa échapper un gémissement. L'heure à venir allait être la plus délicieuse des tortures.

Il se mit à travailler sur son trapèze supérieur. Lorsqu'elle gémit de nouveau, c'était parce que sa chair était sensible.

— Cet endroit est tendu, mon chou.

Mon chou. Il l'avait appelée ainsi à Hawaï.

Il plaça un coude entre ses omoplates. C'était douloureux, mais il était bon de savoir qu'elle se sentirait beaucoup mieux le lendemain. Puis il se servit de son pouce, plus légèrement, et elle savoura le changement.

— Comment as-tu appris à faire ça ? demanda-t-elle.

Elle avait besoin de parler pour oublier le plus possible l'homme excitant qui passait de l'huile sur son corps.

— Je suis allé à l'école. Cela m'a pris neuf mois. Le matin j'étais aide-soignant, le soir j'allais à mes cours pour devenir infirmier et je travaillais comme masseur le week-end.

Ryann rit.

— Tu ne t'arrêtais jamais ?

— J'étais jeune et je me disais que je pouvais m'impliquer à fond tout de suite pour pouvoir me reposer après.

— Et tu es devenu infirmier anesthésiste. Pas vraiment reposant.

Elle soupira de bien-être tandis qu'il massait les muscles entourant sa colonne vertébrale. Il était vraiment bon.

— J'ai commencé cette formation quand ma fiancée m'a quitté. J'avais du temps libre et besoin de me focaliser sur quelque chose, dit-il d'un ton neutre.

— Pourquoi votre relation s'est-elle terminée ?

Et pourquoi était-elle heureuse qu'il ne se soit jamais marié ?

— Parce qu'elle ne voulait plus m'épouser.

Il pétrissait son épaule avec ses pouces. Quand le nœud céda, Ryann lâcha un long gémissement. Jackson se rapprocha d'elle, et un instant elle pensa qu'il allait poser un baiser sur sa tête. Mais il s'écarta et elle faillit laisser échapper une plainte frustrée.

— Pour quelle raison est-elle partie ?

Elle aurait dû laisser tomber le sujet, mais elle brûlait d'en savoir plus sur lui. Le bon comme le mauvais. Le passé et le présent. Or il esquivait trop facilement ce qui se rapportait à son histoire.

— Je n'étais pas ce qu'elle voulait. Il y a quelques années, elle a épousé un neurochirurgien. Une promotion.

— Une promotion ?

Ryann sauta presque de la table.

— C'est ridicule.

— De l'eau a coulé sous les ponts, mon chou. Inspire à fond, ton cou est vraiment crispé.

Elle obéit, s'abandonnant aux soins qu'il lui prodiguait. Son corps lui semblait nettement plus détendu. Le soupçon de migraine qu'elle éprouvait constamment avait disparu.

Il prenait soin d'elle, il prenait soin d'Ayla, mais qui prenait soin de lui ?

6

Jackson fit rouler ses épaules, essayant de repousser l'envie de dormir et la pointe de tristesse qui l'habitaient depuis que Ryann et Ayla étaient entrées dans sa vie.

L'envie de dormir ne passerait probablement que lorsque sa fille serait plus grande. La tristesse ? Il craignait qu'elle ne l'accompagne jusqu'à la fin de ses jours.

Ryann ne voulait pas de lui – pas de la façon dont il la voulait, lui. Elle pensait que c'était mieux pour Ayla.

C'était un sentiment honorable, mais cela voulait dire aussi que, pour elle, ce qu'ils vivaient était temporaire. Une flamme vive qui réchauffait le cœur, mais n'embrasait pas l'âme. Et qu'elle ne souhaitait pas non plus le garder près d'elle.

Tandis qu'il terminait un dossier, il s'éclaircit la gorge. Ça allait. Vraiment. Il était le père d'Ayla et l'ami de Ryann. C'était plus que ce qu'il avait un mois plus tôt.

Plus que ce qu'il aurait jamais pensé avoir.

Il était peut-être égoïste de vouloir davantage.

— Bonjour, Jackson, lança Miranda en arrivant avec Ryann.

— Salut.

Ryann fit un signe de main, les joues légèrement colorées.

— Je ne pensais pas que tu travaillais à l'hôpital aujourd'hui, mon chou, lui dit Jackson.

Puis il regarda Miranda avec un grand sourire.

— Et je sais que toi, tu es inscrite au planning, car quand ne l'es-tu pas ?

— Ha, ha ! Je t'informe que Knox et moi ne faisons plus d'heures supplémentaires, désormais. Enfin, presque plus.

— « Presque plus » signifie que vous n'effectuez plus qu'un ou deux services en plus, au lieu de travailler tout le temps ? Et je croyais que tu étais à ton cabinet ce matin, Ryann.

Il l'avait appelée « mon chou », comme la semaine précédente, pendant le massage – une heure entière à combattre les sentiments qui le traversaient. Et la nuit, il faisait des rêves dans lesquels ce moment était suivi de longues heures passées à vénérer son corps. Il aurait donné n'importe quoi pour vivre dans cet univers-là.

— Je suis venue voir Lauren, dit Ryann.

— Je pensais qu'elle était sortie. Il s'est passé quelque chose ?

— J'ai accepté de la voir ici pour lui faire faire des économies. Cela lui coûtera moins cher que si je la recevais à mon cabinet.

Son bipeur se manifesta.

— Apparemment, le bruit a couru que je suis à l'hôpital.

Elle se mordit la lèvre en lisant le message.

— Qu'est-ce que c'est ? demanda Miranda, dont le bipeur sonna aussi.

— Un accident avec une scie égoïne. On nous demande en salle d'op 3. Quand le patient s'est coupé la main, il a trébuché et il est tombé sur la scie. Alors nous allons nous en occuper toutes les deux.

Ryann regarda Jackson.

— Je vais demander à quelqu'un d'appeler Lauren. Je suppose qu'on en a pour des heures d'opération.

— Bonne chance, dit-il.

— Merci. Si je n'ai pas fini à temps, peux-tu récupérer Ayla ?

— Bien sûr.

— Tu en es certain ?

Sa question le piqua au vif. Il était le père !

— Je ne suis pas de garde, je ne serai pas retenu ici. Tu n'as pas à t'inquiéter.

— Merci, lança-t-elle tandis qu'elle partait en courant avec Miranda.

Elle n'avait pas à le remercier. Personne ne remerciait les mères de faire ce qu'il fallait pour leurs enfants. Aller chercher sa fille chez la nourrice, s'occuper d'elle le soir, c'était normal pour un parent.

Environ une heure plus tard, son téléphone sonna. Il ne reconnut pas le numéro et faillit ne pas répondre, mais quelque chose l'incita à le faire.

— Allo ?

— Vous êtes Jackson ? Le père d'Ayla ?

Le sang de Jackson ne fit qu'un tour. Il était 11 h 30. Il devait y avoir un problème.

— Elle va bien ?

— Oui, mais j'essaie de joindre Ryann depuis une heure.

— Elle opère. Expliquez-moi ce qui se passe.

— Nous avons une coupure d'électricité. Nous n'avons pas le droit de garder les enfants quand ça dure plus d'une heure. Presque tout le monde est parti.

— J'arrive, dit Jackson.

— Merci.

Jackson envoya un e-mail à la directrice du service, Kelly. Il allait prendre son après-midi.

Ryann avait reçu trois messages paniqués de la nourrice. Heureusement, Jackson lui avait envoyé une photo d'Ayla faisant de la balançoire au parc. Il était vraiment le père parfait.

— Ça a été dur, dit Miranda en ôtant sa blouse et en la mettant au sale.

— Oui, et je n'étais même pas censée être là.

Le groupe Lowery avait accepté qu'elle traite ce patient à l'hôpital, ce jour-là. Sans doute parce qu'il s'agissait d'un politicien local.

L'opération avait bien marché – aussi bien que possible compte tenu du fait qu'il avait fallu rattacher sa main. Mais Miranda avait eu du travail avec les autres blessures.

— Il n'a pas eu de chance, dit-elle.

— Non. Je peux changer de sujet ? demanda Ryann.

— Oh ! oui, s'il te plaît ! répondit Miranda en enfilant un uniforme bleu et en attachant ses cheveux.

— Que puis-je faire de gentil pour Jackson, pour le remercier de m'aider autant avec Ayla ?

En fait, elle avait envie de le voir sourire. Même s'il était toujours radieux quand il regardait leur fille. Mais depuis qu'elle l'avait embrassé sur la joue...

Ses joues s'étaient empourprées et Miranda souriait d'un air entendu.

— Attends. Il faut que je vérifie quelque chose auprès de Knox.

Dès qu'elle l'eut au téléphone, elle demanda :

— Est-ce que c'est une soirée croquettes, aujourd'hui ?

Une soirée croquettes ? se demanda Ryann. *Qu'est-ce que c'est ?*

— Non, je suis sûre que Jackson ne va pas au Mulligan's ce soir. Mais on doit pouvoir en emporter... Oui, c'est Ryann qui le demande.

Mulligan's. C'était un nom de bar.

— Je t'aime aussi. À bientôt. Non, je ne rapporterai pas de croquettes à la maison, Knox.

Miranda raccrocha et rangea son téléphone dans sa poche.

— Jackson adore les croquettes de pommes de terre de Mulligan's, dit-elle. Nous ne comprenons pas pourquoi, mais c'est comme ça. Tu pourrais lui en rapporter. C'est cinq dollars pour en manger à volonté.

— Est-ce qu'il passe beaucoup de temps au bar ?

— « Beaucoup » est tout relatif. Knox et lui avaient l'habitude d'y aller une ou deux fois par semaine, pour jouer aux fléchettes et boire une bière. Et ils ne rataient pas une soirée croquettes, bien entendu.

— Je vois.

Ryann savait maintenant quelle était sa priorité. Rapporter des croquettes à Jackson.

En ouvrant la porte de son appartement, Ryann eut presque envie de crier : « Chéri, je suis rentrée ! » Elle trouvait agréable, mais aussi étrange et frustrant de savoir que Jackson était là avec leur fille, alors qu'ils n'étaient qu'amis.

Qui essayait-elle de berner ? se demanda-t-elle. Ils étaient plus que des amis. Et moins que ce que son corps désirait ardemment.

— Salut.

Jackson arriva dans l'entrée, Ayla perchée sur sa hanche. Ryann embrassa la petite fille sur la joue. Mais lorsqu'elle pénétra dans la cuisine, elle lâcha une exclamation : toutes ses casseroles étaient sorties, ainsi qu'une cuillère en bois.

— C'est une façon de la tenir occupée pendant que je prépare le dîner, expliqua Jackson en riant.

Il mit Ayla dans sa chaise haute et elle entreprit de taper sur une casserole avec la cuillère.

— Je te demanderais bien comment s'est passée ta journée, mais je le sais déjà par Knox, dit-il en ouvrant les bras.

Ryann n'hésita qu'une minute avant de poser les croquettes et son sac sur le comptoir pour se réfugier contre lui. Son corps évacua toute sa tension tandis que les bras forts de Jackson se refermaient sur elle. Elle se sentait protégée.

Elle brûlait de lever le visage vers lui et de l'embrasser.

— J'ai quelque chose pour toi.

Elle avait besoin de bouger, sinon elle allait céder à ses envies.

— Pour moi ?

Son ton surpris fit mal à Ryann. Il ne s'attendait jamais à ce que quelqu'un veuille lui faire plaisir. Cela allait changer. Il prenait soin d'elle, elle allait prendre soin de lui. Des amis et coparents en avaient le droit. Non ?

— Oui, pour toi.

Elle prit la boîte de croquettes et la lui tendit.

— Est-ce que c'est...

Jackson secoua la tête, ouvrit la boîte et mit une croquette dans sa bouche. Il émit un bruit ravi.

— Elles ont sûrement besoin d'être réchauffées, dit Ryann.

— Non, je les aime presque froides, comme au bar. Et assez grasses, comme ma mère les faisait. Enfin... elle les mettait au micro-ondes, puis les posait sur le comptoir et les oubliait.

Il soupira.

— Curieux que ce soit la chose qui me manque.

Ryann comprenait ce sentiment. Même quand vos parents ne s'occupaient pas bien de vous, vous trouviez toujours quelque chose d'eux qui vous manquait. Comme les virées nocturnes pour aller acheter des glaces dans son propre cas.

— Y avait-il autre chose qu'elle faisait souvent ? demanda-t-elle.

Quelque chose qu'elle pourrait faire pour lui. En apprenant du même coup un détail sur son passé.

— Non, répondit-il en mangeant une autre croquette. Merci.

Il se pencha en avant et elle crut qu'il allait l'embrasser sur la joue, mais il se recula. Comme elle désirait qu'il réduise la distance entre eux ! Alors elle céderait à ses envies. Mais elle savait qu'il respecterait toujours les limites qu'elle avait fixées. Comme il le devait.

— Je suis désolé que tu ne puisses pas partager avec moi, dit-il.

Ryann était plus qu'heureuse d'avoir l'excuse de son régime allégé. Elle n'avait aucune envie de goûter aux croquettes de Mulligan's.

— Elles sont toutes pour toi, dit-elle.

7

— Tu crois qu'elle a besoin qu'on lui change sa couche ?

Jackson fit de son mieux pour garder le sourire, alors que leur fille hurlait dans son siège à l'arrière de la voiture. Elle avait commencé dix minutes après qu'ils étaient partis. Et ils avaient un trajet d'une heure et demie pour aller au magasin d'usine où Ryann voulait se rendre pour acheter des chaussures.

— Nous nous sommes arrêtés deux fois en quarante minutes, dit-elle, et dès que nous la sortons de son siège-auto, ça va. Elle craint peut-être la voiture ?

— Si nous nous arrêtions là ? proposa Jackson. Il y a une aire d'autoroute, il y aura des toilettes et tu pourras voir si elle a faim.

Des pancartes annonçaient la plus grande fourchette d'Arizona et un musée de la Cuillère. Cela ne lui disait vraiment rien, mais quand la situation était désespérée…

— Et si c'est juste qu'elle ne veut plus être dans son siège-auto ? demanda Ryann.

— Si c'est le cas, je peux la ramener chez toi. Et tu iras toute seule au magasin d'usine.

Ainsi, Ayla ne s'épuiserait pas à hurler, ils préserveraient leurs oreilles et Ryann pourrait quand même profiter de sa journée de repos.

Lorsqu'ils pénétrèrent sur l'aire d'autoroute, elle battit des mains en voyant les attractions annoncées.

— Oh ! c'est fantastique ! J'adore ce genre d'attractions.

Jackson arrêta la voiture et les cris d'Ayla se calmèrent. Ryann sortit et détacha la petite fille, qui se mit à rire quand elle frotta son nez contre le sien.

— C'est bien le siège-auto, dit Jackson.

— Oui, apparemment. Changement de plan.

Il avait espéré passer la journée avec Ryann et Ayla, même si faire du shopping n'était pas sa distraction préférée. Il aimait être avec elles.

— Je vais nous ramener à la maison.

Sa gorge se noua à ces mots. L'appartement de Ryann n'était pas « la maison ». Ce n'était pas chez lui. Oui, il y passait presque toutes ses nuits, mais c'était pour aider la mère de sa fille.

— Aujourd'hui, c'est un jour à passer en famille, dit-elle. Il n'est pas indispensable d'aller faire des courses. Je pourrai commander mes chaussures en ligne. Je voulais surtout prendre l'air. Il faut que tu nous prennes en photo !

Un jour à passer en famille. L'âme de Jackson vibra. Une famille était ce qu'il désirait le plus. Celle qu'il formait avec Knox n'était pas classique, mais c'était déjà ça.

Il fit une photo d'elles devant la fourchette géante.

— Ayla ne regardait pas, dit Ryann. Regarde papa, ma douce.

— Pa..., commença la petite fille.

Jackson retint son souffle.

— Tu peux dire papa ? Pa-pa, pa-pa, répéta Ryann.

Mais Ayla ne fit que rire. C'était un bébé heureux qui ne savait pas ce que ces sons signifiaient. Toutefois, elle ne tarderait pas à dire « papa ». Le temps passerait vite, pensa Jackson. Elle était déjà plus grande que lorsqu'il l'avait rencontrée trois semaines plus tôt. Elle aurait bientôt sept mois et, en un clin d'œil, elle aurait dix-sept ans. Il ne voulait pas manquer une minute.

Jackson prit d'autres photos et montra sa préférée à Ryann. Elles penchaient la tête, le vent décoiffant leurs boucles sombres, et arboraient un grand sourire. Il aurait pu intituler ce cliché « Bonheur ».

Ensuite, Ryann voulut aller visiter le musée de la Cuillère. Elle prit dans la voiture l'écharpe dans laquelle elle portait Ayla.

— J'espère que ce sera bien kitch, dit-elle. J'adore ça. Et ce sera la première attraction de bord de route de notre bébé. Ma mère n'en ratait jamais une. Allons-y !

Elle glissa sa main dans celle de Jackson. Il baissa les yeux sur leurs mains jointes. Il serait si facile de prétendre qu'ils étaient une parfaite petite famille, ce jour-là. Il décida de s'accorder ce plaisir. Juste pour l'après-midi.

— Tu dois reconnaître que c'était quelque chose.

Ryann balançait la main de Jackson dans la sienne, très consciente qu'elle l'avait tenue durant toute la visite du musée. Elle aurait dû la lâcher, mettre un peu de distance entre eux, mais elle n'avait pas pu s'y résoudre. Ce jour-là paraissait différent.

Non. *Sa vie* semblait différente depuis que l'homme à côté d'elle y était revenu. Si elle se penchait pour l'embrasser, que se passerait-il ? Leur passion avait flambé haut et fort à Hawaï. S'il en restait une étincelle ? Si elle pouvait avoir cette petite famille ? Pour toujours…

— « Quelque chose » est le mot juste, dit Jackson en riant.

Son rire pénétra Ryann jusqu'à la moelle. Lorsqu'il se pencha en avant, elle se dit qu'il allait l'embrasser. Mais il se contenta de sourire à leur fille, puis il s'écarta et lâcha sa main. La déception la submergea et ses joues s'enflammèrent tandis que chaque fibre de son corps désirait qu'il la touche de nouveau.

Il était concentré sur Ayla. C'était le plus important.

— Ce n'est pas tous les jours que tu vois une cuillère qui a été utilisée par un président !

Elle se mit à rire, essayant de renouer avec le bonheur qu'elle avait éprouvé tout l'après-midi. Ayla s'était endormie à la moitié de la visite.

— Je ne suis pas sûr qu'on en ait vu une, déclara Jackson en ouvrant la portière arrière de la voiture.

Il fallait espérer qu'Ayla dormirait durant le trajet du retour.

— Ce musée n'est qu'un bric-à-brac poussiéreux.

Il avait raison, mais c'était ce qui amusait Ryann dans ce genre d'endroit.

— En tout cas, l'entrée n'était pas chère, dit-elle.

— Ils comptent que les gens dépensent leur argent dans la boutique de cadeaux.

Ayla ne se réveilla pas quand Ryann l'installa dans son siège-auto. Puis Jackson mit le contact et ils quittèrent le parking.

— Qu'est-ce qu'on mange, ce soir ? demanda-t-elle.

— Oh !

Jackson se racla la gorge.

— Je... euh... je pensais rentrer chez moi. Je n'y suis pas passé depuis quelques jours.

— Tu dois arroser tes plantes ? lança Ryann en plaisantant, car elle ne voulait pas qu'il voie qu'elle était cruellement déçue.

— Non.

Il lui jeta un bref coup d'œil.

— J'ai juste besoin de passer une nuit seul. Afin de me remettre en condition pour Ayla et toi.

— Oh !

Elle comprenait, et elle appréciait sa franchise. Après tout, c'était elle qui avait fixé les limites qu'il respectait. Elle aurait dû être contente. Mais quarante minutes avec Jackson dans une voiture silencieuse allaient paraître une éternité.

— Une si gentille fille, roucoula Jackson en finissant de donner son bain à Ayla.

Ryann préparait le repas et, après leur promenade de la journée, il aurait vraiment été facile de continuer à faire comme s'ils étaient une famille heureuse qui allait dîner à la maison et se coucher

– sans avoir besoin d'utiliser la chambre d'amis. Le parfait cliché de la petite maison entourée d'une barrière blanche.

C'était ce qu'il désirait plus que tout, mais ce n'était pas la relation qu'il avait avec Ryann. Il avait besoin de prendre un peu de distance, de passer la nuit dans son appartement. *Son espace.* De forcer son cerveau et son cœur à rentrer dans les clous.

Quand il amena Ayla à moitié endormie à Ryann, elle le regarda et murmura :

— Reste.

Avait-elle vraiment dit ça, ou son cerveau se faisait-il des idées, prenant ses désirs pour la réalité ?

— Ryann, si tu veux que je la fasse manger et que je la couche pour toi…

— Non.

Elle fit danser ses boucles en secouant la tête.

— Qu'est-ce que tu veux, Ryann ?

Elle se mordit la lèvre, les yeux rivés sur Ayla.

— Je ne sais pas. Mais je ne veux pas que tu t'en ailles.

Qu'était-il censé répondre ?

Ils restèrent là, à se regarder, séparés par une montagne de non-dits.

— D'accord, je vais rester.

Il avait envie de les prendre toutes les deux dans ses bras, de les tenir jusqu'à ce que le monde se remette d'aplomb et qu'ils forment la famille dont il avait toujours rêvé. Rester un coparent platonique était l'une des choses les plus difficiles qu'il avait jamais faites.

Mais le lendemain, pour sa propre santé mentale, il passerait du temps chez lui.

8

— Bonjour ! lança Ryann d'une voix enjouée pour accueillir son premier rendez-vous dans son cabinet.

Sa voix au moins était énergique, mais pour le reste, elle se sentait épuisée, déchirée et en proie à des émotions auxquelles elle ne s'était pas attendue, qu'elle n'avait jamais voulues.

La veille au soir, c'était la première fois en quinze jours que Jackson n'était pas resté chez elle. Elle s'était occupée d'Ayla sans lui, comme elle l'avait fait pendant des mois. Elle pouvait le faire ; c'était juste mieux avec lui.

En fait, tout était mieux quand Jackson Peters était là. Son appartement semblait moins accueillant, sans lui. Du coup, sa journée lui paraissait ratée, et il n'était pas encore 9 heures.

— Bonjour, docteur.

Sa patiente ne semblait pas avoir de problème pour sourire. Ou alors elle feignait, comme elle.

— Vous êtes ici parce que vos doigts vous font souffrir, madame Laird ?

Le médecin de famille qui l'avait envoyée n'avait pas indiqué grand-chose dans le dossier.

— Peggy, s'il vous plaît. Oui, ma nièce est inquiète à cause de mon arthrite et des déformations de mes mains.

— Votre nièce ? demanda Ryann, perplexe.

— Elle est aussi mon médecin de famille. Elle est très angoissée.

Moi, je sais pourquoi j'ai mal et je m'en accommode. J'ai de l'arthrite, c'est tout.

Elle eut un petit rire et leva ses mains. Ses articulations étaient enflées, mais Ryann avait vu pire.

— J'ai soixante-douze ans. Je peins chaque matin et chaque soir, et parfois pendant huit heures d'affilée.

Ses yeux s'emplirent de larmes.

— J'ai passé les trente dernières années sans peindre, derrière un bureau, à faire un métier que je détestais. Alors maintenant, je me rattrape.

— Peindre autant abîmerait les mains de n'importe qui. Votre poignet n'est pas enflammé ?

— Oh ! si ! J'ai fait la bêtise de demander à ma nièce si je pouvais doubler la dose d'antidouleurs. Elle a fait une tête !

— Avez-vous essayé de dormir avec un appareil orthopédique qui protège le canal carpien ?

— Non. Vous me le recommandez ?

Ryann sourit. Au moins, elle pouvait faire quelque chose pour soulager Peggy. Elles passèrent le reste de la consultation à mettre le traitement au point. Entre l'appareil et les anti-inflammatoires, la vieille dame devrait aller mieux.

— Bon, Ayla est couchée.

Jackson fit rouler ses épaules en entrant dans la salle de séjour. Il avait des courbatures. Mais il ferait avec, parce que Ryann voulait regarder une émission sur la décoration d'intérieur, ce soir-là. Elle adorait ça.

— Tant mieux, parce que « Petites maisons, grand avenir » va commencer et c'est mieux en direct.

— Certes.

Il se moquait de ce qu'ils regarderaient. Il était juste impatient de passer la soirée avec elle. Il s'assit sur le canapé à côté d'elle et un pincement de douleur dans ses épaules le fit tressaillir.

— Ça va ? demanda-t-elle en le regardant.

Son regard sombre l'appelait ; il brûlait de passer une main sur sa joue et de demander à l'embrasser. À la place, il hocha la tête avec précaution. Il était resté deux nuits chez lui, et il aurait probablement dû y retourner ce soir-là. Mais il avait envie de profiter de cette soirée.

Ryann appuya sur « Pause ».

— Je croyais que tu voulais regarder l'émission en direct.

Jackson bougea et son cou et ses épaules protestèrent.

— On peut zapper les pubs. Tu as mal au cou.

— Ça arrive. Je reste assis sans bouger et dans de drôles de positions pendant de longues opérations. Mais ce n'est pas bien grave.

— Laisse-moi faire.

Elle se glissa derrière lui, passa les jambes autour de sa taille et appuya à la base de sa nuque. Il fut environné par son parfum. Ses doigts trouvèrent tout de suite le point de tension.

— Oh ! fit-il.

— Je ne suis peut-être pas masseuse, mais je sais où les muscles s'attachent aux os.

Jackson soupira d'aise tandis que ses pouces suivaient son trapèze tendu.

— Bon. Je peux faire ça en regardant l'émission, dit-elle.

Elle passa un bras devant lui pour prendre la télécommande. Le contact de ses mains sur les épaules de Jackson embrasait sa peau. Il n'avait pas réagi ainsi à une femme depuis le lycée. C'était ce qu'il avait ressenti avec elle à Hawaï, en permanence. Il avait catalogué ça comme un amusement de vacances, mais si ce n'était pas le cas ? S'ils pouvaient être beaucoup plus ?

Peu importait, puisque ce n'était pas ce qu'elle voulait.

Jackson essaya de s'intéresser aux images qui défilaient sur l'écran, plutôt qu'à la femme qui l'enveloppait et le massait. Il n'était pas mauvais en décoration et préférait les couleurs vives, sans doute parce qu'on ne l'avait jamais autorisé à choisir son environnement jusqu'à ce qu'il soit adulte. Sa cuisine était d'un joli vert clair, sa chambre bleu foncé – pour la relaxation –, sa salle de bains rose avec des flamants, ce qui le faisait sourire le matin. La chambre d'Ayla était jaune clair avec des nuages blancs. Elle n'y avait encore jamais dormi. Il espérait qu'un jour, elle lui plairait. Mais si elle préférait une autre couleur, il la repeindrait immédiatement.

Penser au décor de son appartement ne l'aida pas à réprimer son désir grandissant pour la mère de son enfant. Ryann appuya le coude sur son épaule. Ce fut douloureux, mais en même temps exquis.

— Je pense qu'ils vont peindre la chambre en gris, dit-il.

— Et moi, je te parie que non ; ils n'ont pas l'air d'aimer le gris.

Elle fit bouger son coude, inconsciente du trouble qui le submergeait.

— Bon. S'ils choisissent le gris, qu'est-ce que je gagne ?

Il fallait qu'il porte son attention sur autre chose.

— Hum..., fit Ryan en regardant autour d'eux. Il n'y a pas grand-chose à gagner ici. Si on pariait une question ? Si tu gagnes, tu me poseras la question que tu voudras et je devrai y répondre. Et si tu perds, tu devras répondre à la mienne.

L'estomac de Jackson se contracta et il songea à décliner le pari, puis il haussa les épaules. Une question ne pouvait pas être si embarrassante. Et il allait gagner.

— Je te l'avais dit ! s'écria Ryann lorsque les habitants de l'appartement choisirent du violet. Pardon, j'ai dû te percer le tympan.

C'était vrai, mais il s'en moquait. Et il était un homme de parole.

— Alors, quelle est ta question ?

Ils étaient devenus plus proches au cours des dernières semaines, mais il y avait toujours un mur entre eux. Une distance qu'ils essayaient de conserver afin de maintenir l'équilibre qu'ils avaient trouvé.

Elle posa la tête sur son épaule et prit une grande inspiration.

— Que ferais-tu si je t'embrassais ?

Il ne s'était pas attendu à ça.

— Ryann…

Il avait envie de l'embrasser. Il désirait terriblement la tenir, pour voir si la magie qu'ils avaient connue à Hawaï et qui avait créé Ayla était toujours là.

Elle était là. Il en était à peu près certain.

— Si tu m'embrassais, je te rendrais ton baiser, puis je te repousserais. Je ne veux pas une nuit, Ryann. Je veux que nous vivions vraiment ce qui nous arrive. Je sais que tu ne le veux pas…

— Et si je le voulais ?

Ses doigts étaient impatients de le toucher, de le caresser.

— Si… Si je voulais voir ce qu'il peut y avoir entre nous ? Mais tu ne devras pas laisser Ayla si nous…

Il posa un doigt sur ses lèvres.

— Ayla est ma fille. Je resterai présent pour elle le reste de ma vie. Je le jure.

Alors elle se laissa glisser sur ses genoux et posa la bouche sur la sienne. Le monde se mit à chanter. Il enlaça sa taille, la serrant contre lui.

C'était le paradis pur et simple.

— Ryann…

— J'adore quand tu dis mon nom entre deux baisers.

Elle promena ses lèvres sur la gorge de Jackson et il lui ôta sa chemise. Sa peau brune était parfaite, mais il la vit hésiter. Il posa les mains sur ses hanches. Si elle changeait d'avis, ils s'arrêteraient.

— Mon corps est différent, dit-elle en lui prenant la main et en la passant sur l'une des vergetures de son ventre. La grossesse…

— Tu es la plus belle femme du monde. Ces marques ajoutent encore à ta beauté.

Elle se mordit la lèvre.

— Mes seins ne sont plus aussi sensibles. À cause des tétées.

— Alors il faudra que je redécouvre ce qui t'excite.

— Jackson…, murmura-t-elle en reprenant sa bouche. Tu es si parfait…

Personne n'était parfait, et il savait qu'il était très loin de l'être.

Sa vie aurait été bien différente, sinon. Les gens seraient restés, au lieu de le laisser.

Elle lui retira sa chemise et passa les doigts sur son torse.

— Si je me souviens bien…

Elle promena les lèvres sur le creux entre son épaule et son cou, léchant l'endroit qui l'excitait. Puis elle remua les hanches et se frotta contre son érection.

— Tu es très dur.

Il l'était, c'en devenait douloureux. Tout en lui brûlait de lui arracher son petit short blanc, de se couler en elle et de la sentir jouir. Mais il ne voulait rien précipiter.

— Je n'ai pas été avec toi depuis près de deux ans, ma douce.

Il passa une main dans ses cheveux, attirant sa bouche vers la sienne.

— Je n'ai connu personne depuis toi, ronronna-t-elle. Il me semble que je pourrais exploser de désir.

Exploser de désir. Il n'y avait pas de mots plus sexy.

— Je n'ai connu personne non plus.

Malgré les tentatives de Knox pour lui faire rencontrer quelqu'un. Personne n'avait été comparable à la femme qu'il avait à présent dans ses bras.

La langue de Ryann trouva la sienne et elle noua les jambes autour de sa taille. Il porta la main à son soutien-gorge, mais elle l'arrêta.

— J'ai des fuites de lait, dit-elle en se mordant la langue.

— Tu veux garder ton soutien-gorge ?

— Oui.

— Très bien.

Cette soirée était vouée au plaisir. Il voulait que Ryann en savoure chaque minute. Avec un grand sourire, il passa une main dans son short et saisit ses fesses.

— Tu es tellement superbe !

Elle rit.

— Je me sens superbe avec toi.

Il fallait qu'il la goûte. Il la fit glisser sur le canapé, lui ôta son short et sa culotte. Puis il caressa son sexe d'un doigt, savourant les étincelles de désir qui brillaient dans son regard sombre. Elle haussa les hanches, gémissant quand son pouce trouva son clitoris.

— Jackson...

Son sexe durci lui faisait mal. Il courba la tête et passa la langue sur ses replis les plus intimes, avant de la sucer. Elle se pressa contre lui.

— J'ai besoin de toi, Jackson !

Elle se redressa, empoigna son pantalon pour le déboutonner et libéra son sexe engorgé. Il était près de jouir. Elle l'attira à lui et se figea.

— Je n'ai pas de préservatifs...

Il inspira à fond. Il n'en avait pas non plus.

— Alors ce soir ne sera que pour toi, dit-il.

Il captura de nouveau sa bouche. Il la désirait comme un fou, mais attendre ne le tuerait pas.

Ryann jouit sous ses caresses, ce qui le transporta. Au bout d'un moment, elle s'assit et l'embrassa.

— Pour toi aussi.

Elle fit descendre sa bouche le long de son cou, de son torse, de son abdomen. En un tournemain, elle le débarrassa de son jean et de son boxer. Puis elle posa la bouche sur lui.

— Ryann...

Jackson inspira à fond tandis qu'elle passait les doigts sur son sexe, tout en l'embrassant d'une façon divine.

— Ma douce.

Il se cramponna au canapé, emporté par son orgasme.

9

Jackson roula sur le côté, tendant la main vers Ryann, mais ne trouva qu'un oreiller déserté. Il battit des cils, puis s'étira. Son dos et son cou allaient mieux. Sans aucun doute, Ryann savait ce qu'elle faisait avec ses doigts... et sa bouche.

Ils avaient passé la nuit à se donner du plaisir. Une expérience délicieuse, qu'il comptait bien reproduire. Mais maintenant, il voulait trouver Ryann.

Si Ayla s'était réveillée dans la nuit, il ne l'avait pas entendue. Il enfila son boxer et partit à la recherche de ses femmes. La nurserie et la salle de séjour étaient vides. La cuisine aussi et il ne trouva de petit mot. Il n'y avait pas de message sur son téléphone non plus. Elles avaient dû aller faire une course, se dit-il.

Sa peau le picota tandis qu'il se remémorait toutes les fois où il s'était réveillé seul, dans un foyer, chez une famille d'accueil ou lors des rares occasions où sa mère avait eu sa garde. En général, c'était mauvais signe. Un assistant social arrivait peu après et lui disait de faire ses sacs. Son cœur se serra. Il avait quarante ans maintenant, il était un homme adulte, infirmier spécialisé. Ce n'était rien de plus qu'une course matinale. Il fallait qu'il respire.

La porte d'entrée s'ouvrit.

— Jackson ?

L'oxygène emplit ses poumons quand Ryann apparut, portant Ayla dans son siège-auto d'un côté et un sac de provisions de l'autre.

— Je pensais que tu dormirais encore, dit-elle. Knox m'a dit que tu aimais traîner au lit.

— Knox ?

Il se passa une main sur le visage, encore sous le coup de son accès de panique.

— Oui. Tu vas bien ?

— Ça va.

— Je ne suis pas sûre de te croire. Mais oui, j'ai envoyé un texto à Knox ce matin pour savoir quel était ton beignet préféré.

— Ah oui ?

Jackson ne mangeait pas beaucoup, le matin. Il buvait un café ou un thé et avalait une barre de céréales – surtout parce qu'il se levait à la dernière minute.

— Je ne voulais pas acheter que des préservatifs, dit Ryann en riant. Il n'y avait presque personne dans le drugstore, mais j'avais l'impression que quelqu'un me surveillait.

— Comme ta mère ?

— Non, ma mère n'a jamais critiqué la contraception.

Elle sortit un beignet au chocolat, puis une pâtisserie sans laitages et sans gluten.

— Pour te tenir compagnie.

Jusqu'ici, il s'en était tenu au même régime qu'elle – les croquettes exceptées. Et Ayla allait beaucoup mieux.

— Alors, ta mère t'aurait laissé acheter des préservatifs ?

— Nous avons eu une conversation quand j'avais douze ans. Et elle m'a donné six boîtes de préservatifs.

— Six !

— C'est un esprit libre, comme elle dit. Moi, j'appelle ça être carrément irresponsable. Elle me laissait faire ce que je voulais.

— Je suppose que tu projettes d'être très stricte avec Ayla ?

— Non, pas très stricte. Mais je voudrai savoir ce qu'elle fait. Et la protéger.

La protéger.

C'était ce qu'il comptait faire aussi.

— Ta mère ne t'a pas protégée ?

— Elle voulait être mon amie. Elle voulait rire et se passer de contraintes. Elle n'aimait pas payer les factures, faire le ménage ou surveiller mes devoirs.

— Et pourtant tu es devenue chirurgienne orthopédique.

Jackson était impressionné.

— Oui. J'ai réussi, mais j'ai bataillé. Et je ne me sentais jamais en sécurité. Je ne veux pas qu'Ayla connaisse ça. Je ne veux pas qu'elle souffre.

Ce ne serait pas possible, pensa-t-il. Il fallait faire des expériences, et celles-ci pouvaient être douloureuses. Il n'y avait pas de vie sans blessures. Mais il s'assurerait que sa fille ait toujours un endroit sûr où se réfugier.

Il tendit la main pour attirer Ryann. Pour avoir sa petite famille près de lui.

— Merci pour le beignet.

— C'est presque la meilleure manière de commencer la journée.

Elle lui adressa un clin d'œil et couvrit les oreilles d'Ayla.

— Demain, nous essaierons la meilleure.

Le corps de Jackson s'échauffa tandis qu'elle effleurait ses lèvres des siennes.

— Tu as l'air heureuse, dit Miranda en fermant son casier de vestiaire. En fait, tu es rayonnante.

Ryann lui lança une coiffe chirurgicale.

— Ne dis pas ça. La dernière fois que quelqu'un me l'a dit, je me suis retrouvée neuf mois plus tard avec un bébé de trois kilos six.

— Oh !

Miranda secoua la tête et agita les mains.

— Ne m'en parle pas ! Knox et moi ne voulons pas d'enfant. C'est Jackson qui a toujours voulu une famille, et maintenant il en a une.

— Moi aussi, je voulais une famille. Une famille qui m'aime.

— Knox et moi formons une famille, avec mon chat. Glaçon tolère Knox, autrement dit il l'aime bien.

— Oh ! c'est un chat hautain ?

— Oui, dit Miranda en hochant la tête avec vigueur.

Cela faisait longtemps que Ryann n'avait pas partagé un moment de légèreté avec une autre femme.

— Mais il ne faut pas le lui dire. As-tu des animaux ?

— Non. Un jour, peut-être. Mais pour le moment, un bébé de six mois suffit amplement, comme distraction.

— Ryann ?

La voix de Jackson de l'autre côté de la porte du vestiaire la fit sursauter. Miranda et elle regardèrent instinctivement leur bipeur et s'empressèrent d'aller le rejoindre.

— Quoi ?

— M. Nigili accepte l'opération, annonça-t-il, radieux.

— Jackson, on a cru qu'il y avait quelque chose de grave ! protesta Ryann.

— C'est une bonne nouvelle, non ?

— En effet.

Elle était un peu étonnée. Le vieux menuisier s'était montré très déterminé dans son refus de l'opération.

— Certaines surprises sont bonnes.

Il passa un bras autour de ses épaules et la serra fort, avant de la lâcher.

— Certaines.

Malheureusement, il s'agissait souvent d'une urgence ou d'une tragédie. Elle consulta son portable et fronça les sourcils.

— Attends, je n'ai pas de message du bureau. Il n'est pas inscrit sur mon planning ?

— Il va l'être sous peu.

— Mais pourquoi es-tu au courant avant moi ?

— Parce qu'il avait des questions concernant l'anesthésie. Je lui ai répondu. Il m'a remercié et m'a dit de m'assurer que tout se passe comme je le lui ai dit.

— Tu sais bien qu'on ne peut jamais rien promettre de tel !

— J'ai seulement promis de faire de mon mieux.

Ryann soupira.

— Tu as été parfait, comme d'habitude.

— Non, mais je fais du bon travail.

— Merci.

Il porta une main à sa tempe, mimant un salut.

— Heureux d'être utile. Et maintenant, je vais préparer une petite pour une ablation des amygdales.

Il s'éloigna dans le couloir. Ryann le regarda s'en aller sans bouder son plaisir. Il avait un délicieux postérieur. Mais son ventre se noua. Si un jour il s'en allait pour de bon…

Elle chassa cette pensée. À ce moment-là, le Dr Jenks la rejoignit pour lui dire qu'on avait besoin de deux orthopédistes aux urgences. Tout de suite.

— Je n'ai pas été prévenue.

— Ils ont essayé de joindre Lewis Anderson, comme il est salarié de l'hôpital. Mais il est pris ailleurs, alors nous sommes tous les deux.

— Une idée de ce qui nous attend ?

— Non, mais il paraît que c'est une urgence. Et quand les urgences parlent d'une urgence…

Dès qu'ils arrivèrent dans le service, Mandy Plar, une interne urgentiste, leur fit signe.

— J'ai un petit garçon âgé de trois ans dans le lit 6. Il a une fracture du tibia gauche. Il est tombé d'un porche alors qu'il jouait avec son frère. Pouvez-vous me suivre en salle de consultation ?

Jenks et Ryann hochèrent la tête et lui emboîtèrent le pas.

— La fracture est si grave ? demanda Ryann.

— Vous allez voir.

Mandy prit une radio et la projeta sur un grand écran. Ryann la regarda et battit des cils, sous le coup de la surprise.

— Une PCT est extrêmement rare. Et elle apparaît presque toujours avant trois ans.

Le Dr Jenks passa un doigt sur la courbure de la jambe.

— Je n'ai jamais vu ça.

— Moi non plus.

— Super ! lança Mandy. Quelque chose que vous connaissez, mais que vous n'avez jamais vu. Vous pouvez éclairer une pauvre urgentiste ?

— C'est une pseudarthrose congénitale du tibia. Cela veut dire qu'Elijah aura besoin de multiples opérations pour allonger sa jambe.

Les parents étaient venus à l'hôpital ce jour-là en pensant que leur petit garçon en ressortirait avec un plâtre, et qu'il faudrait le faire tenir tranquille pendant six semaines. Maintenant, ils allaient découvrir que leur vie serait bouleversée.

— L'important est de dire aux parents ce que nous voyons, reprit Ryann. Mais ça ne peut pas être traité aux urgences. Il faut les adresser à un orthopédiste. Aujourd'hui, on ne peut que mettre une attelle sur l'os cassé.

— Vous venez leur parler avec moi ? demanda Mandy.

— Vous n'avez pas besoin de nous deux, dit le Dr Jenks en les saluant avant de tourner les talons.

Ryann se dit qu'elle n'aurait probablement pas à traiter cette maladie, mais qu'elle pouvait répondre à quelques questions. Et assurer aux parents que même si le diagnostic était sévère, leur fils pourrait mener une vie quasiment normale. Ce ne serait pas très réconfortant, mais elle ferait de son mieux.

— Alors, par quel aliment commençons-nous ? Des bananes ? Des patates douces ?

Jackson rit quand Ayla voulut attraper sa cuillère. Il se tourna vers Ryann, qui était absorbée dans la contemplation de son téléphone.

— Ryann ?

Elle leva la tête et lui expliqua qu'elle avait vu ce jour-là une affection très rare, qu'elle ne rencontrerait sans doute plus jamais. Une PCT. Jackson n'avait jamais entendu parler de cette maladie. Elle indiqua que le petit garçon s'était cassé le tibia et qu'il ne guérirait probablement pas, en tout cas pas sans des broches et des greffes. Et qu'il devrait subir de multiples opérations jusqu'à la fin de sa croissance pour que sa jambe gauche ait à peu près la même longueur que la droite.

— Excuse-moi, conclut-elle. Tu me parlais de bananes et j'avais l'esprit ailleurs. J'ai eu une rude journée, c'est tout.

Elle l'embrassa sur la joue.

— Maintenant, si on couchait cette petite avant de passer la soirée à regarder la chaîne « Maisons et jardins » ? Je sais que tu aimes ça.

— J'aime passer du temps avec toi, répondit Jackson qui l'embrassa à son tour.

Ce fut seulement à la fin de la soirée qu'il réalisa qu'ils n'avaient plus parlé des aliments solides à donner à Ayla.

10

Ryann passa une main sur la cuisse musclée de Jackson. Il poussa un petit soupir dans son sommeil. Elle ne pouvait détacher les yeux de lui, tant il était beau. À la lumière du petit matin, il paraissait calme et détendu.

L'inquiétude, sa seconde nature, disparaissait de son esprit tandis qu'elle dessinait des cercles sur sa peau noire. Elle n'essayait pas nécessairement de le réveiller, mais quand son sexe se dressa, elle changea d'avis.

— Jackson Peters.

Elle murmura son nom, se délectant de ces sons qui sortaient de sa bouche.

— Bonjour, dit-il d'une voix ensommeillée, sans ouvrir les yeux.

— Bonjour.

Elle posa un baiser sur son nez.

— Je t'ai réveillé ? Ce n'était pas mon intention.

Elle saisit son sexe dur et le caressa. Jackson eut un grand sourire et se mit sur le côté.

— Je pense que tu as eu exactement ce que tu voulais.

Il glissa une main entre ses cuisses et la caressa à son tour. Quand, du pouce, il trouva son clitoris, elle ne put retenir une exclamation.

— J'ai envie de toi.

— Et moi, j'ai envie de te savourer. Mmm...

Il promena les lèvres sur sa gorge, faisant naître en elle des picotements qui se répandaient dans tout son corps quand il la touchait là.

Elle le repoussa doucement pour qu'il se rallonge sur le dos.

— Nous avons un bébé de six mois qui peut se réveiller à tout moment. Nous nous savourerons dans quelques années.

Dans quelques années...

Elle retint son souffle, consciente de ce qu'elle venait de dire, mais Jackson ne releva pas. Ils n'avaient fait aucun projet à long terme. Chacun d'eux ferait toujours partie de la vie de l'autre, à cause d'Ayla. Mais ceci, l'exact recommencement de ce qu'ils avaient connu à Hawaï... Combien de temps cela allait-il durer ?

Cela semblait si naturel...

— Ryann...

Jackson caressa le côté de son sein et elle gémit, en extase. Puis elle prit un préservatif, l'enfila sur son érection et l'attira en elle. Ses grandes mains se posèrent sur sa taille, la guidant sans la forcer. Il la regardait comme si elle était la beauté personnifiée, les yeux plongés dans les siens. Elle relâcha son souffle lorsqu'ils furent complètement unis. Et elle était d'accord avec lui, ils devaient se savourer...

Son corps fusionnait avec celui de Jackson. Elle se sentait sirène, déesse, une créature mythique en totale harmonie avec lui. Il se remit à la caresser et elle arqua les reins, dégustant chaque miette de plaisir.

— Ryann, répéta-t-il d'une voix rauque.

Il était au bord de l'orgasme, comme elle, mais elle voulait faire durer leur étreinte le plus longtemps possible. Leur fille avait d'autres plans. Ryann l'entendit appeler tandis qu'elle basculait dans la volupté. Jackson la suivit quelques secondes plus tard.

— Je crois que tu avais raison, dit-il en l'embrassant, alors qu'elle s'écartait de lui. Penses-tu qu'il nous faudra attendre cinq ou dix ans avant de pouvoir nous savourer en paix ?

Il roula sur le côté en riant.

Cinq ou dix ans.

Des larmes montèrent aux yeux de Ryann. Est-ce que sa vie pourrait ressembler à cela... pour toujours ?

Elle voulait l'espérer.

S'il vous plaît, implora-t-elle.

Ryann regarda les petits pots pour bébé que Jackson avait sortis la veille : purée de bananes, de patates douces, de petits pois, de carottes... Ayla mangeait des céréales depuis quelques semaines, et c'était l'étape suivante. Une étape importante, que Ryann redoutait.

— On essaie quelque chose pour le petit déjeuner ? demanda Jackson en arrivant avec Ayla calée sur sa hanche.

Elle portait une petite robe jaune à fleurs et un bandeau dans ses cheveux bouclés. Elle était contente, et Ryann voulait garder cette image dans sa mémoire pour toujours.

— Peut-être...

— Ryann, qu'est-ce qui te rend anxieuse ?

— Elle ne peut pas nous dire si quelque chose ne va pas. Si elle ne supporte pas un aliment.

— Mais si, elle le peut.

Jackson lui frotta le bas du dos pour la rassurer.

— Ce ne sera pas avec des mots, insista-t-elle, mais peut-être par une réaction anaphylactique.

— Oh ! Sais-tu si ton père ou ta mère avait une allergie ?

Ryann eut un rire sans joie.

— Ma mère ne me disait jamais rien qui puisse être utile et c'est toujours le cas. Jusqu'à mes onze ans, elle a prétendu que mon allergie aux pêches n'existait que dans ma tête.

Jackson alla déposer Ayla dans sa balancelle, puis revint vers Ryann et l'attira à lui.

— Notre fille peut nous faire comprendre qu'elle n'aime pas ou qu'elle ne supporte pas quelque chose. En repoussant la cuillère ou en recrachant. Il faut essayer le même aliment huit fois, disent les manuels pour les parents.

— Tu as lu un manuel pour les parents ?

— J'en ai lu quatre !

— Perfection, ton nom est Jackson.

— Mais non, dit-il tout en rougissant. Alors, par quoi on commence ?

— Si on la laissait choisir ? suggéra Ryann. Tous ces pots conviennent, alors on peut en faire un jeu.

— C'est une très bonne idée.

Jackson venait de recevoir une bouchée de purée de petits pois en plein dans ses lunettes.

— Je t'ai dit de laisser tomber les pois, fit remarquer Ryann. Elle déteste ça. Hier, elle m'en a mis partout, même dans les cheveux.

Ayla pointa du doigt le placard où était cachée la purée de bananes qu'elle adorait. Ryann en sortit un pot de carottes.

— À sept mois, elle peut être un vrai petit tyran.

— Oh ! oui !

Jackson, qui avait nettoyé ses lunettes, fit chauffer le pot puis commença à donner des carottes à sa fille, pendant que Ryann se repassait à mi-voix le programme de la journée.

— L'opération va bien se dérouler. Je vais bien m'en sortir.

— Mais oui, dit Jackson. C'est une opération standard. Le patient est en bonne santé.

— Je sais, mais M. Nigili est terrifié. On lui avait dit que l'opération de sa femme était standard, elle aussi. Parfois, je voudrais qu'on puisse appuyer sur un bouton pour accélérer le temps. Pas toi ?

— Sûrement pas. Je prends trop de plaisir à vivre. J'ai déjà manqué des mois avec Ayla, alors je ne veux rien précipiter.

La veille au soir, quand Ryann avait dit qu'ils ne seraient pas tranquilles avant des années, cela avait été la troisième meilleure chose qu'il avait vécue dans sa vie. Les deux premières étaient d'avoir rencontré ses deux femmes. Rien ne pouvait surpasser ça.

— Ah, M. Parfait veut vivre chaque moment à fond, dit Ryann en l'embrassant sur la joue.

— Je ne suis pas parfait, protesta Jackson comme d'habitude, même s'il appréciait un peu trop cet adjectif.

Les gens finissaient toujours par se rendre compte de ses insuffisances et alors, ils disparaissaient de sa vie.

Il battit des cils et se força à chasser ces pensées désagréables. L'anxiété de Ryann déteignait sur lui, se dit-il.

Ayla poussa un cri, attrapa la cuillère qu'il tenait devant elle et la jeta par terre. Jackson l'embrassa sur la tête.

— Je suppose que le petit déjeuner est terminé, dit-il en ramassant la cuillère.

— Il est temps d'y aller, déclara Ryann.

De la musique flottait dans la salle d'opération. Un rythme vif, afin de maintenir l'attention en éveil. Une infirmière pressa un linge sur le front de Ryann. Elle transpirait à cause des lampes, rien de plus, car tout se passait bien.

— Je vais refermer, annonça-t-elle.

L'intervention s'était déroulée sans le moindre incident.

— Terminé.

Elle s'écarta de M. Nigili.

— Très bien, je le conduis en salle de réveil.

La voix grave de Jackson résonna dans la salle et Ryann regarda par-dessus son épaule. Il était craquant dans n'importe quelle tenue, mais son uniforme bleu le rendait encore plus appétissant, parce qu'il était dans son élément. En salle d'op, il était sûr de lui, il contrôlait tout parfaitement, et c'était grisant.

Elle alla aussitôt informer la famille du patient que tout allait bien et qu'ils pourraient bientôt le voir en salle de réveil. Ce genre de journée était celle dont tout chirurgien rêvait.

— Ryann ! cria quelqu'un derrière elle.

Knox arrivait en courant. Ce n'était pas bon signe.

— On est appelés aux urgences. Tout le monde sur le pont.

Bon sang ! Quand se souviendrait-elle que les moments de calme précédaient toujours une tempête ?

Knox poussa la porte du service, dans lequel régnait toujours un chaos bien organisé.

— Une grue s'est effondrée en centre-ville. Quatre entrants avec des blessures internes. Deux traumatismes crâniens, une amputation et d'autres cas à déterminer.

L'annonce de la surveillante résonna dans le couloir tandis que Miranda les rejoignait, suivie par le Dr O'Sullivan et le Dr Jenks.

— Est-ce qu'ils viennent tous ici ? Et le County Hospital ? demanda Knox en croisant et décroisant les bras.

L'attente était ce qu'il y avait de pire. En traumatologie, chaque instant comptait.

— Tous les hôpitaux de la ville sont mobilisés, dit Patrick O'Sullivan avec un soupir, tandis que la première sirène se faisait entendre au loin. Toutes les autres opérations sont annulées et j'ai fait préparer les salles d'op.

— La grue est tombée sur un immeuble puis elle s'est écrasée dans la rue bondée, indiqua une infirmière. De nombreuses personnes ont été blessées par des débris alors qu'elles filmaient la scène. Il y a eu aussi des carambolages, parce que des conducteurs curieux regardaient ce qui se passait.

Le Dr O'Sullivan consulta sa montre.

— Les priorités absolues sont les blessures internes. Je prends la première, Knox la deuxième, Miranda et Stephen la troisième et la quatrième. Les amputations sont pour Ryann et pour le Dr Jenks. Après ça, nous traiterons ce que l'on nous enverra.

La sirène retentit dans le parking.

— Bon, les gars. On y va.

Harassante n'était pas un terme suffisant pour qualifier cette journée. Jackson, plus qu'éreinté, s'occupait de son dernier patient, du moins l'espérait-il.

— Tout va bien, par là-bas ?

La voix de Ryann était tendue. Elle avait pratiqué six opérations durant les douze dernières heures. Celle en cours était mineure – il s'agissait de rattacher des ligaments déchirés dans l'épaule d'une femme qui avait poussé sa fille hors de la trajectoire de la grue.

Cette femme était une héroïne. La vidéo de l'incident était déjà devenue virale, à en croire la rumeur.

— Oui, ça va, répondit Jackson.

— Le tendon était déjà enflammé. Son épaule devait la faire souffrir depuis des mois, remarqua l'infirmière, sans doute plus pour rester concentrée que pour faire la conversation.

— Nous avons bientôt fini, Renee.

Ryann demanda un scalpel, puis elle poussa un juron.

— Le nerf ulnaire est coincé.

— Dans l'épaule ? demanda Renee, étonnée.

— C'est moins commun que dans le coude ou le poignet, mais ça arrive. Et ça veut dire que l'opération durera plus longtemps. Comment ai-je pu ne pas voir ça sur la radio ?

— La journée a été longue, dit Jackson.

Il entendait au ton de Ryann qu'elle était furieuse contre elle-même. C'était une perfectionniste. Mais le médecin urgentiste aurait dû le voir aussi. Elle n'était pas seule en tort.

— Ça ira pour la patiente, ajouta-t-il en gardant une voix égale. L'anesthésie tiendra.

Dans cette situation, Ryann était sa collègue, pas sa... Il ne trouva pas le mot qui convenait. Il vivait pratiquement chez elle. Ils dormaient ensemble. Ils élevaient leur fille ensemble. Était-il son petit ami, son partenaire, son compagnon, le papa de son bébé ? Ce dernier terme ne lui plaisait pas.

— Je dois ouvrir davantage, dit Ryann en lâchant un soupir. Elle a dû pousser sa fille de toutes ses forces.

— C'est ce que fait une maman, dit l'infirmière avec énergie.

Ryann ne répondit pas. Jackson sut qu'elle pensait à sa propre mère, qui ne l'avait jamais protégée. Elle se racla la gorge.

— Elle devrait se sentir mieux quand elle aura cicatrisé. Essuyez-moi le front, s'il vous plaît.

Elle était fatiguée. Si la journée s'était passée normalement, ils seraient déjà à l'appartement, ils auraient dîné et prépareraient Ayla pour la nuit. La nourrice avait été prévenue de l'urgence et Ayla resterait chez elle jusqu'à ce qu'ils aient terminé.

— Pourquoi n'ai-je pas vu ça ? marmonna-t-elle, ses mots à peine audibles à cause de la musique.

— Tu vas bientôt refermer ? demanda Jackson.

— Il y a un problème ?

Pas avec la patiente.

— Non, elle tient bien l'anesthésie.

C'était Ryann qui l'inquiétait. Elle se blâmait alors que d'autres avant elle n'avaient pas non plus constaté le problème.

— Bon, j'en ai encore pour vingt minutes environ.

Ensuite, ils s'occuperaient des papiers et rentreraient à la maison. Ils avaient tous les deux mérité de se reposer, et il allait passer la soirée à rappeler à Ryann qu'elle n'avait pas besoin d'être infaillible pour être quelqu'un de bien.

Jackson mit les informations qui détaillaient les dégâts que la grue avait causés en plein centre de Phoenix. La plus haute grue d'Arizona… jusqu'à la veille. C'était un miracle qu'une seule personne ait perdu la vie, même si des douzaines d'existences avaient été définitivement affectées.

Puis le ton du présentateur changea et il annonça avec un sourire une vidéo impressionnante qui montrait au monde l'amour d'une mère. Jackson voulut couper, mais Ryann protesta.

— Non, attends. C'est Priscilla.

Elle mit le reportage au ralenti.

— Regarde ! Là...

Priscilla grimaçait douloureusement *avant* de pousser sa fille.

— Son épaule lui faisait déjà mal.

— Comme tu l'as vu en l'opérant.

Jackson se rendit dans la cuisine avec Ayla pour prendre un petit pot de bananes.

— Si on y pense, dit-il, cet accident a été une chance pour elle.

— Quoi ? s'écria Ryann d'un air horrifié.

— Elle souffrait peut-être depuis des années. Grâce à son passage aux urgences, elle a été soignée et il est probable que la société propriétaire de la grue, ou plutôt son assurance, paiera l'opération. Ce sont des points positifs.

— Tu te rends compte de ce que tu dis ? s'exclama Ryann, des éclairs dans les yeux. Une grue est tombée ! Il y a eu je ne sais combien de victimes !

— Je sais. Je voulais juste considérer le bon côté des choses.

— Le bon côté des choses, c'est un mythe.

Ryann inspira à fond, puis tourna les talons.

— Je vais prendre une douche.

Ayla, qui mangeait sa purée de bananes, émit de petits bruits. Jackson lui tapota le nez.

— Comme tu dis, ma belle.

Le soleil entrait à flots par la fenêtre quand Ryann se retourna dans son lit. Sa main rencontra l'oreiller de Jackson et elle se redressa aussitôt. Elle lui avait dit qu'elle ne voulait pas parler de ce qui l'avait tellement contrariée la veille. Il avait acquiescé, peu convaincu. Elle avait senti qu'il aurait voulu en discuter, pour régler leur désaccord. Et en réalité, il n'avait rien dit de mal. C'était elle qui s'était emportée.

Elle sortit du lit. Il fallait qu'elle le trouve, qu'elle s'excuse d'avoir boudé toute la journée.

— Bonjour.

Jackson lui tendit une tasse de thé dès qu'elle entra dans la cuisine. Ayla dormait dans sa balancelle.

— Elle s'est réveillée il y a deux heures. Elle a pris un biberon et s'est rendormie.

Il sourit à leur fille. Parfois, il était difficile d'être à la hauteur d'un homme aussi parfait, pensa Ryann.

— Tu n'es pas fâché contre moi ?

— Tu voudrais que je le sois ? demanda-t-il en s'appuyant au comptoir.

— Peut-être.

Ce n'était pas rationnel.

— Non, se reprit-elle. Bien sûr que non.

Elle chassa une mèche qui tombait devant son œil.

— C'est juste que… Il n'y a pas quelque chose dans ton passé que tu ne supportes plus ? Une phrase, par exemple ?

— J'essaie de garder le passé à sa place.

Peut-être avait-il tout rangé dans une jolie boîte libellée « Ne pas ouvrir », mais elle-même n'en était pas capable.

— Je… je déteste entendre parler du bon côté des choses. Je déteste cette expression que ma mère employait souvent. Il n'y a rien de positif dans la souffrance de quelqu'un, ni même dans sa résilience.

Ses mains tremblaient et elle posa sa tasse de thé.

— La « résilience » est un mot sophistiqué pour dire qu'on survit, tout simplement. Quel autre choix a-t-on ?

— Ryann…

— Non, ne prends pas cette voix douce pour me dire que tout ira bien. Avant-hier, j'ai foiré. Je n'ai pas vu tout de suite que le nerf était coincé. Et…

— Et ça arrive. La patiente va bien. Elle va guérir complètement et ne souffrira plus, ou peu. Et tu aurais peut-être dû remarquer la compression, mais l'urgentiste et son médecin traitant aussi.

— Son médecin traitant n'était pas là. Et moi…

Ryann se tut, songeant à toutes les platitudes qu'on avait pu lui dire au cours de sa vie. Des platitudes qui faisaient que les autres se sentaient mieux, mais pas elle.

As-tu considéré que la façon dont tu as été élevée t'a préparée à la vie frénétique d'un chirurgien ?

Peut-être que tout arrive pour une raison, et que cela a fait de toi la personne que tu devais être.

Tu n'as jamais pensé que le destin t'a peut-être choisie pour cette vie parce que tu étais capable de l'assumer ?

— J'ai regardé son dossier après l'opération, pendant que tu finissais tes papiers, reprit Jackson. Elle s'est plainte à son médecin traitant pendant près de deux ans de ses douleurs à l'épaule. Il lui a recommandé de perdre du poids.

Là, Ryann vit rouge. Il était trop facile d'étiqueter une personne comme « grosse » et d'évacuer ainsi tous les problèmes. Elle s'en prit à Jackson.

— Tu as consulté son dossier à ma place ?

— Je l'ai consulté parce que j'étais son anesthésiste. Nous n'avions pas vu que le nerf était compressé, alors je voulais m'assurer qu'il n'y avait rien d'autre.

Il ne laisse rien passer.

— Tu n'as rien à te reprocher, Ryann. Elle va bien.

— Je sais. Et je sais aussi que, vu les circonstances, je n'aurais pas pu agir autrement. Je cherchais des obstructions et des os cassés, sur la radio. Et elle était la dernière patiente d'une terrible journée.

— Mais ton cerveau ne veut pas laisser tomber.

Ryann secoua la tête.

— Je suis désolée. Je ne sais pas pourquoi je me focalise tant là-dessus.

— Peut-être parce que c'est le cas le plus facile, celui qui a bien tourné.

Il ferait un excellent thérapeute, pensa-t-elle. Et il avait raison. Les autres cas avaient été plus compliqués. Les conséquences sur la vie des patients, plus dramatiques. Elle avait sauvé une main de l'amputation – pour le moment. Mais le pronostic n'était pas bon.

Et elle avait dû amputer le pied d'un adolescent. À côté, l'épaule de Priscilla représentait un problème mineur.

— Tu devrais être psychothérapeute, monsieur Parfait.

Jackson rit.

— Je n'ai jamais été attiré par la santé mentale. J'adore mon métier d'infirmier, j'adore apprendre. En fait, il s'agit surtout de bien écouter.

— Tu fais cela à merveille.

— Eh bien, quand personne ne t'écoute dans ton enfance, une fois adulte, ou bien tu écoutes tout le monde, ou bien tu n'écoutes personne.

Ryann posa une main sur la sienne.

— Je suis désolée que personne ne t'ait écouté.

Il lui fit un clin d'œil.

— Je m'en suis bien sorti.

— Jackson...

Il semblait prêt à lui donner plus d'informations, à s'ouvrir à elle. Elle ne savait pratiquement rien de son passé. C'était comme s'il avait élevé un solide rempart autour de cette partie de sa vie. Il n'en parlait pas, mais cela ne voulait pas dire que cela n'avait pas d'impact sur lui.

— Tu crois que nous devrions emmener Ayla à la fête des ballons, demain ? demanda-t-il.

Ryann lui pressa la main.

— Ne change pas de sujet.

Il l'embrassa sur la joue.

— C'est juste qu'il n'y a rien à dire.

— Je crois que si, déclara-t-elle, et elle vit sa mâchoire se contracter légèrement.

C'était la première fois qu'elle l'agaçait. Il poussa un gros soupir.

— J'étais un enfant placé. Mes parents m'ont abandonné. Ma fiancée aussi. Mais j'adore mon métier, ma fille et...

Et moi ?

— Et quoi ?

Elle n'aurait pas dû insister, mais elle en avait envie. Elle l'aimait. Elle l'avait peut-être aimé dès l'instant où il s'était assis à côté d'elle dans l'avion. Tout se produisait naturellement, avec lui. Comme si c'était le destin.

— Ma vie en général, répondit-il. Elle est pratiquement parfaite.

Il posa sa tasse et l'attira à lui.

— Alors, penses-tu qu'Ayla aimerait voir les ballons ? Ou vaudrait-il mieux trouver une activité à l'intérieur, pour éviter la chaleur ?

— Oh ! fit-elle, décontenancée, alors qu'Ayla poussait un cri.

Jackson posa un baiser sur la tête de Ryann et alla trouver leur fille.

— Maman réfléchit à ce que nous ferons lors de notre jour de repos, demain.

Soudain, il regarda son téléphone.

— Oh… euh… Knox a besoin de moi.

— Il va bien ?

Ryann prit Ayla, en se détestant de se sentir soulagée qu'il doive partir. Cela lui donnerait le temps de se ressaisir, de contrôler ses sentiments et l'envie de lui dire qu'elle l'aimait.

— Je pense. Il fait des cachotteries, ce qui signifie probablement qu'il prépare quelque chose pour Miranda. Son passe-temps favori est de gâter la femme qu'il aime.

— C'est chouette, dit Ryann en enfouissant le visage dans les boucles d'Ayla. On va te changer, ma douce.

11

Jackson tapotait son volant en se rendant chez Knox et Miranda. Il avait failli avouer à Ryann qu'il l'aimait, ce matin-là. Cette envie, profondément ancrée en lui, se faisait de plus en plus pressante.

Mais avec elle, rien n'était gagné. Elle n'avait même pas voulu sortir avec lui, au début. Elle avait fini par céder, mais s'il lui livrait ses sentiments, n'allait-elle pas aussitôt s'inquiéter à l'idée qu'il puisse cesser de l'aimer un jour ?

Cela ne faisait aucun doute pour lui : il aimerait Ryann jusqu'à la fin de ses jours. Seulement elle était terriblement anxieuse et il ne voulait pas ajouter à son inquiétude. Néanmoins, quand elle lui ferait sa déclaration – car il était certain que cela arriverait –, il s'assurerait qu'elle comprenne la profondeur de son amour.

Jusque-là, il garderait ces sentiments – et ses soucis – pour lui.

En s'arrêtant devant l'appartement de ses amis, Jackson resta bouche bée. Dehors, il y avait au moins trois douzaines de ballons et plein de cartons empilés les uns sur les autres. Dans quoi Knox s'était-il fourré ?

Il se gara dans la rue, sortit et ne fut pas surpris de voir son frère de cœur pointer le nez au-dessus d'un carton en entendant claquer sa portière.

— Que se passe-t-il ?

— C'est une bonne question, dit Miranda dans un soupir. Knox ?

— J'ai gagné un bar dans une vente aux enchères en ligne. Ou plutôt, j'ai gagné le contenu du bar.

— Mais encore ? demanda Jackson en regardant les cartons.

— Je pensais que j'enchérissais sur une cible à fléchettes. Une Maitland-Smith vintage. Dans mon esprit, c'est là-dessus que je faisais des offres. Qui vide un bar pour 2000 dollars ?

— Quoi ? s'exclama Miranda en s'appuyant contre un carton. Tu as dépensé 2000 dollars pour une cible ? Knox ! Tu peux en avoir une toute neuve pour moins de 1000 dollars.

— Je sais, chérie, mais une Maitland-Smith...

Jackson croisa les bras et ne parvint pas à retenir son rire.

— Je ne pense pas que ça veuille dire quelque chose pour quiconque sauf toi, mon pote.

— Ça devrait.

Knox regarda Miranda qui secoua la tête, résignée. Elle leva les mains, puis vint l'embrasser sur la joue.

— Je t'aime. Je vais à ma journée spa comme prévu. Il y a une chance que Jackson et toi débarrassiez tout ça avant mon retour ? Et pas dans la maison. À part la fameuse cible Maitland-Smith.

— Elle est parfaite, dit Knox en agitant la main tandis que Miranda gagnait sa voiture. Mais qu'est-ce que je vais faire de tout ça ?

— Tu as eu les yeux plus gros que le ventre, hein ? fit Jackson en riant. Ta passion pour les fléchettes t'a perdu, finalement.

— Tu crois que Ryann aurait besoin de tabourets de bar ? On peut sûrement les débarrasser de l'odeur de tabac.

— Tu t'entends ? Tu me vois demander à la femme que j'aime : « Tu ne voudrais pas quelques vieux tabourets de bar, mon chou ? Knox pense qu'ils ne sentiront pas toujours le tabac. »

Jackson rit.

— Je suis sûr que notre bébé adorerait les renverser.

Il imaginait la mine excédée de Ryann, pareille à celle de Miranda.

— La femme que tu aimes, tu as dit. Donc, tu es amoureux d'elle, déclara Knox en s'appuyant contre un carton.

— Oui.

Knox était la seule personne au monde qui comprenait l'enfance qu'il avait eue, et qui le connaissait en profondeur. Ils étaient devenus des frères à l'adolescence. Inséparables. Le roc dont chacun avait besoin.

Mais même Knox ne savait pas tout. À part lui, personne n'avait que faire de certains souvenirs.

— Et elle t'aime ?

Knox haussa les sourcils. Il se régalait.

— Je ne sais pas.

Jackson ouvrit un carton et fit une grimace.

— Tout ça ne vaut rien.

— Probablement. Ils ont dû tout emballer hormis l'alcool. Mais ne change pas de sujet. Tu es trop bon à ce petit jeu.

— C'est ce que dit Ryann.

Et c'était peut-être vrai, car il avait dû apprendre à esquiver certaines choses pénibles pour survivre quand il était placé – et ensuite dans la vie.

— Alors tu l'aimes, mais tu ne sais pas si elle partage tes sentiments ?

Knox ouvrit un carton et le referma tout de suite, l'air dégoûté.

— Ça serait revenu moins cher de tout jeter plutôt que de le faire livrer ici, observa Jackson.

— J'ai payé pour l'expédition.

— Et tu n'as pas bronché ? Vraiment, Knox !

Jackson ouvrit un carton qui contenait des verres. Il n'en avait pas besoin et ce n'était pas le style de Ryann, mais ils pourraient servir à quelqu'un.

— Où est la pile des choses à donner ? demanda-t-il.

— Par là. Et arrête de dévier la conversation.

— Non, je ne sais pas si elle m'aime. Et je ne veux pas lui faire de déclaration de peur de la faire partir en courant. Elle pense que l'amour ne dure pas.

Jackson passa une main sur sa nuque.

— Le pire, c'est que je ne peux même pas la rassurer sur ce

point. Je veux dire, je n'ai connu aucun couple qui tenait plus de quelques années.

Il marqua une pause, avant de reprendre :

— Mes parents allaient d'un partenaire à l'autre, il n'y avait pas beaucoup d'amour dans mes différentes familles d'accueil et Marie est partie sans me dire exactement ce que j'avais fait de travers.

Elle avait voulu qu'il lui parle plus, qu'il s'ouvre à elle. Quand il lui avait raconté toute son histoire, elle l'avait regardé comme quelqu'un de brisé. Comme si elle regrettait de savoir. Deux semaines plus tard, elle lui avait annoncé que, d'après elle, ils ne pourraient pas s'entendre.

Quand il lui avait demandé pourquoi, elle avait simplement répété qu'ils n'allaient pas ensemble. Et elle était partie.

— Peut-être que tu n'avais rien fait de travers. Peut-être que ça venait d'elle, c'est tout.

Jackson se réjouit que Knox ait la tête plongée dans un carton. Il sentait que les larmes menaçaient. Tout le monde finissait par le quitter. Alors ça devait venir de lui.

— Regarde, Miranda et moi sommes toujours amoureux, déclara son ami. Et ne me dis pas que ça ne fait que six mois. Tu te rends compte ? Trente-deux cartons de déchets, seize tabourets de bar et une très belle cible à fléchettes sont livrés à son appartement ce matin, et elle m'aime encore.

— C'est un vrai miracle, dit Jackson.

Il ouvrit un carton qui ne contenait que des chiffons. Sérieusement, qui avait emballé ça ?

— Oui, elle est vraiment la meilleure, conclut Knox.

— Bien vu ! concéda Jackson pour mettre fin à la conversation.

— Je sais, dit son frère de cœur avec un sourire heureux. Alors tu vas lui dire que tu l'aimes ?

Il haussa les épaules.

— Sûrement.

— Je ne te crois pas, dit Knox en soupirant. Bon. Ouvrons tout ça, pour voir s'il y a quelque chose à sauver.

Ryann adressa un signe de la main à Jackson qui arrivait dans le couloir, incapable de faire taire l'inquiétude qui habitait les tréfonds de son esprit. Il était différent depuis une semaine... depuis qu'il avait reçu un appel à l'aide de Knox pour quelque chose d'abracadabrant. Se débarrasser du contenu d'un bar, ou quelque chose comme ça.

— Pourquoi cet air morose ? Toi aussi, tu as une cible à fléchettes vintage accrochée dans ton salon ? demanda une voix féminine derrière elle.

— Miranda.

Ryann se mordit la lèvre pour ne pas rire.

— J'aime bien la façon dont tu insistes sur *vintage*.

— Tu parles ! Regarde ça.

Miranda sortit son téléphone. L'écran affichait une cible très vilaine, mais y en avait-il de belles ?

— C'est quelque chose, fit Ryann.

— C'est une horreur.

Miranda rempocha son téléphone.

— Alors pourquoi est-elle dans votre salle de séjour ?

— Parce que c'est le seul endroit dans l'appartement où l'homme que j'aime peut prendre assez de recul pour lancer ses fléchettes.

— Je vois, dit Ryann, pas convaincue.

— Il adore ce jeu. Et je l'adore, déclara Miranda en riant. Heureusement, il ne rate jamais la cible.

— Jamais ?

— Non. Il a beaucoup traîné dans des bars, en grandissant. Jackson et lui ont eu une jeunesse difficile. Mais tu le sais.

En fait, Ryann ne savait pas grand-chose en dehors des informations de base que Jackson lui avait données. Et du fait qu'il avait eu une fiancée qui l'avait laissé pour « mieux que lui », comme si c'était possible. Il était très doué pour changer de sujet, quand ça l'arrangeait.

— Jackson n'en parle pas, murmura-t-elle comme si c'était un secret. Ou très peu.

Miranda lui frotta l'épaule.

— Il protège les autres.

— Oui, mais je ne suis pas « les autres ». Je suis...

Les mots lui manquèrent. Qu'était-elle ? La mère de son enfant. La femme qui se réveillait chaque matin près de lui.

La femme qui l'aimait. C'était terrifiant. L'amour était une émotion que l'on ne pouvait pas contrôler. On ne pouvait ni l'arrêter ni le conserver. Il n'y avait aucun moyen de le gérer.

Sa mère y était arrivée en retombant très vite amoureuse après chaque rupture. Elle dansait entre les amours. Ryann n'avait jamais été comme ça. Elle était certaine que Jackson était sien, mais elle avait trop peur qu'un jour, cela cesse. Elle avait l'impression d'être à la fois transportée et terrifiée.

— Tu es...

Miranda fut interrompue par leurs deux bipeurs.

— Bon sang !

Elles s'élancèrent ensemble vers les salles d'opération. La journée s'annonçait difficile.

Ryann ôta sa coiffe chirurgicale et s'appuya contre les vestiaires.

— Je déteste les jours comme aujourd'hui.

Miranda jeta la sienne par terre et essuya une larme sur sa joue.

— Moi aussi.

Le patient de Ryann souffrait d'une blessure traumatique au cerveau. Elle avait réparé les dommages sur sa jambe, la mettant en traction, pendant que le neurochirurgien faisait tout son possible pour sa tête. Dire que la situation avait été critique était en dessous de la vérité. Et même si cet homme survivait, son existence ne serait plus la même.

Un patient était mort, l'autre se battait pour sa vie.

Miranda claqua la porte de son casier.

— Je veux rentrer chez moi, serrer mon chat dans mes bras, manger un litre de crème glacée et hurler sous la douche. Je ne sais pas ce qui est pire – les jours où le trauma apparaît comme de la routine…

— Ou les jours comme aujourd'hui, quand l'échec semble personnel ? suggéra Ryann en serrant les bras autour d'elle.

On s'impliquait toujours personnellement dans ce métier, mais pour survivre, il fallait pouvoir écarter les choses négatives. Au moins un peu. Sinon, on en venait forcément à partir faire autre chose.

— Une glace. Un chat. Des câlins de Knox, reprit Miranda.

— Ça me semble être un bon plan.

Ryann prit ses clés. Jackson n'aurait pas fini avant quelques heures, et elle allait chercher Ayla. Ensuite, elle se viderait la tête en regardant des émissions de décoration.

Elle fit un signe de main à Miranda et se dirigea vers l'escalier.

— Oh !

Elle retint la porte avant que celle-ci heurte la jeune femme assise sur les marches.

— Vous allez bien ?

Manifestement pas. Les traces de larmes sur ses joues, son nez qui coulait, ses yeux rougis ne laissaient pas de place au doute. Mais c'était une phrase que l'on disait automatiquement quand on avait failli faire mal à quelqu'un.

— Mon petit ami est mort.

La jeune femme étouffa un sanglot.

— Mon compagnon. On a vécu ensemble pendant six ans. Il m'a demandé de l'épouser une bonne demi-douzaine de fois, mais je ne crois pas – je ne croyais pas – au mariage.

Elle posa sa tête sur ses genoux.

— Lui, il y croyait. Et moi…

Elle se mit à sangloter. Ryann tira son téléphone de sa poche et envoya un rapide texto à la surveillante du service, demandant l'assistance d'un psychologue ou d'un aumônier. Puis elle s'assit à côté de la jeune femme.

— Il le voulait et je… je n'ai jamais accepté. Je pense qu'il croyait que j'allais changer d'avis, dit-elle en hoquetant. Et je l'aurais fait. J'ai presque dit oui, la dernière fois. Il n'insistait jamais. Pas Kellen. Il disait juste : « Tu me le feras savoir, quand tu voudras ».

Ryann acquiesçait en faisant de petits bruits. Il n'y avait pas grand-chose à dire. Pas grand-chose à faire pour la réconforter. Cette jeune femme était en état de choc et Ryann était une inconnue pour elle, quelqu'un dont elle ne se souviendrait même pas plus tard.

— J'aurais dû accepter. Pourquoi n'ai-je pas dit oui ? La vie est si courte...

La porte de l'escalier s'ouvrit et l'aumônière, une femme blanche d'un certain âge, entra. Elle fit signe à Ryann de lui laisser sa place. Elle lui pressa la main, puis toucha l'épaule de la jeune femme.

— Je suis tellement navrée pour vous.

Ryann descendit l'escalier ; au bout d'une volée de marches, ses larmes surgirent. La vie n'était pas juste. Elle le savait depuis son enfance.

Mais ce jour-là était aussi un rappel qu'elle était courte. Miranda voulait son chat, un litre de crème glacée et Knox. Ryann avait besoin d'Ayla, d'une glace – qu'elle ne pouvait pas avoir – et de Jackson.

12

— Pourquoi tous ces ballons ?

Ryann s'écarta du seuil tandis que Jackson faisait passer les ballons par la porte.

— La journée a été dure. J'ai pensé qu'ils pourraient te plaire.

Il eut un grand rire, mais il y avait dans ses yeux une expression qui inquiéta Ryann, comme s'il soupesait quelque chose.

Était-ce le jour où il allait lui dire qu'elle était insupportable ?

Ryann, enfin ! se dit-elle. Tout allait bien. En gros. Ces derniers jours, elle avait surpris Jackson à l'observer avec une expression pensive, avec l'air d'attendre… quoi ? Son cerveau était enclin à répondre aux questions par les pires scénarios, même si, elle le savait, quelqu'un d'autre ne se serait pas inquiété.

— J'adore les ballons, dit-elle en souriant devant les sphères de toutes les couleurs.

— Je m'en souviens.

Jackson afficha un large sourire. Un sourire qui alluma une flamme chaude dans son âme. Ce jour-là avait été dur, en effet, mais chaque période de vingt-quatre heures comportait au moins un élément positif. Et recevoir des ballons de la part de l'homme qu'elle aimait était positif.

Elle poussa un ballon, riant quand il se déplaça.

— C'est idiot.

Elle le poussa encore. Combien de fois avait-elle demandé un ballon à sa mère après le départ de son premier beau-père, parce que c'était quelque chose d'heureux qu'il avait apporté ? Probablement des centaines de fois. Et aucun ballon n'était apparu, jamais.

Mais Jackson s'était rappelé une remarque qu'elle avait faite en passant avant qu'ils se remettent ensemble. Quelque chose qu'il n'avait aucune raison de graver dans sa mémoire. Or il s'en était souvenu, pour elle. Un jour qu'ils étaient ensemble, on lui avait offert un ballon porte-bonheur dans un centre commercial, et elle en avait été si heureuse qu'il s'était senti dépité.

— Bien sûr ! s'exclama-t-elle en riant. Tu étais si jaloux de ce ballon porte-bonheur ! Qui est jaloux de ce genre de chose ?

Il la serra dans ses bras forts et posa la tête sur son épaule. Elle s'appuya contre lui.

— Tu disais dans ton texto que tu mourais d'envie de manger une glace, mais que tu ne le pouvais pas, pour Ayla. Je suis allé dans le rayon des surgelés, je n'ai rien trouvé qui convenait, alors j'ai pensé aux ballons.

C'était un moment de paix. Un moment parfait.

— Je t'aime, Ryann, dit-il. Tu n'es pas obligée de dire quoi que ce soit. J'ai juste besoin que tu saches que je t'aime.

Des mots tout simples. Des mots que des gens s'étaient dits sous une forme ou sous une autre depuis le commencement des temps. Des mots qu'ils croyaient sur le moment.

Sa mère les avait dits à d'innombrables partenaires – elle les avait répétés, criés, elle les avait prononcés en pleurant...

Est-ce que ça signifie que ces mots sont maudits ?

— Je t'aime aussi, avoua-t-elle.

Elle se tourna dans ses bras et l'étreignit.

Ce petit instant pouvait sembler anodin, mais une part d'elle s'attendait à ce que les cieux se mettent à chanter, à ce que le monde s'arrête de tourner une seconde. Pour faire honneur à cette étape capitale.

Et peut-être que c'était cela, au fond, la vérité de l'amour. La paix, quand on savait qu'une personne vous était destinée.

— Où est Ayla ?

Jackson fit glisser sa main sur son ventre. Même à travers le coton de sa chemise, sa peau s'embrasa.

— Elle dort. Je ne sais pas pour combien de temps.

Ryann captura ses lèvres. Elle savoura la façon dont leurs corps s'accordaient, le besoin d'être avec lui, de repousser avec lui les malheurs de la journée.

Il bougea et elle se retrouva lovée dans ses bras. Il dessina le contour de ses lèvres du bout de la langue tout en la portant dans leur chambre.

La leur.

— Ryann...

Son nom sur les lèvres de Jackson l'emplit de plaisir. Il l'allongea sur leur lit et lui enleva ses vêtements un par un. Lorsqu'elle voulut lui ôter sa chemise, il s'empara de ses doigts et les embrassa.

— Je compte bien profiter de chaque seconde avec toi, mon chou, et je ne peux pas le faire si tu me touches. Parce que...

Il appuya la tête contre la sienne et passa la langue sur le creux sensible entre son cou et son épaule.

— ... je suis déjà sur le fil du rasoir à cause de ce que tu m'as dit.

— Jackson...

— J'adore quand le plaisir te donne cette voix traînante.

Il fit danser ses doigts sur ses seins, taquinant un mamelon, puis l'autre, avant de caresser leur globe. La façon dont il la touchait était à la fois trop et pas assez.

— Et Ayla ? demanda-t-elle.

Elle avait beau aimer l'idée d'être vénérée ainsi toute la soirée par l'homme qu'elle aimait, ils pouvaient avoir toute la nuit aussi bien que quelques minutes.

— Elle se réveillera quand elle se réveillera. Si ce soir ne doit être consacré qu'à ton plaisir, ça me va.

Il caressa l'intérieur de sa cuisse, se rapprochant du cœur de sa féminité.

— Laisse-moi te contenter, ma douce.

Puis il pencha la tête vers son sexe et Ryann perdit la notion de tout, sauf des vagues de volupté qui cascadaient dans son corps.

Le soleil matinal tombait sur Jackson, dans toute sa gloire, tandis que Ryann le contemplait, allongée sur le côté. Ayla s'était montrée coopérative, la nuit dernière : elle ne s'était réveillée qu'une fois. Elle se manifesterait sans doute dans quelques minutes, mais pour l'instant, ce précieux laps de temps n'appartenait qu'à eux deux.

Elle fit courir ses doigts sur son ventre. Pas assez pour le réveiller. Pas assez pour lui donner du plaisir. Mais assez pour lui rappeler, à elle, qu'il était là. Dans son lit. Un homme qu'elle aimait et qui l'aimait.

Une pointe d'incertitude la tenaillait, mais avec le soleil qui dansait sur les traits de Jackson, elle était facile à ignorer.

Ce n'était pas parce que sa mère avait joué de malchance avec les hommes que ce devait être son cas aussi. Elle se mordit la lèvre tandis que le souvenir de Lydia, les joues baignées de larmes, appelant un partenaire à grands cris, emplissait son esprit. La vie de sa mère.

Et la mienne.

Mais pas de la même façon. Ce n'était pas la même chose. Jackson était différent.

— Si tu continues à te mordre la lèvre aussi fort, tu vas te faire saigner.

Jackson passa une main dans son dos. Un rituel du matin entre des amants qui étaient bien l'un avec l'autre, pas un geste de passion. C'était étrange d'apprécier l'un autant que l'autre.

— Je ne me mords pas, dit-elle.

Il leva un doigt pour dégager sa lèvre inférieure de ses dents.

— Je... je ne m'en rendais pas compte.

— Je veux bien te croire.

Il s'assit, attrapa ses lunettes sur la table de chevet et l'attira dans ses bras.

— Alors, à quoi ne pensais-tu pas ? demanda-t-il en plaisantant.

— Aux relations ratées de ma mère.

Ryann poussa un soupir et se lova contre lui.

— Je sais que je ne suis pas elle et que tu n'es pas l'un de mes beaux-pères, mais je n'ai vu qu'une sorte de relation, en grandissant.

— Celles qui se terminaient inéluctablement.

Jackson l'embrassa sur le front.

— Oui, moi aussi.

— Ta mère a eu beaucoup de relations ?

Elle lui enlaça la taille, posa la tête sur son épaule. Elle sentit qu'il retenait son souffle, entendit qu'il s'apprêtait à dire quelque chose, puis qu'il s'arrêtait.

— Je ne sais pas.

Les mots étaient secs. Pourtant, ils n'avaient pas l'air vrais. Ou pas tout à fait vrais. La bouche de Ryann s'assécha.

— Jackson ?

— Je suis là pour toi et Ayla. Pour toujours.

Il l'embrassa sur la tête.

Pour toujours.

C'était bon à entendre. Et c'était exactement ce qu'elle aurait dû souhaiter entendre. Son âme y aspirait avidement, mais son cerveau semblait déterminé à penser que « pour toujours » avait signifié bien peu pour elle, par le passé.

Pas avec Jackson.

— Je vois les rouages qui tournent dans ton cerveau, dit-il en lui tapotant la tempe avant d'y poser un baiser. Tout va bien.

— Oui.

Bien sûr que tout allait bien. Elle laissait un passé qui n'était même pas le sien ternir les plaisirs d'aujourd'hui, voilà tout.

— Si tu n'as pas connu les relations de ta mère, est-ce que...

Avant qu'elle ait pu terminer sa question, Ayla gémit dans le babyphone. Jackson bondit du lit.

— Laisse-lui une seconde.

Ryann voulait qu'il revienne. La petite n'avait pas crié, c'était peut-être un de ces petits sons qu'elle émettait dans son sommeil.

— J'adore la lever le matin, dit Jackson. Et si tu y vas, elle voudra manger tout de suite. Je préfère la changer et la préparer pendant que tu te détends avant d'aborder la journée.

Il eut un grand sourire et franchit la porte en se pavanant, avec l'air d'un père incroyablement fier.

Jackson était tout ce dont elle aurait dû rêver, tout ce que les gens normaux recherchaient chez un partenaire. Mais une part d'elle ne pouvait s'empêcher de se demander s'il avait saisi cette excuse pour ne pas répondre à ses questions.

— Patty, où vais-je mettre tout ça ?

Jackson leva les mains tandis que la vieille femme qui avait créé une communauté d'entraide un demi-siècle plus tôt prenait un sixième carton dans le vieux van qui ne roulait plus qu'à peine.

Elle avait déchargé les cartons dans l'allée de son appartement avant qu'il arrive et juré qu'il n'en restait plus qu'un… avant d'en sortir encore quatre. Et elle refusait de se laisser aider.

Jackson lui prit le carton et le mit avec les autres. Patty tapota ses avant-bras et dit avec un grand sourire :

— Si on ne se sert pas de ses muscles, ils rouillent, et il me reste encore trop de choses à faire.

Son sourire pâlit tandis qu'elle remettait son dentier en place.

— Ce foutu machin ne tient jamais.

— L'histoire de votre vie.

Jackson l'étreignit.

— Dites à la communauté que j'apprécie la donation, et je suis sûr que Knox et Miranda l'apprécieront aussi, mais je pense que nous avons ce qu'il faut pour le placard à distractions, et pour un bon moment.

Miranda et Knox avaient installé ce placard dans un coin du Hope Hospital à leur arrivée, afin de fournir à leurs patients de quoi s'occuper au lieu de regarder sans arrêt la télévision. Mais son contenu ne cessait d'enfler, et il offrait maintenant un peu de tout.

Beaucoup de tout après cette donation.

Ryann arriva dans l'allée, et il vit son air perplexe devant les cartons. Il lui avait dit qu'il rentrerait chez eux après avoir vu Patty, et qu'elle n'avait pas besoin de venir. Honnêtement, il ne tenait pas à ce que Ryann et Patty se rencontrent. Ces parties de sa vie étaient séparées et il les faisait rarement communiquer.

Oui, il était toujours bénévole chez Patty. Oui, Knox et lui aidaient la communauté dans ses rapports avec le monde médical. Ils en étaient des piliers.

Pour la vieille femme, cependant, ils seraient toujours les garçons maigres et affamés qu'elle avait recueillis quand ils étaient chassés de tous les cafés où ils essayaient d'étudier. La bibliothèque de la communauté avait été un paradis pour eux. Patty les avait pris en charge. Elle avait soigné leurs meurtrissures, physiques et mentales. Elle leur avait donné une chambre en ordonnant aux autres de les laisser travailler. Elle les avait vus dans leur pire état et les avait guidés vers le meilleur d'eux-mêmes. Elle connaissait leurs traumatismes – et ce que Jackson dissimulait à tout le monde.

— Voilà donc la petite amie que tu caches, dit Patty.

— Je ne la cache pas.

Elle lui lança un regard qui disait « À d'autres ».

— Non, je ne la cache pas.

— Je n'ai rien dit !

Elle posa une main sur le bras de Jackson. Sa peau était si fine..., constata-t-il. Elle était très âgée. Toute la fougue du monde n'arrêtait pas le temps.

— Ton passé est ton passé. Ce n'est pas à moi d'en parler. Mais tu n'as à avoir honte de rien.

— Je pensais que je pourrais t'aider avec les cartons, et qu'ensuite tu rentrerais à l'appartement avec moi, mais il y a des choses qui m'intéressent, ici, dit Ryann.

Patty lui tendit la main.

— Je suis Patty. Je ne pense pas que vous ayez beaucoup entendu parler de moi.

Ryann regarda Jackson, puis secoua la tête.

— Non, désolée. Je suis Ryann. Vous avez entendu parler de moi ?

— Non.

Patty donna une tape sur la cuisse de Jackson.

— C'est quand même un bon garçon.

Là-dessus, elle agita la main et rejoignit le vieux van.

— Quand vous aurez besoin d'autre chose, faites-le-moi savoir.

— Les gens ont été très généreux, dit Ryann.

— Oui. Tu veux toujours m'aider à trier ça ?

Il attrapa le premier carton et se dirigea vers la voiture de Ryann. Ils avaient deux jours de repos et aucun besoin de sa voiture à lui, alors faire le trajet avec elle serait agréable. Un moment de tranquillité avant la routine du soir avec Ayla.

— Bien sûr.

Elle prit un carton, et ils finirent de charger en silence.

— Ça va ? demanda-t-il quand elle se mit au volant.

Ryann n'était pas très bavarde, en général, mais là, son silence envoyait des signaux d'alarme.

Elle le regarda, puis démarra et sortit de l'allée en marche arrière. Pas de réponse. Signal d'alarme numéro deux. Et pas des moindres !

— Ryann ?

— C'est comme si tu avais deux vies.

Elle crispa les doigts sur le volant, sans quitter la route des yeux.

— Non. J'ai un passé – qui n'est pas très plaisant. Et mon présent qui me plaît beaucoup.

Il lui toucha le genou, heureux qu'elle ne s'écarte pas.

— Et les deux ne doivent jamais se rencontrer, c'est ça ?

Elle tapota le volant de son pouce et tourna la tête d'un côté à l'autre, comme si elle étirait son cou.

— Tu as besoin d'un autre massage ?

— Non. Ou si, mais ce n'est pas le sujet de notre conversation.

— Cela pourrait. Ce serait beaucoup plus intéressant.

Jackson ne voulait pas parler du passé. Son présent était délicieux, alors que son passé ne lui avait apporté qu'une multitude de pertes.

— Alors, un massage ce soir ?

— Jackson.

— Laisse tomber, Ryann.

Il s'en voulut de son ton.

— Je t'aime et je me veux me concentrer sur le présent. Sur nous.

— D'accord.

Elle lui offrit un sourire, mais il n'atteignait pas ses yeux.

— Tu as mis les habits de rechange d'Ayla ?

Ryann vérifia pour la cinquième fois le sac des affaires de sa fille.

— Ils sont au fond, comme…

Elle posa les mains sur les vêtements, les touchant, se remémorant qu'ils étaient là.

— Comme les autres fois.

Elle se mordit la lèvre, passa encore les mains sur les habits et s'efforça de calmer son cœur. C'était ridicule.

Elle n'arrivait pas à se défaire de l'idée qu'ils allaient partir marcher, que leur fille aurait besoin de vêtements propres et qu'ils n'en auraient pas.

Elle caressa les habits une fois de plus, en espérant que leur présence allait enfin s'imprimer dans son cerveau et que son anxiété allait disparaître.

— Nous pouvons annuler la balade.

Jackson passa une main sur son épaule.

— Non.

Ryann allait surmonter cet accès d'angoisse. C'était uniquement parce qu'il s'agissait de leur première sortie, se dit-elle.

— Je vais bien.

Il embrassa sa tempe.

— Tu sais pourquoi ces vêtements de rechange t'inquiètent autant ?

Elle regarda les habits, les toucha.

— Ma mère était distraite. Elle oubliait souvent les miens.

— Toi, tu ne l'es pas. Tu enregistres tout là-dedans, dit Jackson en tapotant sa tête.

Il alla prendre Ayla dans sa balancelle.

— Nous allons bien nous amuser, aujourd'hui. Pas vrai, ma douce ?

La petite fille roucoula et lui saisit le nez. Il produisit un bruit de klaxon qui la fit rire, comme toujours.

Tout était parfait. Il n'y avait pas de raison de se faire du souci. Ryann avait tout sous contrôle.

— Oui ! dit-elle en tapant dans ses mains. Nous allons passer une journée distrayante. À nous deux, la promenade !

— Ayla ne te donne pas la migraine ?

Ryann rit tandis que sa fille continuait à taper sur la tête de Jackson. C'était la première fois qu'il la portait sur son dos, dans un porte-bébé.

— Non. Et même si c'était le cas, ça ne m'ennuierait pas.

Et il le garderait pour lui. Mais s'il était contrarié par elle, le lui dirait-il ? se demanda Ryann. Probablement pas.

— Si nous nous arrêtions un moment ? proposa-t-il. Elle s'amuse bien, mais je pense qu'il faudrait changer sa couche.

— Nous pouvons déjeuner, aussi.

Ryann avait besoin de se sustenter et elle avait les seins lourds. Il fallait qu'Ayla tète.

Le chemin qu'ils suivaient n'était pas long, il était fait pour des familles. Et il se trouvait à vingt minutes de chez eux en voiture, le délai au bout duquel Ayla se décidait généralement à hurler.

— Ça te paraît bien, petite demoiselle ?

Jackson tourna la tête et sa fille attrapa ses lunettes de soleil, qu'elle lança par terre. Ryann les ramassa, les lui remit sur le nez et pressa les lèvres sur les siennes. Elle rit quand Ayla enfouit les mains dans ses cheveux.

— Elle passe un bon moment.

— Comme nous, dit Jackson en lui embrassant le front. Mais il faut absolument changer sa couche.

— Allons-y.

Ryann commença par ôter à Ayla son T-shirt trempé de sueur, et elle sortit un vêtement de rechange avec un grand sourire.

— Tu vois, j'avais raison de me focaliser là-dessus. J'ai dû deviner qu'elle aurait trop chaud.

Après quoi elle défit la couche, nettoya Ayla et voulut lui mettre de la crème. Elle chercha dans la poche latérale du sac, où elle rangeait toujours le tube. Rien. En un éclair, elle revit le tube posé sur le comptoir de la cuisine. Elle l'avait oublié.

Elle finit de changer sa fille et alla trouver Jackson.

— Il faut qu'on rentre.

— Elle est malade ?

— Non, mais j'ai oublié sa crème.

Ryann n'arrivait pas à le croire. Elle avait vérifié six fois le contenu du sac, et pas un instant elle n'avait pensé à la crème.

— Elle est de nouveau irritée ?

Ryann rougit.

— Non, mais ça pourrait revenir.

Pourquoi avait-il l'air de ne pas s'en soucier ?

— Si nous mangions ? suggéra Jackson. Elle a besoin de téter et tu ne dois pas être bien. Ensuite, nous redescendrons. Et nous changerons de nouveau sa couche avant de partir.

Ryann releva sa chemise et mit sa fille au sein.

— Je ne peux pas croire que j'ai oublié cette crème.

— Ça arrive, Ryann. Et c'est une petite faute, dit Jackson en sortant leurs sandwichs. Tu ne peux pas la protéger de tout.

— Si, je le peux.

Elle lui sourit, les larmes aux yeux.

— Personne ne nous a protégés, nous, mais je le ferai pour elle.

— Tu finiras par l'étouffer.

Il voulut lui prendre la main, mais elle la retira.

— Il y a un équilibre à garder, ma douce. Tu es trop anxieuse.

— Non, dit Ryann en secouant la tête. Ou si je le suis, quelle importance ? Si cela aide à garder Ayla en sécurité.

Cette fois, quand il tendit la main vers la sienne, elle le laissa la prendre.

— Ton anxiété n'aide pas Ayla et te fait souffrir. Nous pouvons en parler, si tu veux.

— Pourquoi ? Est-ce que tu me parles de ton passé, toi ?

Elle s'en voulut de le prendre à partie. Ce n'était pas juste.

— Pardon. Mangeons et allons-y. Je vais bien, vraiment.

— Si tu n'allais pas bien, ce ne serait pas grave, dit Jackson en lui pressant la main.

— Je sais, mais ce n'est pas le cas. Et désormais, je m'assurerai qu'il y ait deux tubes de crème dans le sac d'Ayla. Problème résolu.

Il ouvrit la bouche, puis la referma.

— Très bien, déclara-t-il finalement.

13

Jackson passa de nouveau ses plans en revue. Il avait répété le déroulement de cette soirée une centaine de fois. Ryann ne recevait des patients qu'à son cabinet, ce jour-là. Elle terminerait tôt. Miranda et Knox garderaient Ayla. Ils étaient passés prendre ses affaires quelques minutes plus tôt.

Il avait réservé dans un restaurant vegan qui se spécialisait dans les allergies alimentaires. Il avait parlé des régimes allégés avec le gérant et on lui avait confirmé que Ryann aurait un grand choix.

Ils allaient sortir ensemble. Comme un couple. Un vrai couple.

Il appréciait les soirées qu'ils passaient à la maison. Il les adorait, même. Mais il avait envie d'un moment rien que pour eux.

Une soirée pour retrouver...

Non, il n'allait pas penser ça. Ils n'avaient rien à retrouver. Ils ne manquaient de rien.

Il voulait le croire, voulait prétendre qu'ils ne s'étaient pas éloignés, dernièrement. Depuis l'excursion.

Sauf que ce n'était pas vrai. Et cela avait commencé après la rencontre entre Ryann et Patty.

Ryann ne l'interrogeait pas sur son passé. En fait, à part la réflexion qu'elle avait faite pendant leur promenade, elle avait laissé tomber le sujet comme il le lui avait demandé. C'était ce qu'il voulait, ce dont il avait besoin, mais une part de lui détestait ça.

Ryann était déjà très angoissée à l'idée qu'Ayla n'ait pas la vie parfaite qu'elle souhaitait pour elle. Mais aucune vie n'était parfaite.

La perfection.

Le mot que seule Ryann associait à lui. Mais elle ne l'avait plus utilisé depuis que Patty leur avait apporté ses cartons. Et cela lui manquait.

— Je suis rentrée.

La voix de Ryann déclencha un frémissement dans son ventre. Cette soirée était une bonne idée, se répéta-t-il. Mais à la pensée de lui annoncer qu'ils sortaient, il eut soudain la sensation que c'était une erreur.

— Waouh !

Elle eut un sourire radieux en découvrant le costume qu'il portait et les fleurs qu'il tenait à la main.

— C'est une surprise.

— Content qu'elle te plaise.

Il s'approcha d'elle, la prit dans ses bras et se pencha sur elle pour l'embrasser.

— C'est chouette.

Tandis qu'il se redressait, elle fit passer une boucle derrière son oreille.

— Des baisers et des fleurs – c'est agréable.

— Il y a autre chose.

Jackson prit une grande inspiration et lâcha :

— J'ai réservé à dîner chez Ines.

— Ines ?

Ryann croisa les bras.

— Le restaurant vegan haut de gamme dont Nicola et les autres infirmiers parlaient l'autre jour ? demanda-t-elle.

Son attitude le troubla. Elle était déjà sur la défensive. Pourquoi ?

— Oui, répondit-il. Mais je ne savais pas qu'ils en avaient parlé. J'ai fait une recherche sur mon vieil ordinateur.

— Il t'en faut un neuf, mais ne changeons pas de sujet. Ce n'est pas exactement le genre d'endroit où emmener un bébé.

— Eh bien, c'est la deuxième partie de la surprise. Knox et Miranda gardent Ayla.

— Quoi ?

— Mon chou, ce n'est que pour quelques heures. Elle reste bien plus longtemps chez la nourrice, quelquefois.

— C'est la nourrice, pas des étrangers !

— Miranda et Knox ne sont pas des étrangers.

— Pour Ayla, si ! Elle ne les connaît pas. Et si elle pense que nous ne reviendrons pas ?

Ryann décroisa les bras et les recroisa.

— Si elle mange quelque chose qui ne lui convient pas ? Si...

— Inspire à fond, dit Jackson.

La soirée avait capoté et ils n'iraient probablement pas dîner, mais il fallait qu'elle respire, qu'elle reconnaisse son anxiété et consulte un thérapeute.

— Ne me dis pas d'inspirer à fond !

Elle était essoufflée, comme si elle manquait d'air. Les crises de panique étaient effrayantes et elle était sur le point d'en avoir une, si ce n'était pas déjà fait.

— Ryann, inspire avec moi.

Il exagéra son mouvement, puis recommença. La couleur se retirait du visage de Ryann.

— C'est une attaque de panique, dit-il. J'en ai eu. Tu n'as rien à craindre. Tu vas bien.

— Mais est-ce qu'Ayla va bien ?

Jackson prit son téléphone et appela Miranda.

— Ryann a aimé la surprise ? demanda celle-ci.

Son ton enjoué ne collait pas vraiment avec la situation.

— Elle panique parce que Ayla est chez vous. Elle va bien ?

Il garda un ton ferme et ne quitta pas Ryann des yeux.

— Euh...

— Je n'ai que faire de tes « euh », Miranda. Si quelque chose est arrivé...

— Elle va bien.

— Mais ? s'écria Ryann.

— Elle s'est un peu cogné la tête. Elle a voulu attraper la queue de Glaçon alors qu'on était assises par terre, et elle a perdu l'équilibre. Elle a crié une seconde, puis s'est mise à rire. Elle n'a qu'une petite marque rouge. En ce moment, elle danse dans la cuisine avec Knox. Elle va bien.

— J'y vais.

Ryann attrapa son sac à main et se dirigea vers la porte.

— Vraiment, Jackson, il n'y a pas de problème.

Miranda paraissait déçue, et il l'était aussi.

— Je sais. Merci, Miranda.

Jackson courut pour rattraper Ryann.

— Je devrais conduire, tu fais de l'hyperventilation.

— J'y vais seule, dit-elle en essuyant une larme sur sa joue. Je sais que tu as voulu me faire une surprise, mais c'est notre fille, Jackson. Et elle est blessée.

— Elle n'a rien du tout. Et c'est une enfant. On ne peut pas la protéger de tout. Elle est aimée et on prend soin d'elle, mais tu ne peux pas l'élever dans du coton.

— Je ne l'élève pas dans du coton, je la protège. Nous n'avons pas eu ça. Ce n'est pas donné à tout le monde de dépasser les traumatismes de son passé et ne plus s'en soucier.

Ce n'était pas son cas, se dit Jackson. Était-ce ce qu'elle croyait ? En évitant de les charger de ses souvenirs douloureux, il s'efforçait de les épargner.

— Je suis sa mère et je la protégerai toujours, reprit Ryann. Si tu n'es pas d'accord avec ça, ne sois plus là quand je reviendrai.

Là-dessus, elle sortit prendre sa voiture. Jackson resta dans l'allée longtemps après qu'elle eut disparu. Il regarda sa propre voiture, puis secoua la tête. Il ne partirait pas.

Ryann devait trouver un moyen de traiter son anxiété. Une thérapie, des médicaments, une combinaison des deux… Il la soutiendrait.

Mais elle n'était pas la seule à devoir s'arrêter de surprotéger les autres. Il avait été si inquiet qu'elle le juge mal, qu'elle voie son passé comme un boulet… C'était ainsi qu'il le voyait, lui.

Son boulet. Son fardeau.

Si Ryann et lui devaient être des partenaires – et c'était ce qu'il désirait plus que tout –, il fallait qu'il partage son histoire.

Il retourna vers l'appartement. Il devait annuler le restaurant, préparer à dîner et du thé. La soirée allait être longue.

Ryann essuya les larmes qui coulaient sur son visage. Non pas que ça serve à quelque chose. Ses yeux ne voulaient pas s'arrêter de pleurer.

Jackson avait eu une idée charmante. Une soirée en tête à tête. Une surprise. Mais c'était trop tôt. Ils avaient besoin de planifier les choses, de s'assurer que leur fille ne craigne rien.

Oui, Ayla allait chez la nourrice, mais là-bas, il y avait des caméras qui tournaient toute la journée pour surveiller les enfants. Chaque fois qu'elle le voulait, Ryann pouvait utiliser son code pour se connecter et voir sa fille.

Il n'y avait pas de caméras chez Knox et Miranda. Elle ne pouvait pas vérifier comment se portait Ayla.

Elle était si petite, et elle ne connaissait pas Knox et Miranda. Quand elle était tombée, avait-elle eu peur ? Sans doute. Et Ryann n'avait pas été là pour la consoler.

Elle s'arrêta devant la maison de leurs amis et resta un moment dans la voiture. Elle ne voulait pas qu'Ayla la voie pleurer, mais elle doutait d'être capable de cacher ses larmes.

Son téléphone sonna et elle s'efforça de ne pas flancher en voyant le nom de Miranda. Elle répondit et la vidéo démarra. Ayla était dans la cuisine, perchée sur la hanche de Knox.

— Tu sais pourquoi elle ne cesse de lui attraper le nez ? demanda Miranda.

Elle ne fit pas de commentaires sur les larmes de Ryann, mais lui offrit un sourire réconfortant.

— Jackson fait un bruit de klaxon chaque fois qu'elle appuie sur son nez.

Le père de sa fille, l'homme qu'elle aimait. Elle lui avait dit de partir. Elle avait souvent été abandonnée, mais c'était la première fois qu'elle demandait à quelqu'un de s'en aller.

— Elle va vraiment bien.

Ryann rit quand elle entendit sa fille crier de joie parce que Knox venait de lâcher un *tut-tut* sonore.

— Oui, dit Miranda. Mais préviens Jackson qu'il devra améliorer ses bruits de klaxon après ce soir. Knox aime la compétition.

— Dans tous les domaines ! s'écria Knox. C'est oncle Knox que tu préfères, pas vrai ? demanda-t-il en faisant sauter Ayla dans ses bras. Je suis ton préféré !

L'image était adorable, mais teintée de tristesse. Ryann regarda sa fille, heureuse et bien portante. Ayla serait confrontée à des chagrins et des tourments lorsqu'elle commencerait à explorer le monde. Elle en garderait des cicatrices, physiques et mentales. C'était la vie et Ryann ne pourrait pas la protéger du monde.

Mais sa fille ne craindrait jamais qu'on l'abandonne. Elle ne redouterait jamais un avis d'expulsion qui l'enverrait vivre un certain temps dans une voiture. Elle ne s'inquiéterait pas qu'un de ses beaux-pères soit un peu trop enclin à la toucher.

Cette soirée aurait dû être parfaite. Certes, Ayla ne connaissait pas bien Knox et Miranda, mais Jackson et elle les connaissait. Jackson et Knox étaient quasiment frères.

Tout contrôler – ou tenter de le faire – la brisait, constata Ryann. L'avait brisée. Elle avait besoin d'aide.

Pour Ayla.

Et pour moi.

— Pouvez-vous la garder un peu plus longtemps ? demanda-t-elle.

Elle devait parler à Jackson et arranger les choses.

— Aussi longtemps que tu en auras besoin.

Miranda lui fit un clin d'œil, puis lui montra Ayla et Knox qui s'étaient remis à danser.

— Jackson ! Jackson !

La voix de Ryann était enrouée tandis qu'elle criait son nom en ouvrant la porte de son appartement. Elle était d'abord allée chez lui – il n'y était pas. Sa voiture était ici.

— Bonsoir, ma douce.

Il avait quitté son costume. Il portait maintenant un pantalon de survêtement, un T-shirt blanc, et il était pieds nus. C'était aussi sexy que le costume.

— Où est Ayla ?

Ryann serra ses bras autour d'elle. Elle ne savait pas très bien quel script elle était censée suivre.

— Je... euh... je suis allée chez Knox et Miranda. Ayla va bien. Knox a appris à faire les bruits de klaxon. Il les réussit très bien.

— Naturellement.

— Je suis passée chez toi et tu n'étais pas là.

C'était évident. Il était bel et bien chez elle et, si son nez ne la trompait pas, il avait préparé le dîner.

— Pourquoi serais-je parti ?

Jackson lui ouvrit ses bras. Elle n'hésita pas. Elle se jeta dedans. Elle laissa couler toutes ses larmes. Des années de larmes. La première personne à qui elle avait donné la permission de s'en aller ne l'avait pas fait. Cet homme serait toujours là. Pour elle et pour Ayla.

En prendre conscience guérit un morceau de son cœur d'enfant, tellement déchiré. La cicatrice était présente, elle le serait toujours, mais elle semblait moins proche de la surface.

— Je ne vous quitterai jamais, Ryann. Ni toi ni Ayla.

Il lui caressa le dos.

— Tu as raison, dit-elle. J'essaie trop de la protéger. Je voudrais que le monde soit facile pour elle. Et juste. Et parfait. Mais je ne peux pas y arriver.

— Non, tu ne le peux pas.

Jackson posa un baiser sur sa tête.

— Mais c'est bien que tu essaies.

— Je pense que je devrais parler à un médecin. C'est peut-être de l'anxiété consécutive à l'accouchement, ou un traumatisme d'enfance ravivé par le fait que j'ai mon propre enfant, mais de l'aide me ferait peut-être du bien.

Prononcer ces mots l'effrayait un peu, mais c'était aussi libérateur.

— Je t'aiderai à en trouver un.

— Merci. Pardon d'avoir réagi comme ça, ce soir. Je t'aime.

Elle l'embrassa sur la joue.

— Je t'aime aussi.

Jackson la serra dans ses bras.

— J'ai retenu une partie de moi, pour te protéger de mon passé. Je... je ne voulais pas que tu me voies différemment après avoir entendu mon histoire.

Elle porta les mains à son visage et les posa sur ses joues.

— Tu n'as pas à me protéger de ton passé. Je t'aime. Tout entier. Je veux faire partie de ta vie, connaître les histoires que tu voudras bien raconter. En outre, je veux faire plus ample connaissance avec Patty. Cette femme semble formidable.

— Elle l'est.

Ryann posa un léger baiser sur ses lèvres.

— Je sais que d'autres ont jugé ton passé – cela en dit plus sur eux que sur toi. Tu es incroyable. Tu as tellement accompli, mais surtout, tu es un homme plein d'empathie et d'attention pour tous les gens que tu rencontres. Tu es extraordinaire.

— *Extraordinaire.* Je crois que cet adjectif me plaît.

Elle rit doucement.

— Tant mieux. Parce qu'il te va bien.

— Tu as envie de dîner ?

— Oui, je suis affamée. Je ne peux pas croire que tu aies cuisiné tout ça après notre dispute. Non, ce n'est pas vrai. Je le crois tout à fait.

Ryann installa les assiettes pendant que Jackson allait chercher les boissons.

Ils s'assirent à table. Il prit son verre d'eau, inspira à fond et la regarda.

— J'avais cinq ans quand ma maman m'a abandonné…

Épilogue

— Tu es une mariée magnifique.

Miranda leva une main pour arranger la fleur dans les cheveux de Ryann. Celle-ci se regarda dans le miroir par-dessus son épaule et ne put croire qu'elle se tenait là, tout de blanc vêtue.

— Je n'avais jamais imaginé ça.

— La vie est certainement différente quand on aime quelqu'un, non ?

Miranda prit le petit bouquet.

— Oui.

Ryann s'empara des fleurs et ses yeux s'emplirent de larmes.

— Oh ! non ! Mon maquillage.

Ce n'était pas un grand mariage. Il y avait exactement dix invités, et ils se rendraient dans un restaurant du coin quand Jackson et elle auraient prononcé leurs vœux.

— Les larmes de bonheur sont vraiment embêtantes quand tu n'as pas investi dans un mascara waterproof, dit Ryann en riant.

Miranda rabattit le voile sur son visage.

— Maman !

Ayla arriva, ses boucles s'échappant déjà des nœuds que Ryann avait faits dans la matinée. Elle portait un panier qui allait contenir des fleurs dans quelques minutes.

— On aurait peut-être dû attendre qu'elle ait quatre ans avant de faire ça.

Ryann se baissa et tapota le nez de sa fille, qui fit un bruit de klaxon. Puis la petite regarda le voile et leva son panier.

— Mes fleurs.

— Oui. C'est papa qui les a. Allons le retrouver.

Ryann la prit par la main.

— Voilà mes femmes.

Splendide n'était pas un adjectif suffisant pour décrire le futur marié dans son costume gris foncé, avec la cravate qu'Ayla avait voulue assortie à sa ceinture rose. Ils avaient décidé de remonter l'allée de l'église tous les trois ensemble – pour souligner qu'ils formaient une famille.

— Prêt ?

Ryann glissa la main au creux du bras de Jackson tandis que Miranda mettait une poignée de pétales de roses dans le panier d'Ayla. Puis elle alla rejoindre sa place de demoiselle d'honneur à côté de Knox.

La musique commença et Ayla s'avança, semant des pétales de roses devant eux.

— Juste comme on l'a répété, dit Jackson satisfait, en posant un baiser sur la tête de Ryann.

— Ne dérange pas mon voile, le reprit-elle en plaisantant. Elle n'est pas encore à la moitié de l'allée.

Comme si elle l'avait entendue, Ayla regarda son panier, puis ses parents. Elle renversa le reste des pétales et se précipita dans les bras que lui ouvrait Miranda.

— Ça reste parfait.

Jackson était rayonnant quand ils commencèrent à remonter l'allée.

— Oui, acquiesça Ryann. Absolument.